Erwin Rosen

Der Deutsche Lausbub in Amerik

Erinnerungen und Eindrücke. Band 1 (von 3)

Erwin Rosen

Der Deutsche Lausbub in Amerik
Erinnerungen und Eindrücke. Band 1 (von 3)

ISBN/EAN: 9783337353834

Hergestellt in Europa, USA, Kanada, Australien, Japan

Cover: Foto ©Andreas Hilbeck / pixelio.de

Weitere Bücher finden Sie auf **www.hansebooks.com**

Memoiren
Bibliothek

IV. Serie

Erster Band

Der Deutsche Lausbub
in Amerika

1-ter Teil
von

E r w i n   R o s e n

D e r   D e u t s c h e

Lausbub in Amerika

Erinnerungen
und Eindrücke
von Erwin Rosen

Erster Teil

Achtundvierzigste Auflage

Verlag - Robert Lutz - Stuttgart

Druck von A. Bonz' Erben in Stuttgart.

Inhalt.

Im Bremer Ratskeller. – »So schmiede dir denn selbst dein Glück!« – An Bord. – Der Steward, der Zahlmeister und das Nebengeschäftchen. – Vom Itzig Silberberg aus Wodcziliska. – *Atra cura ...* – Das Mädel mit den hungrigen Augen. – Die beiden Däninnen. – Im New Yorker Hafen.

Wie ich mir einen Revolver kaufte. – Der *policeman* und der Stiefelputzer. – Wie man eingeseift und barbiert wird. – Im Geschwindigkeits-Restaurant. – Die Bowery. – Hallelujamädchen. – Im Park.

Zwischen New York und Texas. – Vom amerikanischen Nationallaster. – »*Fine game,* dieses Poker!« – Die Weisheit des Bluffens. – Key West und Johnny Young aus San Antonio. – Eine bissige Bemerkung über Millionäre. – Im Salon! – *Good bye, Miss Daisy ...* – Dies ist Texas, mein Sohn!

Den Weg zur Arbeit finden – den Wegweiser ... – Wär' ich nur ein Schuster! – Beim Herrn Kanzleichef im deutschen Konsulat. – Auf dem Telegraphenamt. – Das letzte Silberstück. – Der gute Samariter. – Nun fängt ein neues Leben an

Das Städtchen aus Sand und Holz. – Im Texasladen. – Mr. Muchow Senior. – Der Kampf mit dem Schimmel. – Ein Sommer beim König Baumwolle. – In Deutschland wär' die Farm ein Rittergut gewesen ... – Baumwollpflücken und Baumwollmühle. – Die Reklamereiter. – Nigger Slim. – Im deutschen Klub. – Wie aus dem Wald das Feld wurde. – Der Neger. – Die amerikanische Krankheit des Wandertriebs.

Der Lausbub wird Apothekerlehrling. – Im Wunderland. – Grasgrüner Wissensdurst. – Die Negerin und das Liebespulver. – Ein Nachtklingel-Erlebnis. – Der Lausbub langweilt sich. – Das Gäßchen der winzigen Häuschen. – Klein-Daisy. – Die Dame, das Parfüm und die Folgen. – Ex-Apotheker. – Der frühere Leutnant aus dem heiligen Köln und sein Rat. – Der Mann mit den leuchtenden Augen. – Vorbereitungen zu einer geheimnisvollen Reise.

An der Geleiseböschung. – Der erste Sprung auf einen fahrenden Zug. – Die Fahrt. – Im Märchenland aufregendes Erlebens. – Das Hotel zur Eisenbahn. – Von der Königin Nikotin und ihrem Göttergeschenk. – Billy der Wanderer! – Das Abenteurerblut regt sich. – Ein psychischer Impuls. – Wanderer Nr. 3.

Von Texas nordwärts. – Ein wunderliches
Leben. – Der betrogene Betrüger der guten
Stadt Guthrie in Oklahoma. – Jargon des
Schienenstrangs. – Ein abenteuerliches Jahr
und seine Einflüsse. – Die
Entwicklungsgeschichte seiner Majestät des
Tramps. – Die amerikanische
Vagabundenarmee. – Der Arbeitslose. – Der
Tramp. – Die Romantiker. – Lebenssehnsucht
und Wandertrieb. – Präsident Roosevelts
Vagabundenfahrt auf der Lokomotive. –
Geheimnisvolle Unterströmungen modernen
Abenteurertums. – Amerikaner in exotischen
Kriegen. – In der Sommerfrische von Lucky
Water, Arizona. – Von flammenden Farben und
meiner Frau im Mond. – Arbeiten!

Die Eisenbahn hat uns! – Sektion 423,
Southern Pazific. – Als Streckenarbeiter in
Arizona. – Der »boss«. – Von Kindern Italiens.
– Wir haben wieder die Eisenbahn! – Hände in
die Höhe! – Seine Ehren, der Friedensrichter. –
Die braven Spitzbuben von El Dorado. –
Dahinjagen und Arbeit. – Von den
Schüttelfrösten der Malaria. – Krank und
einsam. – Nach St. Louis. – Ein ganzer Mann.

Bei den guten Samaritern. – Allein in der
Riesenstadt. – Am Ufer des Mississippi. – Vom
Grauen und von der Scham. – Eine Orgie der
Häßlichkeit. – Der Menschenpferch. – Auf
Arbeitssuche. – Im Reich der kupfernen Töpfe.

Schafen. – Die Stadt der Sieben Hügel übertrumpft! – Kletternde Straßenbahnen. – Im Park des Goldenen Tors. – Der dunkle Flecken der Sonnenstadt. – Im Chinesenviertel. – Die Straße der lebenden Schaufenster. – Wie der Lausbub zum Professor wurde. – Von Deutsch lernenden Lehrerinnen. – Die amerikanische Frau. – Kluge Mädchenerziehung und törichte Weiberherrschaft. – Die Amerikanerin in Kunst und Leben. – Die Sehnsucht nach der Zeitung.

Von neuem Stolz. – Der Lausbub will amerikanischer Journalist werden. – Auf der Redaktion. – Jüngster Reporter. – Hallelujah! – Das erste Interview. – Die Lebenslinie.

Der Deutsche Lausbub in Amerika

Das Amerika der Leichtsinnigen.

Wenn Bruder Leichtfuß gar zu arg gehaust hat, und geplagte Familiengeduld reißt, so verfällt man in deutschen Landen häufig auf den bewunderungswürdig energischen und einfachen Ausweg: das schwarze Schaf der Familie nach Amerika zu schicken; nach den Vereinigten Staaten, in denen es so schöne Gelegenheiten zu segensreicher Arbeit gibt, und die so hübsch weit weg sind, daß eine respektable Entfernung die arme Familie schützt. Jeder Hapagdampfer, jedes Lloydzwischendeck trägt alljährlich Hunderte dieser Art von Menschenkindern über das große Wasser, deren

Sündenregister von fast monotoner Gleichförmigkeit ist: Leichtsinnsstreiche und Schulden!

———————————————

Das schwarze Schaf ist im Yankeeland. Und nun fängt der Humor an; ein grimmiger Humor voll grotesken Lachens und bitteren Weinens; eine moralische Komödie mit den schönsten tragischen Möglichkeiten. Das neue Land nimmt Bruder Leichtfuß – den verdorbenen Gymnasiasten, den leichtsinnigen Studenten, den verschuldeten jungen Leutnant oder was er sonst gewesen sein mag – liebevoll in seine Arme, verschluckt mit unbeschreiblicher Schnelligkeit die goldenen Pfennige der Heimat und spielt dann Fangball mit ihm. Hop – auf und nieder. Hop – arbeiten oder hungern. Hop – ihm die Nase auf den Boden gedrückt, wie man's mit einem Kätzchen macht. Hop – ihn zu Boden geworfen, daß alle Knochen krachen. Hop, hop, hop – ihn geschüttelt und zerzaust und geschunden! Da schnappt Bruder Leichtfuß nach Luft, ist furchtbar verwundert, fühlt sich merkwürdig elend und erkennt langsam aber sicher die primitiven Wahrheiten des Lebens von Geld und Hunger und Arbeit und Liebe, – wenn er nicht schon längst vorher elend zugrunde ging.

Manchmal aber ist unter diesem Amerikaheer von deutschen Leichtsinnigen der richtige leichtsinnige Strick mit einem Stückchen Poesie im Leib, der nach dem ersten Luftschnappen sich jubelnd in den Lebensstrom da drüben stürzt, glückselig, in seinem Element, sehnsüchtig nach Abenteuern über alle Maßen. Wundervoll frei fühlt er sich; allen Zwangs entledigt. Eine Welt des Sehens und Erlebens liegt vor ihm, und Hunger und Not erscheinen nur winzige Dinge in der immer neuen Begeisterung, die jeder neue Tag bringt. Frei wie ein Vogel in der Luft ist Bruder Leichtfuß und jedem Impuls darf er folgen in köstlicher Naivität. Er tastet – er sucht – er trinkt in vollen Zügen die groteske Romantik des ungeheuren Landes ein, das mit aller drastischen Wirklichkeit so starke Reize abenteuerlicher Poesie vereint ...

So ist es mir ergangen. Um des brausenden Lebens willen ist dieses Buch meiner amerikanischen Wanderjahre geschrieben, in lächelndem Erinnern an jagende Jugend. Ein Buch des Leichtsinns.

Aber wenn ich heute auf die drei Jahre von 1894-1897 zurückblicke, die dieser erste Teil meiner Erinnerungen aus der Amerikazeit schildert, so will es mir scheinen, als sei der Leichtsinn gar ehrlich erkauft gewesen! In ehrlicher Münze zahlte der Lausbub mit Hunger und Elend und harter Arbeit für seinen jungfrischen Optimismus, denn grimmiger Lebenshumor will es, daß sich mit zügellosem Leichtsinn starke Kraft paaren muß, soll Freund Optimist im Leben bestehen. Und in dieser Kraft stecken Möglichkeiten.

Den starken Leichtsinnigen sei dieses Buch des Leichtsinns gewidmet.

Bruder Leichtfuß im Yankeeland, der du erst in Jahren verstehen wirst, weshalb dich das tätige Leben so hin und her schüttelt, sei gegrüßt! Seist du im Osten oder im Westen, im Wolkenkratzer oder auf der Prärie, sei gegrüßt von einem, der das erlebte, was du erlebst, und der mit dir weinen und mit dir lachen kann. Fast möchte ich in lächelnder Wehmut dich beneiden, Bruder Leichtfuß, denn mein Märchen der Jugend ist ausgeträumt.

Hamburg, im Sommer 1911.

Erwin Rosen.
(Erwin Carlé).

Vom Beginn des Beginnens.

Der Lausbub und die Kuchen. – Beim Ochsenwirt in Freising. – Gymnasialzeiten. – Das erste Malheur. – Die Attacke auf den Glaspalast im Seminar. – Bei Glockengießermeisters. – Erste Liebe und zweites Malheur. – Die Familiengeduld reißt.

Das Übereinstimmen der beteiligten Kreise war erstaunlich.

»Oin Lausbube!« sagten die Professoren in München.

»A solchener Lausbub …« erklärte der Pedell.

»Dieser lie–ii–derliche Bursche!« stöhnte der Ordinarius dreimal täglich.

»Ja – der Lausbub!« nickten die Tanten und die Verwandten.

»Ein furchtbarer Strick bist du gewesen!« pflegt meine Mutter zu sagen. »Gräßliche Geschichten hast du gemacht!« Dann lacht sie und fragt regelmäßig, ob ich mich denn auch an Frau Schrettle erinnere und an die Kuchen …

Ich war zwölf Jahre alt. Quartaner. Lateinschüler der Klasse 3a des Königlich Bayrischen Maxgymnasiums in München. Meine Würde als Lateinschüler schützte mich aber keineswegs davor, gelegentlich zu der Frau Kolonialwarenhändlerin Schrettle an der Ecke geschickt zu werden, um irgend etwas für den Haushalt zu holen.

»An Empfehlung an d' Frau Mama!« sagte jedesmal die dicke Frau Schrettle, während ich ebenso regelmäßig vornehm nickte und dabei kein Auge von den Kuchen auf dem Ladentisch verwandte. Von Frau Schrettles berühmten Kuchen. Sie waren aus Blätterteig; sie waren mit Himbeeren belegt; sie waren Wunderwerke – und sie führten den Lateinschüler so lange in Versuchung, bis er eines Nachmittags vor Klassenanfang Hals über Kopf in den Laden stürzte.

»Einen Himbeerkuchen soll ich holen!«

»Bitt' sehr! A schöne Empfehlung!« dienerte Frau Schrettle und schrieb der Mama einen Himbeerkuchen an.

Der Raub war gelungen, und der Lausbub wiederholte die Operation einen ganzen Monat lang fast jeden Tag! Verzehrt wurden die Kuchen auf dem Schulweg, in ehrlicher Teilung mit den Spezerln und Freunderln aus der Quarta. Bis an einem Novembersonntag die Katastrophe kam – Frau Schrettle mit ihrer Rechnung. Mir fiel das Herz in die Hosen, als meine Mutter fragend sagte:

»Himbeerkuchen?«

»Guat sans, nöt?« meinte Frau Schrettle stolz.

»Aber wir haben ja gar keine Himbeerkuchen gehabt!« rief meine Mutter entrüstet.

Nun war die Reihe zum Erschrecken an Frau Schrettle.

»Der Herr Sohn hat's g'holt!« stotterte sie. »Jeden Tag!«

Kladderadatsch. Frau Schrettle erhielt ihr Geld und ich vorläufig eine Ohrfeige mit der Aussicht auf mehr, wenn der Vater nach Hause kam. Meine Mutter weinte und ich weinte und meine Mutter sagte, es sei ja fürchterlich, und ich fand, es sei noch viel fürchterlicher! Zehn Minuten später schlich ich mich heulend aus dem Haus und rannte in dichtem Schneegestöber durch die Straßen, durch den englischen Garten, der Isar zu. Bei der Bogenhausener Brücke begann die einsame Landstraße. Es war bitter kalt. Die Schneeflocken peitschten mir ins Gesicht, und ich kleiner

Kerl mußte mich tüchtig gegen den scharfen Wind anstemmen. »Ich geh' nicht nach Hause!« murmelte ich immer wieder vor mich hin. »Nach Hause geh' ich ganz gewiß nicht ...«

Spät abends stolperte ein halb verhungerter und halb erfrorener Lateinschüler in die Gaststube des Roten Ochsen im Städtchen Freising.

»Da schaugt's her,« rief der Ochsenwirt. »Ja was wär' denn dös! Was willst denn du nacha im Wirtshaus?«

»Was zum essen möcht' i'.«

»Wo kimmst denn her?«

»Von München. A – an Ausflug hab' ich g'macht,« log ich, beinahe weinend.

»Woas?« schrie der Wirt. »Den Sauweg von Minken bist herg'loffen in dem Sauwetter? Lüag du und der Teifi. Dös wär' a sauberer Ausflug. Wia heißt' denn und wo wohnst'?«

Wie ein Häuflein Elend stand ich schlotternd da, gab dem Riesen vor mir Auskunft und sah mit Zittern und Bangen, wie er zu dem großen Gasttisch in der Ecke schritt, wie er mit den Gästen zischelte, wie er mit Frau Wirtin tuschelte, wie der Hausknecht gerufen und mit einem Zettel fortgeschickt wurde.

»Hock di' hin an Tisch,« brummte der Wirt. »D' Frau bringt dir was zum essen.«

Ich entsinne mich noch dunkel, daß ich gierig alles verschlang, was mir vorgesetzt wurde, daß Frau Wirtin mich in die Wohnstube führte und auf ein Sofa bettete. Und daß eben auf einmal mein Vater da war und ich mich furchtbar vor ihm schämte und eine fürchterliche Angst vor ihm hatte. Aber was der Ochsenwirt von Freising zu

15

meinem Vater beim Abschied sagte, das weiß ich noch ganz genau.

»Is nix zu danken, Herr,« sagte er. »Den 12 Uhr Zug nach Minken werd'n S' grad no' derwischen. Ja, dö Buam! Früchteln san' halt Früchteln. Is eh nix dabei. Aber an Hintern tät i' eahm halt do' vollhau'n!«

Was am nächsten Tag ausgiebigst geschah!

―――――――――――

Der Lausbub wurde älter, stieg mit Ach und Krach von Klasse zu Klasse, und blieb ein Lausbub ... »Ein leichtsinniger Schüler,« hieß es in den Zeugnissen. »Seine Leistungen stehen in bedauerlichem Mißverhältnis zu seinen Fähigkeiten; sein Betragen ist nichts weniger als zufriedenstellend«. Ich muß bei meinen Lehrern in einem erbärmlich schlechten Ruf gestanden haben. Die Abneigung beruhte jedoch auf Gegenseitigkeit. Heute noch ist mir das Gedenken an meine Gymnasialzeit das Gedenken an eine harte Zuchtanstalt, an gedankenloses Eintrichtern von Lehrbüchern, an schablonenmäßiges Auswendiglernen, an mangelnde Liebe und mangelndes Verständnis, an bakelschwingende Schulmeisterei, an groben Unteroffizierston, an fast komisches Nichtverstehen. Ich erinnere mich an ein beständig schnupfendes Ungeheuer von einem Professor mit rotem Taschentuch und fettigem Rockkragen, der über ein *ut* mit dem Indikativ in viertelstündige Raserei zu verfallen pflegte; ich erinnere mich an donnernde Philippiken, wie unsittlich es sei, daß ein so fauler Bursche wie ich sich ohne Arbeit nur durch sein bißchen Talent das Aufsteigen in die nächsthöhere Klasse erschwindele; ich erinnere mich an einen Ordinarius der Untersekunda, der mich mit dem geschmackvollen und gut deutschen Ausdruck "Frechjö" belegte, weil ich, nachdem er mir die Erlaubnis, das Schulzimmer zu verlassen, verweigert hatte, ihn aus einem höchst natürlichen und dringenden Grund ein zweitesmal darum bat. Aber ich kann mich nicht entsinnen, daß jemals mich ein Lehrer beiseite nahm und in Güte mit mir sprach, um herauszubekommen, was in meinem Hirn vorging; weshalb der dumme Junge so dumme Streiche machte – und ein Lausbub war.

———————

»Düsser Bursche!« sagte der Herr Rektor wutschnaubend, als ich ihm vorgeführt wurde. »Düsser unver–bösserliche Lümmel! Das Maß üst voll. Der Krug geht so lange zum Brunnen, bis er brücht!«

Der Schulgewaltige hatte recht. Ich war ein infamer Bengel. Von meiner Unverbesserlichkeit zeugte eine lange Reihe von Karzerstrafen, wegen Rauchens auf der Straße, wegen Nichtablieferung von Schularbeiten, wegen Betroffenwerden in dem Hinterzimmer einer Gastwirtschaft. Außerdem hatte mich das Lehrerkollegium schon längst im Verdacht, der berüchtigten Schülerverbindung des Maxgymnasiums anzugehören, die in versteckten Vorstadtkneipen studentische Gebräuche nachäffte. Trotz aller Anstrengungen des Pedells gelang es nie, die Sünder *in flagranti* zu erwischen. Stellten wir doch stets den jüngsten "Fuchs" als Wache auf die Straße, und wenn der Pedell oder ein Professor sich blicken ließen, wurden wir prompt gewarnt, kletterten aus Hinterfenstern, flüchteten über Höfe, stiegen über Mauern. Aber man wußte im Maxgymnasium doch so von ungefähr, welche Schüler die Schuldigen waren, und sah den verdächtigen Subjekten scharf auf die Finger. Ich jedenfalls galt als besonders verdächtig!

Nun war das Krüglein meiner Sünden übergelaufen:

Ich schwänzte drei Tage die Schule! Fürst Bismarck war nach München gekommen und in Lenbachs Villa abgestiegen. Dorthin lief ich schleunigst nach dem Mittagessen, ließ Nachmittagsunterricht eben Nachmittagsunterricht sein und stand bis zum späten Abend auf der Straße, aus Leibeskräften hurraschreiend. Weil die Freiheit gar so schön war und der junge Sommer gar so sonnig, ging ich am nächsten Tag auch nicht ins Gymnasium, und am dritten Tag erst recht nicht, sondern trieb mich in den Isarauen herum und schwelgte in unzähligen Zigaretten und machte erschrecklich schlechte Gedichte.

»Ein Schüler der 6. Klasse schwänzt! Das üst noch nücht vorgekommen!« donnerte der Rektor. »Was haben Sü zu sagen?«

Stotternd versuchte ich zu erklären, daß ich es gar nicht so böse gemeint hätte, daß –

»Oine gemeine Lüge! Gekneipt haben Sü!«

»Das ist nicht wahr. Das verbitt' ich mir,« brauste ich auf.

»Halten Sü das lose Maul! Sü sind ein Verlorener. Sü sind eine Gefahr für die tugendhaften Schüler. Der Lehrerrat wird das weitere über Sü beschließen.«

Binnen vierundzwanzig Stunden wurde ich aus dem Tempel des Humanismus hinausgeworfen, dimittiert, und damit nicht nur vom Maxgymnasium, sondern auch von jeder anderen höheren Lehranstalt in München ausgeschlossen. Meine Reue war tief und ehrlich.

Das Königliche Seminar in Burghausen, einem kleinen bayrischen Gymnasialstädtchen an der österreichischen Grenze, nahm den Entgleisten auf. Das Seminar war ein

Internat, eine Art Besserungsanstalt. Die Zöglinge wurden morgens ins Gymnasium geführt und mittags wieder abgeholt; nachmittags wieder hingeführt und abends wieder abgeholt. In der Zwischenzeit aß man an langen Tischen im Speisesaal, arbeitete in den Studiersälen, schlief des Nachts in gemeinsamen Schlafsälen – jede Minute unter Aufsicht, unter strengster Zucht. Sechs Monate lang ging alles gut, und meine Zeugnisse schnellten zu verblüffender Güte empor. Dann fing's wieder an.

Die Aufsicht in unserem Studiersaal führte ein Präfekt, den wir alle aus tiefstem Herzensgrund haßten. Das kleine Männchen im bis an den Hals zugeknöpften Priesterrock pflegte auf leisen Sohlen hinter unsere Bänke zu schleichen und uns über die Schultern zu gucken. Wir Obersekundaner empfanden sein Spionieren, wie wir es nannten, als eine ungeheuerliche Beleidigung. Er war ein gestrenger Herr, der über nichts viele Worte verlor, sondern bei Verstößen gegen das Hausregiment einfach in knappen, kurz hervorgesprudelten Sätzen Strafarbeiten auferlegte. Strafarbeiten erster Güte. Mit dem Auswendiglernen von hundert Versen der Odyssee begann erst sein Repertoire. Auf den Spaziergängen verbot er uns das laute Sprechen; nachts wandelte er stundenlang im Schlafsaal auf und ab. Wir hatten natürlich keine Ahnung, daß diese nächtliche Vigil einen ganz bestimmten Zweck hatte, und nicht das geringste Verständnis dafür, daß er nur seine Pflicht tat! Wir sahen in ihm nur die Verkörperung einer erbarmungslosen Autorität, die uns stets auf dem Nacken saß. Und haßten ihn.

Nun war es Sitte im Seminar, daß einmal im Monat die höheren Klassen unter Führung ihrer Präfekten einen Ausflug machten, bei dem in irgend einem Dorfwirtshaus Bier getrunken und geraucht werden durfte; eine Vergünstigung, die als Sicherheitsventil wirken sollte.

Diesmal teilte uns der Leiter des Seminars mit, daß auf Vorschlag unseres Präfekten der Ausflug in diesem Monat unterbliebe. Wir seien einer solchen Vergünstigung nicht würdig. Wir sollten gefälligst fleißiger sein und uns nicht so viele Hausstrafen zuziehen!

Unsere Wut kannte keine Grenzen.

»Der Schleicher!«

»Der Spion!«

»A solchene Gemeinheit!«

Prompt wurde eine Verschwörung organisiert. Auf dem nachmittäglichen Spaziergang stopften wir unsere Taschen voll kleiner Steinchen. Und abends, als alles ruhig geworden war im Schlafsaal und wir alle in den Betten lagen, klirrte mit scharfem Klang ein Steinchen gegen das Glashaus des Präfekten. Glashaus? Jawohl! Der Gegenstand unseres Hasses schlief in einem winzigen deckenlosen Gemach, dessen Wände aus Rahmenwerk mit Glasfenstern bestanden; in einem richtigen Glashäuschen. Die Wände verhüllten Vorhänge, durch die er uns aber beobachten konnte. Was ja auch der Zweck des Glasgemachs war. Wir Münchener nannten es den Glaspalast.

Ein zweites Steinchen prallte gegen den Glaspalast; ein drittes, ein viertes. Der Präfekt, völlig angekleidet, kam hervorgeschossen.

»Ruhe!«

Dann verschwand er wieder. Und im nächsten Augenblick knatterte es wie Gewehrfeuer gegen seine Wände. Diesmal kam er sofort und rief mit vor Entrüstung bebender Stimme:

»Lausbuben!«

»Unverschämt!« schrie eine Stimme aus einem Winkel des Schlafsaals. (Das war ich!)

»Lassen Sie die Kinderei!« befahl der Präfekt ruhiger werdend. »Bestrafen werde ich Sie morgen.«

Aber wir waren viel zu aufgeregt, um Vernunft anzunehmen. Ohn' Unterlaß klatschte der Hagelsturm von Kieselsteinen gegen die Glaswände. Der Präfekt rannte zwischen den Bettreihen auf und ab und stürmte und wütete. Unterdessen sorgten die Bettreihen, denen er jeweilig den Rücken zukehrte, für Aufrechthaltung des Bombardements. Es war eine Orgie. Schließlich lief er davon und holte den Rektor. Denn der Leiter des Seminars war gleichzeitig Rektor des Gymnasiums – ein Grobian, den wir liebten.

»Wenn während des Restes der Nacht nicht völlige Ruhe in diesem Schlafsaal herrscht,« erklärte der Rektor trocken, »so werde ich höchstpersönlich erscheinen und Sie alle körperlich züchtigen. Ich werde an dem einen Ende der Bettreihe anfangen. Und so weiter. *Ad infinitum.* Wenn Sekundaner sich wie Volksschüler betragen, so muß man sie prügeln wie Volksschüler. Dies ist Logik. Guten Abend!«

Ich unverbesserlicher Sünder aber lachte die halbe Nacht hindurch, indem ich mir vorstellte, wie grandios doch diese Prügelszene gewesen wäre!

Am nächsten Morgen kam alles ans Licht der Sonnen ...

»Haben Sie geworfen?«

»Jawohl, Herr Rektor.«

»So? Soo? Soo–o? Weshalb haben Sie das getan?«

»Wegen des Ausflugs.«

»So–oh! Ich stehe in *loco parentis* und habe gute Lust, Sie zu ohrfeigen.«

Im nächsten Augenblick: Klatsch links, klatsch rechts.

»Sie sind wirklich unverbesserlich. Im Seminar kann ich Sie nach dieser Leistung nicht länger belassen. Aus dem Gymnasium werde ich Sie nicht entfernen, weil Sie wenigstens nicht gelogen haben. Aber ich warne Sie! Nur die geringste Kleinigkeit – und Sie fliegen!«

Am gleichen Nachmittag noch wurden in feierlicher Zeremonie ich und ein anderer Schüler für unwürdig des Seminars erklärt und vom Pedell ins Städtchen geführt. Mich brachte er zu einer Frau Glockengießermeister die mich in Kost und Verpflegung nahm.

⊢━━━━━━━━━━━━━━━━━━⊣

Ich aber segnete den Präfekten und den Glaspalast und die Steinchen, denn nun war ich ein freier Bursch, ein Stadtschüler! Auf dem Stübchen bei Glockengießermeisters konnte man lange Pfeifen rauchen, soviel man nur wollte, und am Abend holte Glockengießermeisters Töchterlein gern eine Maß Bier. Das war wunderschön – goldene Freiheit. Fast ein Jahr lang ging alles gut, bis das Märchen kam; ein richtiges Märchen: Es war einmal eine Königin, die neigte sich zu einem Pagen, und ein groß' Gerede entstand im Königsschloß ...

In wundernder Rührung gedenke ich jener Zeiten erster Liebe. Die Königin war eine junge Dame, vielumworben im Städtchen, älter als der Unterprimaner, der ein Mann zu sein glaubte, es aber durchaus nicht war. Ich weiß noch genau, wie ich mich geärgert hatte, als ein Brief meines Vaters mich zwang, zum Besuch in jener Familie "anzutreten"; mit welchem Widerstreben ich dann bei einer zufälligen Begegnung auf dem Eisplatz meine Schulverbeugung vor Mutter und Tochter machte und wohl oder übel die junge Dame zum Schlittschuhlaufen einladen mußte. Familiensimpelei nannte ich dergleichen damals. Doch es dauerte nicht lange, und der Unterprimaner wartete oft stundenlang in zitterndem Bangen auf dem Eisplatz, ob s i e kommen würde – – und war glückselig, wenn sie kam. In schweigendem Glück zuerst. Und dann brach es wie ein Sturm über uns Menschlein herein. Aus dem Alltagssprechen wurden gestammelte Worte von tiefem Sinn, leises Geflüster, zaghaftes Gestehen, ein:

»Je vous aime!«

»I love you so ...«

Die großen Worte, die ein so wunderbares Geheimnis zu bergen schienen und doch fast körperlich schmerzten im Gesprochenwerden, wären in deutscher Sprache nie über unsere Lippen gekommen. Das war das Glück; unvergeßliche Zeiten der Begeisterung, des Göttertums zweier junger Menschen, die ein jeder im andern die Vollkommenheit sahen, den heimlich geträumten Jugendtraum. Wir schwelgten in Goethe und Scheffel und Heine und schrieben einander lavendelfarbene Briefchen und jubelten laut in den Gängen der alten Herzogsburg droben auf dem Schloßberg. Wie glückselige Kinder.

Da fing das Städtchen zu reden an. Die Perückenzöpfe braver Bürger wackelten erschrecklich vor lauter entsetztem Kopfschütteln. Was mögen ehrsame Honoratioren und entrüstete Gymnasiallehrer alles gesagt und alles gedacht haben! Als ich zehn Jahre später wieder in das Städtchen kam, schlug Frau Glockengießermeisterin die Hände über dem Kopf zusammen und erzählte drei Stunden lang von den merkwürdigen Dingen, die damals das Städtchen geredet hatte, nicht mit Engelszungen. Die Königin aber von damals wohne weit drüben im Schwäbischen am Bodensee und sei eine stattliche junge Regimentskommandeuse geworden, die dem Herrn Oberst schon eine Schar von Kindern beschert habe –

Der Unterprimaner wurde schleunigst aus dem Gymnasium fortgejagt, unter dem ein wenig fadenscheinigen Vorwand, am offenen Fenster eine lange Pfeife geraucht und einen vorübergehenden Professor nicht gegrüßt zu haben. Ich hatte ihn nicht gesehen. Aber der Lehrerrat faßte es als Verhöhnung auf.

Der Rest ist eine häßliche Erinnerung. Durch die zweite Dimission war dem Entgleisten jedes Gymnasium in Bayern verschlossen, und übrig blieb nur eine Münchner Presse. Aber nun war Hopfen und Malz verloren; ich hatte die Empfindung, man hätte mir schweres Unrecht getan und wurde gleichgültiger denn je. Ich kneipte. Machte Schulden. Groteske Schulden.

Bis eines Tages langgeprüfte Familiengeduld riß und kurzerhand beschlossen wurde, den Unverbesserlichen drüben über dem großen Wasser für sich selbst sorgen zu lassen; ein Beschluß, der allzu energisch gewesen sein mag. Denn schließlich hatte der Lausbub weder gestohlen noch geraubt. Wenn ich mir aber den Lümmel von damals vorstelle, wie er alltäglich die schönsten Ermahnungen mit gelangweiltem Gesicht anhörte, um sich dann zu schütteln wie ein naßgewordener Hund und schleunigst eine neue Dummheit auszuhecken (die der Familie gewöhnlich ein Sündengeld kostete) – so verstehe ich alles! Glaube mir, oh Leser: Der Lausbub war ein infamer Lausbub!

Im Zwischendeck der Lahn.

Im Bremer Ratskeller. – »So schmiede dir denn selbst dein Glück!« – An Bord. – Der Steward, der Zahlmeister und das Nebengeschäftchen. – Vom Itzig Silberberg aus Wodcziliska. – *Atra cura* ... – Das Mädel mit den hungrigen Augen. – Die beiden Däninnen. – Im New Yorker Hafen.

Den ganzen Tag waren wir in Bremen umhergerannt. Als wir bei der ärztlichen Untersuchung uns einer langen Reihe von Auswanderern anschließen und stundenlang warten mußten, sagte mein Vater auf einmal:

»Du solltest eigentlich doch die Überfahrt in der Kajüte machen und nicht im Zwischendeck!«

Aber sofort besann er sich. »Nein! Es bleibt dabei. Es ist besser, wenn du dich schon auf dem Schiff an neue Verhältnisse gewöhnst.«

Und dann kam der letzte Abend im deutschen Land.

Bis gegen Mitternacht saßen mein Vater und ich im Bremer Ratskeller, in einem stillen Winkel, verborgen zwischen bauchigen Apostelfässern. Edler Wein funkelte in den Gläsern. Von der großen Stube her klang Stimmengewirr, lustiges Lachen fröhlicher Menschen. Mir war erbärmlich zumute; ich starrte in den goldgelben Wein und kämpfte immer wieder mit Tränen und dachte an den Abschied von meiner Mutter und wagte es nicht, meinem Vater in das vergrämte Gesicht zu sehen.

Erst Jahre später habe ich das verstanden, was mir mein Vater an jenem Abend sagte. Er sprach wie ein Mann zum andern, wie ein Freund zum Freund; erklärte mir, daß es ihm bitter schwer würde, den einzigen Sohn in die Welt hinauszuschicken. Er wisse aber keinen andern Rat. Das Leben selbst mit all' seinen Härten müsse mich in die Kur nehmen ...

»Geh' zugrunde, wenn du zu schwach fürs Leben bist!«

Und ich lächelte unter Tränen, denn meine Art von Stolz hatte ich trotz allen Gedrücktseins und trotz aller Reue. Das gefiel ihm.

»Du wirst nicht zugrunde gehen, glaube ich. So gefährlich auch das Experiment ist, für so richtig halte ich es. Du mußt auf deine eigenen Füße gestellt werden. Du mußt dich austoben! Auf der Universität würdest du nichts als neue Streiche machen, dich vielleicht ins Unglück stürzen; Soldat, wie du es werden möchtest, kann ich dich nicht werden lassen, denn zum armen Offizier eignet sich kein Mensch so schlecht wie du – ins kaufmännische Leben paßt du erst recht nicht. So schmiede dir denn selber dein Glück ...«

Stundenlang sprach mein Vater mit mir. Meine Fahrkarte lautete nach Galveston in Texas. Mein Aufenthalt in New York würde nur wenige Stunden dauern; am nächsten Tag nach Ankunft der Lahn in New York sollte ich mit einem Dampfer der Mallorylinie nach Texas weiterfahren. Da draußen im jungen Land würde es mir weit leichter werden, mich durchzuschlagen, als in einer Riesenstadt mit ihren Tausenden von Arbeitslosen.

»Such' dir dein Brot! Halte den Kopf hoch, mein Junge; laß dir nichts schenken; gib Schlag um Schlag; hab' Respekt vor Frauen. Du wolltest ja immer Soldat werden – bist jetzt ein Glückssoldat.«

Und die Gläser klirrten zusammen.

Da bat ich schluchzend um Verzeihung – – – Nie in meinem Leben werde ich jenen Abend vergessen; denn als ich sieben Jahre später wiederkam, da hatten sie meinen Vater begraben.

Am nächsten Morgen fuhren wir nach Bremerhaven zum Lloyddock. Dort lag wie ein riesiges schwarzes Ungetüm der Schnelldampfer Lahn. Auf dem kleinen Häuschen am Dock, das irgend ein Bureau enthalten mochte, flatterte die deutsche Flagge. Am Kai drängten sich die Menschen, und an der Schiffsreeling standen in dichten Reihen Kajütenpassagiere, die Abschiedsgrüße zu ihren Freunden hinunterriefen und Taschentücher flattern ließen. Wir stiegen die Gangplanke hinan. Ein Zahlmeister des Norddeutschen Lloyd verlangte meine Zwischendeckkarte, und ein Polizist prüfte meinen Paß. Auf dem Vorderschiff war ein unbeschreiblicher Wirrwarr. Männer und Frauen und Kinder standen und saßen herum, zwischen Köfferchen und Säcken und Bündeln. Irgend jemand spielte auf einer Ziehharmonika, und ein Mädel sang dazu: »Et hat ja immer, immer jut jejange' – jut jejange' …« Die unbehilflichen Menschen, die sich gegenseitig im Wege standen, schnatterten und schimpften; die Ziehharmonika johlte einen Gassenhauer nach dem andern, bis die Walzerklänge der Schiffskapelle auf dem Promenadedeck sie übertönten. Mein Vater und ich standen an der Reeling zwischen einem russischen Juden in fettglänzendem Kaftan und einer Bauernfrau mit buntem Kopftuch. Ich schluchzte vor mich hin. Die Menschen und die Dinge schwammen mir vor den Augen; mir war, als müßte ich schreien in bitterer Reue. Mein Vater sagte ein über das andere Mal:

»Mein lieber Junge – mein lieber Junge!«

»Besucher von Bord!« riefen die Stewards. Die Glocke begann zu läuten.

Langsam setzte sich der Schiffskoloß in Bewegung. Und ich stand und starrte mit brennenden Augen nach dem Kai. Hochaufgerichtet stand mein Vater am äußersten Ende der Landungsbrücke, den Kopf in den Nacken geworfen, wie das seine Art war, und winkte mir zu. Einmal. Zweimal. Dann wandte er sich mit einem scharfen Ruck, und in wenigen Sekunden war er im Menschengewühl verschwunden – – –

Ein Steward klopfte mir auf die Schulter. »Haben Sie schon 'ne Koje?«

»Nein.«

»Na, hören Sie 'mal – dann ist's aber höchste Zeit. Machen Sie, daß Sie 'runterkommen. Die Treppe dort.«

Ich nahm meinen Handkoffer und stieg hinunter, in einen Riesenraum mit langen Reihen von Holzgestellen: nebeneinander und übereinander geschichteten Kojen. Viele Hunderte von Schlafplätzen waren es. Jedes Bett enthielt eine Strohmatraze, zwei hellbraune Wolldecken und ein Kopfkissen. Auf jedem Kopfkissen waren ein Blechbecher, ein zinnerner Teller, Messer, Gabel und Löffel hingelegt. Überall auf den Holzgestellen kletterten Männer herum, und da und dort stritt man sich um die Plätze. Ich muß recht hilflos dagestanden haben. Ein Steward sah mich prüfend an, dann ging er auf mich zu:

»Das wird Ihnen man nich' gefallen hier unten mit die Polacken un' die Jüden un' die ganze Gesellschaft – das is nix nich' für junge Herren, sag' ich. Kommen Sie mit.«

Natürlich ging ich mit. Mir war alles furchtbar gleichgültig. Durch endlose Gänge und über unzählige Treppen führte er mich ins Bureau des vierten Zahlmeisters.

»Können wir nich' 'ne Koje fixen für diesen jungen Herrn?« fragte mein Begleiter den Zahlmeister.

Jawohl, es ging. Gegen eine Entschädigung von zwanzig Reichsmark wollte der Herr Zahlmeister eine Koje für mich im Vorratsraum aufstellen lassen. Ja, sie stand merkwürdigerweise schon fix und fertig da, in einem Winkel, durch eine aufgespannte amerikanische Flagge schamhaft verhüllt.

»Das is schandbar billig,« flüsterte mir der Steward zu. »Da haben Sie Glück gehabt. Nu wollen wir aber einen trinken. So 'ne kleine Flasche Hamburger Kümmel kost' nur 'ne Mark fufzig. Haben Sie zufällig eine da, Herr Zahlmeister?«

Jawohl; es war eine da.

»Prost!« (Einundzwanzig Mark und fünfzig Pfennige wechselten ihre Besitzer). Da starrte mich der Steward auf einmal entsetzt an. »'n Strohhut? Nee, is' nich' möglich – 'n Strohhut! Mensch, haben Sie keine Mütze?«

Nein, ich hatte keine Mütze.

»Mensch! So 'n feiner Strohhut – der geht über Bord, sag' ich Ihnen. Bei dem Wind! Ich hab' zufällig 'ne Mütze. Kost 'n Taler! 'ne feine Mütze!«

Natürlich kaufte ich die Mütze.

Dann komplimentierte mich der Zahlmeister höflich aber energisch hinaus. Ich kennte ja jetzt meinen Schlafplatz. Von 7 Uhr morgens aber bis 9 Uhr abends hätte ich in seinem Bureau nichts zu suchen.

Auch das war mir sehr gleichgültig – wie alles und jedes an Bord der Lahn an jenem ersten Tag. Ich aß fast nichts, interessierte mich für nichts, lief stumpfsinnig an Deck auf und ab, stand stundenlang in einem einsamen Winkel an der Reeling, schlich mich früh am Abend in des Zahlmeisters Bureau, ging ins Bett und weinte unter der Decke wie ein kleiner Junge ...

Fröhlicher Sonnenschein flutete durch die kleinen rundlichen Kajütenfenster, als ich am nächsten Morgen erwachte und schläfrig um mich blinzelte. Was war das für ein Tönen und Surren? Im ganzen Körper fühlte ich das Vibrieren des vorwärtspeitschenden Riesenschiffes – mir war, als läge ich in einer Schaukel, auf und ab schwingend; als würde ich der Decke zugeschleudert, bliebe dort einen Augenblick hängen und versänke dann in unendliche Tiefen. Ein Stückchen von mir selbst schien jedesmal zurückzubleiben; droben an der Decke und unten in der Tiefe. Einmal hatte ich das entsetzliche Gefühl, als hätte sich mein Magen von mir getrennt und schwebe irgendwo in der Kajüte. Ich sprang aus dem Bett, und sofort hörte das Rumoren in meinem Innern auf. Im Handumdrehen war ich angezogen, eilte an Deck und machte mich mit wahrem Heißhunger über Kaffee und Brötchen her, die aus einem großen Kessel und einem Ungetüm von Korb durch zwei Stewards verteilt wurden. Wenig Menschen waren an Deck. Ich trat an die Reeling. Da draußen war majestätische Ruhe. Wie die Unendlichkeit selbst sahen sie aus, die immerzu vorwärtsrollenden Wasserberge, in ihrer gewölbten Mitte tief schwarz und doch glänzend wie ein Spiegel grünblau aufsteigend, schaumig weiß an den Rändern. Dann überholte der eine Wasserberg den andern, zusammenstürzend, und eine neue Welle wurde aus ihnen geboren, zu kurzem Spiel. Nimmer aufhörende Bewegung und doch verkörperte Ruhe. Ich trank die salzige Luft ein, die einem die Augen aufleuchten ließ und das Blut schneller durch die Adern jagte. Und schaute in den Sonnenhimmel.

Frisch und froh und leicht fühlte ich mich. »So schmiede dir denn selber dein Glück –« Vergangen war vergangen und feige wäre es, die Ohren hängen zu lassen. Hast du Schneid genug zu dummem Leichtsinn gehabt, so mußt du auch Schneid genug haben, nicht in nutzloser Reue zu flennen.

Ich wurde unternehmungslustig und stieg ins Zwischendeck hinab. Es war fürchterlich da unten. Armselige Häuflein menschlichen Elends lagen auf den Kojen herum, mit grüngelben Gesichtern, jammernd in den Qualen der Seekrankheit, zu energielos, um in frische Luft an Deck zu gehen. Eine Unterwelt des Stöhnens und der Gerüche. Und die Konsequenzen der Seekrankheit machten sich sehr bemerkbar, so daß ich allen Göttern für mein Schlafplätzchen im Vorratsraum dankte.

»Se belieben nix ssu sein seekrank?« fragte mich ein alter Jude, der knoblauchduftend auf einem Bündel neben seiner Koje saß.

»Nein.«

»Nu, das frait mich. Was ham Se genommen ein for de Magen?«

»Nichts. Ich blieb nur in der frischen Luft.«

»Püh, frische Luft. Wer' ich raufgehen ssu sitzen in der frischen Luft? Wer' ich nich'! Bin ich gegangen rauf und hab mer gesetzt auf Stricke. Is 'n Goj gekommen, wo hat ge-soogen an die Stricke un' bin ich gefallen auf 'n Rücken.

»'s Tauwerk is nich' zum Sitzen da,« sagt er.

»Se ver–sseihen gütigst,« sag ich. Nu bin ich gegangen ssu sitzen auf 'e Bank ganz vorne.

»Paß man auf. Da is feucht!« sagt der Goj.

Nu, ich bin geblieben sitzen. De Bank is for alle da und er hat mer nix nich' ssu sagen, <u>denk'</u> ich. Nu, ich sitz – un' wie ich so sitz, kommt e Welle un' macht mer himmelschreiend naß. Waih geschrien, sag ich, was is das for e Gemeinheit?«

»Siehste,« sagte der Goj.

»Nu belieben Se gütigst ssu verstehen, daß ich nix will wern naß un' nix will haben tun mit die Gojim vons Schiff. Püh! Was wern Se machen drieben, wenn ich fragen derf?«

»Weiß ich noch nicht.«

»Nu? wie haißt? Sind Se e Millionär?«

»Nee! Leider nicht. Was wollen denn Sie in Amerika anfangen?«

»Nu, der Silberberg is gegangen nach e böse Pleite in Wodcziliska in Galizien nach New York, un' is geworden e gemachter Mann. Bei de Geschäfte is' ssu machen e Rebbach, schreibt er an de Verwandtschaft. Nu – wer ich handeln – wie der Itzig Silberberg aus Wodcziliska.«

Als ich wieder oben war und dankbar die frische Luft einatmete, lachte ich laut und lange über den handelstüchtigen Sohn Israels. Dann wurde ich nachdenklich.

»Was wern Se machen drieben?...«

Zum Teufel auch, was würde ich eigentlich anfangen? Was werden wir essen? Was werden wir trinken? Ich glaube, ich habe dieser wichtigen Lebensfrage etwa zehn Minuten gewidmet. Zukunftssorgen waren bis jetzt nicht meine Spezialität gewesen: In schleierhaften Erinnerungen an allerlei Indianerbücher dachte ich an galoppierende Pferde und schießende Cowboys, und ... damit war der Schatz meines Wissens erschöpft. Hm, abwarten. Es war mir ja auch so unendlich gleichgültig. Da drüben, irgendwo in der zusammenfließenden Masse von Himmel und Wasser würde in so und so viel Tagen neues Land auftauchen, neue Menschen, neue Dinge. Das würde zweifellos sehr interessant und sehr lustig sein. Ich freute mich schon so auf dieses neue Land, als hätte ich weiß Gott welche wichtigen Pläne. Nebenbei mußte man dann allerdings Brot verdienen. Man mußte arbeiten oder dergleichen. Irgend etwas. Nun, das würde sich schon finden.

»Hinter dem Reiter auf dem Pferde sitzt die schwarze Sorge ...«

Das war mir schon in Tertia komisch vorgekommen. Laß sie doch sitzen! Und ich pfiff mir eins und entschied, die Sache sei vorläufig erledigt. Es klang famos, ein Glückssoldat zu sein. Das Wesen eines Glückssoldaten war mir zwar sehr schleierhaft, aber ich vermutete, die Hauptsache sei, sich um nichts zu kümmern, was ich wunderschön fand, und wozu ich unbestritten großes Talent hatte.

Alles war überhaupt wunderschön. Prachtvolles Gefühl, so sein eigener Herr zu sein. Freilich – ein dutzendmal jeden Tag sah ich an mir hinunter, konstatierte, daß mein heller Sommeranzug ausgezeichnet saß und wünschte mich sehnlichst zu den eleganten Herren und Damen auf das Promenadedeck hinüber. Da gehörte ich doch hin! Von Rechts wegen!

Nach und nach waren all die Jammergestalten nach überstandener Seekrankheit an Deck gekommen und verzehrten mit großer Regelmäßigkeit unglaubliche Mengen der derben Schiffskost, als wollten sie Versäumtes wieder einholen. Da waren oldenburgische Bauern, wortkarge Hünen, die den ganzen Tag lang in besorgter Wacht auf ihren Habseligkeiten saßen und niemals mit irgend jemand sprachen. Da waren galizische Juden, ungarische Arbeiter, deutsche Handwerker.

Sie hockten gewöhnlich in Gruppen zusammen. Sie scherten sich den Teufel um die Schönheiten des Meeres und die Fremdartigkeit des Schiffskolosses, aßen und tranken und rauchten und wuschen Wäsche und flickten Zeug und machten aus dem Zwischendeck ein Dorf mit alten Gebräuchen und alten Sitten. Die Weiber säugten ihre Kinder und holten ihren Männern das Essen und tanzten kreuzfidel, wenn der lustige bayrische Bierbrauer seine Ziehharmonika herbeiholte, und die Männer stritten sich und vertrugen sich wieder und erzählten ein wenig und logen ein bißchen, und die Stewards spielten bald die Polizeigewaltigen, weil sie Deutsche waren und ihnen das im Blut steckte; bald erinnerten sie sich daran, daß sie Kellner waren, und ergatterten Nickel.

Die oldenburgischen Bauern hatten Geld im Sack und gingen nach Kansas, um sich in einer deutschen Ansiedlung Land zu kaufen. Die Handwerker berichteten Wunderdinge von amerikanischen Wunderlöhnen – die ungarischen Arbeiter schnatterten den ganzen Tag in ihrer aufgeregten Art – die Juden hockten auf Kisten und Koffern zusammen und mauschelten.

Ich hatte wenig Verständnis für sie und ihre Art; das Zwischendeck der Lahn ist mir eine verschwommene Erinnerung, aus der nur ein paar Menschen auftauchen.

Da war ein schlankes Mädel mit hungrigen Augen. Sie reiste allein und erzählte jedem, der es hören wollte, daß sie des Dienstmädchenspielens und der gnädigen Frauen überdrüssig sei und – ja, da drüben gab's Geld, viel Geld und schöne Kleider, und sie sei ganz gewiß nicht dumm. Die Frauen im Zwischendeck betrachteten sie mit tiefster Abneigung, und die Männer verdrehten die Augen, wenn sie sich blicken ließ. Sie saß stundenlang ganz vorne an der Spitze des Schiffes und starrte aufs Meer hinaus. Einmal setzte ich mich neben sie.

»Einen Pfennig für Ihre Gedanken!«

»Hoh!« sagte das Mädel, und ihre Augen lachten, »meine Gedanken sind viel mehr wert.«

»Wieviel denn?«

»Nicht zum sagen. Ich hab' daran gedacht, daß ich alles Schöne haben will, was es nur gibt – alles, alles!«

Sie drehte sich um und sah mich an. Ich war zu jung damals, um in den hungrigen Augen zu lesen, und sie lachte und ging weg.

Und da waren meine beiden Däninnen. Schwestern, blutjunge Dinger in blauen Matrosenanzügelchen und kleinen schwarzen Hütchen. Sie saßen immer zusammen und kicherten, und wenn die Sonne schien, leuchteten die goldblonden Haare. Ich sagte einmal irgend etwas zu ihnen, da schüttelten sie lachend die Köpfe, denn sie sprachen nur dänisch und verstanden keine andere Sprache. Am letzten Abend der Reise aber war ich mit ihnen zusammen. Spät war's schon, und ich saß allein auf dem dunklen Verdeck und starrte in die Sternenwelt hinaus. Da kamen die Schwestern, kichernd und lachend, und eine setzte sich rechts von mir und eine links. So blieben wir die ganze Nacht im Dunkeln und schauten aufs Meer hinaus und schauten einander an, und betrachteten das Sternengeglitzer und freuten uns, wenn die Wellen silberschäumend aufblitzten. Stunde auf Stunde verrann, und wir rückten immer enger zusammen.

Ohne auch nur ein einziges Wort sprechen zu können.

Ich hab' die beiden armen Dinger nach Jahren wieder gesehen in jämmerlichem Elend. Aber das ist eine andere Geschichte.

Wie ein feiner Dunstschleier lag's über dem Meer. Graue Gebilde tauchten auf am Horizont, kaum sichtbar in verschwommenen Umrissen, aber von erdrückender Masse, schwer, ungeheuer. Sie wuchsen, stiegen empor, nahmen Form und Gestalt an, zergliederten sich in schattenhafte Häusermassen, zerteilt, interpunktiert von himmelstrebenden, riesengroßen Schatten, die grob und eckig wie Würfel aussahen und gewaltig, als habe eine übermenschliche Hand sie hingestellt. Das Meer wurde lebendig. Schiffe kamen in Sicht – Dampfer, groß und klein, Segler, Ozeanschlepper. Und langsam lösten sich aus den Schatten Farben heraus, das Meer erdrückend, als wolle die Riesenstadt sagen: Hier herrsche ich!

Getöse überall. Aus dem Wasser taucht ein Weib auf, fackelschwingend, eine Strahlenkrone um das Haupt, die Statue der Freiheit. Nun fahren wir mitten im Häusergewirr, das auf allen Seiten unabsehbare Linien von Schiffen bunt umsäumen, in allen Farben, in allen Größen.

Zwei zierliche Schleppdampfer drängen unseren Schiffskoloß hübsch langsam und vorsichtig an den Pier, von dem aus schwarzer Menschenmenge weiße Tücher grüßend flattern. Die Gangplanken werden gelegt, die Kajütspassagiere gehen an Land, die Dampfwinden fördern eilend ihre Kofferlasten aus dem Schiffsbauch. Wir Zwischendeckler müssen lange warten, bis auch wir das Schiff verlassen dürfen und uns in der Landungshalle zur Zollrevision aufstellen können.

Die ging schnell genug vorüber; bei den armen Leuten vom

Zwischendeck war nicht viel zu holen für Onkel Sam. Dann marschierte man uns auf einen kleinen Dampfer, der uns nach den Auswandererhallen hinübertrug.

Es war ein riesengroßer Raum, durch Holzwerk in lange, schmale Gänge eingeteilt, mit kleinen Holzhäuschen für die Ärzte und die Auswanderer-Kommissare. An denen mußten wir im Gänsemarsch vorbeischreiten. Nach einer Stunde etwa kam auch ich an die Reihe. Der Arzt sah mich flüchtig an und winkte nur mit der Hand, ich dürfe weitergehen; der Kommissar fragte mich nach meinem Namen und sah auf einer Liste nach, die er in der Hand hielt.

»Sie sind Deutscher?«

»Ja.«

»Was haben Sie in Deutschland gearbeitet?«

»Nichts!« platzte ich heraus, und der Beamte lachte.

»Was wollen Sie hier in Amerika?«

Ich muß wahrscheinlich auf diese Frage ein recht dummes Gesicht gemacht haben, denn der Beamte wartete die Antwort gar nicht ab und fragte lächelnd:

»Zeigen Sie mir die erforderlichen dreißig Dollars.«

Er warf einen flüchtigen Blick auf die Goldstücke in meinem Geldtäschchen.

»Schön. Sie können passieren. Und viel Glück!«

Da stand ich nun in der kleineren Seitenhalle mit ihren Kofferbergen und mir fiel ein, daß auf dem Fahrschein der Dampferlinie, die mich nach Texas bringen sollte, umständlich auseinandergesetzt war, man müsse bei der Ankunft in New York die Fahrkarte auf den Hut stecken. Das tat ich. Sofort schoß ein bewegliches kleines Kerlchen auf mich zu:

»Hello, *mister*. Sie fahren mit der Mallory-Linie. Ich bin der Agent. Alles in Ordnung. Geben Sie mir Ihren Gepäckschein her. So! Bleiben Sie hier stehen. Rühren Sie sich ja nicht vom Platz. Sie haben gar nichts zu tun. Wird alles besorgt. Ist alles bezahlt.«

Und weg war er. Bald sah ich ihn hier, bald dort im Menschengedränge auftauchen, und immer hatte er neue Schutzbefohlene am Wickel, die er schleunigst zu mir in die Ecke führte. Endlich waren wir vollzählig.

»Eins, zwei, drei – sieben!« zählte er. »*Allright*. Alles in Ordnung. Gepäck wird gebracht. Gehen wir. Immer hinter mir drein!«

So betrat ich die Straßen New Yorks.

———————————

Ein Tag in New York.

Wie ich mir einen Revolver kaufte. – Der *policeman* und der Stiefelputzer. – Wie man eingeseift und barbiert wird. – Im Geschwindigkeits-Restaurant. – Die Bowery. – Hallelujamädchen. – Im Park.

»Bleiben Sie lieber im Heim,« meinte das kleine Männchen. »Es ist gescheiter und billiger!«

»Fällt mir nicht im Traum ein,« sagte ich.

»*Well*, ich habe Sie gewarnt. Dies ist eine große Stadt, eine feine Stadt, aber eine merkwürdige Stadt. Wenn Sie morgen in Ihr leeres Portemonnaie gucken und weinen, dann ist's Ihr eigenes Begräbnis! Also der Dampfer geht morgen früh um acht Uhr ab!«

Und er trippelte aus dem Bureau.

Ich sah ihm lachend nach. Hier im Auswandererheim in der *State Street* wehte Zwischendeckluft, und Zwischendeckluft hatte ich gründlich satt. Da waren große Räume mit lauter Schlafplätzen dreifach übereinander; Kojen, richtige Kojen – da war ein Eßraum mit riesig langen Tischen und Bänken. An denen saßen Auswanderergestalten, denn es war gerade Essenszeit. Und Bündel lagen umher, und dumpfe Luft war in dem Raum, und ich machte, daß ich hinauskam.

»Wohin?« fragte der Mann mit der Mütze, der an der Türe stand.

»'raus!«

»Lieber nicht. Viel zu heiß zum Spazierengehen.«

»Mir egal. Ich will 'raus.«

»Hm. Fahren Sie weiter?«

»Ja. Mit dem Mallory-Dampfer morgen früh.«

»Texas? Was Sie nicht sagen! Haben Sie schon 'n Revolver?«

»Mann!« sagte der mit der Mütze erstaunt und mitleidig, als ich den Kopf verneinend schüttelte. »Da unten muß man unbedingt 'n Schießeisen haben!«

Daß ich aber auch daran nicht gedacht hatte! Ich machte mir schwere Vorwürfe über meinen unverzeihlichen Leichtsinn und war von tiefer Dankbarkeit erfüllt, als der Mann mit der Mütze sich erbot, mir einen Laden zu zeigen. Er führte mich in ein Geschäft am Broadway, flüsterte mit dem Verkäufer, bekam irgend etwas in die Hand gedrückt, und ging wieder. Er dürfe nicht lange fortbleiben – der *gentleman* dort würde mich schon *fixen*.

»*I – I desire to buy a revolver!*« stotterte ich.

»*Certainly,*« antwortete der Verkäufer. »*Talk German.* Bitte, sprechen Sie nur deutsch. Sie wünschen einen Revolver?«

Ich bejahte.

»Sie müssen natürlich das beste haben, was es nur gibt, besonders da Sie nach Texas reisen, wie mir der Mann vom Heim sagte. Dort kann das Leben eines Mannes leicht genug von der Güte seiner Waffe abhängen!«

(Texas muß ja fa–mos sein! Dachte ich mir, freudig überrascht).

»Ich möchte Ihnen diesen Smith und Wesson Revolver bestens empfehlen. Feinster Nickelstahl. Selbsttätiger Patronenauswurf. Selbstwirkende Sperrvorrichtung. Treffsicherheit auf dreihundert Meter garantiert. Kolossal bequem in der Hüftentasche zu tragen!«

41

»Ich weiß doch nicht ...« sagte ich, die kleine Maschine möglichst sachverständig betrachtend. »Gerade mit diesem System bin ich nicht vertraut.« (Ich verstand überhaupt nichts von Revolversystemen.)

»Ich erkläre Ihnen den Mechanismus genau. Außerdem können Sie die Waffe auf unserem Schießstand probieren. Diese Tür dort!«

Ich zitterte vor Freude. Das war ja wunderbar. Kaum konnte ich meine Ungeduld meistern, als wir in die Schießbahn kamen, und er mir zuerst den Mechanismus, das Laden, das Patronenauswerfen zeigte. Endlich gab er mir den Revolver in die Hand, und schleunigst knallte ich auf die von Glühlampen hellbeleuchtete kleine Scheibe los.

»Ausgezeichnet!« rief der Waffenhändler.

»Hab' ich getroffen?« fragte ich erratend.

»Ob Sie getroffen haben?« meinte er. (Als ob das gar nicht anders möglich sei.) »Selbstverständlich. Ins Zentrum haben Sie getroffen!«

Beinahe hätte ich Hurrah geschrien. Ich freute mich wie ein kleiner Junge. Nach dem zwölften Schuß ging der Waffenhändler zur Scheibe und brachte mir das Stückchen Pappe. Sämtliche Schüsse saßen in den beiden inneren Kreisen. Wie stolz ich war! So stolz, daß ich ohne weiteres den sehr teuren Revolver kaufte. Hätte ich damals schon gewußt, daß es ein alter Trick amerikanischer Waffenhändler ist, auf den Schießständen sauber zurechtgeschossene Scheiben in Bereitschaft zu haben, die den Kunden für ihre eigenen unterschoben werden, so würde ich wohl bedeutend weniger eingebildet gewesen sein!

Die sollten mir nur kommen in Texas! Meine texanische Zukunft schien mir gesichert! Ich besaß einen Revolver!

... Ich muß versucht haben, den Fahrweg des Broadway zu überschreiten. Eine elektrische Straßenbahn wenigstens gab sich die erdenklichste Mühe, mich zu rädern – die Pferde eines Lastwagens versuchten mit zynischem Gleichmut, mir die Füße wegzutreten – ein Radfahrer kollidierte zuerst mit meinen Rippen und hielt sich dann vertrauensvoll an meinem Halse fest – und siebenundzwanzig Kutscher brüllten zu gleicher Zeit auf mich ein.

»Hilfe!« schrie ich.

Da tauchte ein Hüne von Polizist mit grauem Helm, blauem Rock und einem niedlichen kleinen Knüppel in der Hand neben mir auf, sah mich mißbilligend an und hob den kleinen Finger der rechten Hand ein bißchen in die Höhe. Wie durch Zauberschlag standen all' die Wagen still, schwiegen all' die Kutscher, hörten all' die Elektrischen mit ihrer dröhnenden Klingelei auf. Und der Hüne faßte mich behutsam am Arm und bugsierte mich auf die andere Seite der Straße.

»Donnerwetter!« rief ich.

»Oh – aha!« sagte der *policeman* in deutscher Sprache. »Frisch von drüben? Lassen Sie sich in eine Unfallversicherung aufnehmen!«

Sprach's und schritt majestätisch weiter. Ich aber guckte betrübt an mir hinab und konstatierte, daß mein Rock bestaubt, meine Stiefel mit Schmutz bespritzt und meine Manschetten zerknüllt waren.

Da sah ich an der Straßenecke einen pompösen, mit Messingblech verzierten Lehnstuhl stehen, vor dem ein Negerjunge hockte, und ich begriff, daß das ein Etablissement zum Stiefelputzen war.

Wie hießen doch Stiefel auf englisch? Richtig – *boots*. Aber wie drückte man sich auf englisch aus, wenn man etwas geputzt haben wollte? Keine Ahnung! Damals begann ich zum erstenmal, speziell den Lehrern der englischen Sprache zweier bayrischer Gymnasien allerlei Übles an den Hals zu wünschen. In Zukunft tat ich das noch häufig. Wie der schöne und wahre Satz: »Die Tugend ist das höchste Gut« auf englisch hieß, das hatte man uns gelehrt; die spartanischen Jünglinge und die verschiedenen Enormitäten ihrer Erziehung – das war ein sehr beliebtes Übersetzungsthema gewesen. Aber wie man sich auf englisch die Stiefel putzen ließ – das war den Herren Humanisten wahrscheinlich zu gewöhnlich gewesen. Und auf dem Broadway von New York dankte ich den Göttern, daß ich als Primaner in Burghausen so viele englische Schundromane gelesen und so viele englische Liebesbriefe geschrieben hatte. Sonst wär' ich dagesessen mit meinem humanistischen Englisch!

Nein, das Wort für reinigen fiel mir nicht ein. Ich kletterte daher wortlos auf den Lehnstuhl. Der Neger fiel auch sofort über meine Stiefel her, bürstete, ölte, frottierte mit sieben verschiedenen Tüchern und erzielte eine glänzende Herrlichkeit, die ich mit Staunen betrachtete, während ich meinen Schädel damit quälte, wie ich elegant fragen könnte, was die Geschichte kostete.

»*What does that cost?*« meinte ich schließlich.

»*A nickel* – fünf Cents,« grinste der Neger. »Deutsches, heh? Nix englisch, heh?«

Und tief beschämt gab ich ihm meinen Nickel.

Es war so heiß, daß man kaum atmen konnte; es war, als strömten Fluten glühender Luft aus dem Asphalt der Straße. Ich beneidete die westenlosen Herren mit ihren dünnen

Jäckchen und die Damen, die Fächer trugen und sich unablässig Kühlung zufächelten; ich wunderte mich, daß trotz der Hitze alle Leute so rannten; war erstaunt, als ich durch eine Spiegelscheibe in ein Bankgeschäft hineinguckte und lange Reihen von Angestellten in Hemdärmeln sitzen sah; in eleganten Hemdärmeln, an den Ellenbogen von breiten bunten Seidenbändern zusammengehalten. Aber immerhin in Hemdärmeln. Ich guckte in alle Läden hinein, starrte verblüfft an himmelragenden Wolkenkratzern empor, ließ mich vorwärts schieben im Straßengewühl. Ein Barbierladen brachte mich auf die Idee, mich weiterhin verschönern zu lassen.

Eine Viertelstunde lang saß ich in der Reihe der Wartenden, bis eine der emsig arbeitenden Gestalten in fleckenlosem weißen Linnen mich ansah und rief:

»*Next!*«

Der Nächste! Ich war an der Reihe.

Der Barbier war ein Künstler. Leise wie ein Hauch glitt er mir über das Gesicht. Auf einmal spürte ich etwas an meinen Füßen, merkte, daß ein Neger sich heimtückischerweise herbeigeschlichen hatte und mir die Stiefel putzte! Herrgott, sie waren doch schon geputzt worden! Ich wollte protestieren. Es ging aber nicht, weil der Künstler gerade an meinen Mundwinkeln operierte. Lieber die Stiefel zweimal geputzt als einmal geschnitten, dachte ich mir.

Da! Jemand ergriff meine rechte Hand. Diesmal wäre ich fast zusammengezuckt. Mühsam aus den Augenwinkeln schielend, stellte ich fest, daß ein anderer Neger mit Scheerchen und Feilen und Bürstchen meine Nägel bearbeitete! Na, meinetwegen.

Dreimal wurde ich eingeseift, dreimal rasiert. Dann legte

sich auf einmal ein weißes Tuch über mein Gesicht –

Ich brüllte! Das Tuch war kochend heiß.

»*Nice, aint it?*« fragte der Barbier.

Nice – das hieß hübsch. Die New Yorker Barbiere schienen mir einen grotesken Geschmack zu haben. Aber wirklich, nach dem ersten Schrecken fühlte man sich erfrischt, wohlig. Von Zeit zu Zeit fragte mich der Barbier irgend etwas, und ich nickte nur mit dem Kopf, weil ich seinen Geschäftsjargon nicht verstand.

So übergoß er meine Wangen mit höllischem Feuer und salbte mich mit kühlenden Wohlgerüchen – zerschlug ein Ei auf meinem armen Schädel und brühte mir die Haare, um gleich darauf durch einen eiskalten Guß einen brillanten Kontrast zu erzielen – schnitt mir die Haare – rasierte mir den Nacken – frottierte, rieb, schund mich. Aber es war sehr schön!!

»*Thank you!*« sagte der Künstler.

Und die junge Dame an der Kasse präsentierte mir mit bezauberndem Lächeln eine Rechnung von fünf Dollars und packte mir eine Haarbürste, eine Zahnbürste und eine Dose mit Pomade fein säuberlich ein. Ich fiel beinahe in Ohnmacht. All' das Zeug hatte ich nickenderweise in aller Unschuld gekauft! Ich wollte protestieren, ich wollte – – da sah mich die junge Dame mit einem süßen Blick an, mit einem Blick, der einen Eisblock hätte schmelzen können. Da tat auf einmal die Fünf-Dollarrechnung gar nicht mehr weh. Ich bezahlte nicht nur, sondern ich bezahlte mit Vergnügen.

Stundenlang wanderte ich ziellos umher, beschauend, staunend. Mir kam's vor, als sehe eine Straße wie die andere aus, als herrsche überall das gleiche verwirrende Getöse, das gleiche Getümmel. Ein Eindruck verwischte den andern. Ich fing an müde und vor allem hungrig zu werden. Da sah ich ein Schild mit grellen roten Buchstaben: Restaurant. Schleunigst trat ich ein.

An kleinen Tischen saßen Männer, in angestrengter Arbeit vornüber gebeugt. Sie aßen krampfhaft darauf los, als sei dies ein Preisessen, mit einem tüchtigen Preis für den, der zuerst fertig würde. Speisekarten gab's nicht. Dafür hingen überall an den Wänden Plakate mit Namen von Gerichten, und riesengroße Schilder besagten, daß hier ein Einheitspreis herrsche. Was man auch aß, alles kostete fünfundzwanzig Cents.

»Was ist's Ihrige?« brüllte der Kellner im Vorbeijagen.

»*Beefsteak!*« schrie ich ihm nach.

»*Medium?*« brüllte er zurück.

»*Yes!*« schrie ich auf gut Glück, denn ich hatte keine Ahnung, was "medium" bedeuten sollte. (Das Wort ist ein echt amerikanischer Spezialausdruck, Restaurantjargon, und heißt "mittel", halb durchgebraten.)

»Tee, Kaffee, Milch?« erkundigte sich der Ganymed, vom anderen Ende des Lokals herüberschreiend.

»Bier!« rief ich entrüstet.

»Nix Bier!« johlte er zurück. »Tee, Kaffee, Milch …«

»Milch!« schrie ich. Ich war empört. Nicht einmal ein Glas Bier konnte man also bekommen! Wäre ich meinem Englisch nicht so mißtrauisch gegenübergestanden, so hätte ich dem Kellner gründlich meine Meinung über seine unkommentmäßigen Getränke gesagt!

Nach wenigen Sekunden schon stürzte er auf meinen Tisch los. Ich starrte ihn in jähem Erstaunen an. Der Mensch mußte im Nebenberuf Jongleur sein, denn er balanzierte auf ausgestrecktem linkem Arm eine Pyramide von hochaufgetürmten Schüsseln und Schüsselchen mit allerlei Gerichten, mit einer Selbstverständlichkeit, als sei für ihn das Gesetz der Schwerkraft aufgehoben. Von den dutzend Schüsseln, die da auf seinem Arm schwebten, nahm er die oberste und warf sie mir hin. Jawohl – warf sie mir hin. Die Platte glitt über das Tischtuch und rutschte niedlich in Position vor meinen Platz. Der reine Zaubertrick. In gleicher Art kam ein Schüsselchen mit gebratenen Kartoffeln gerutscht und ein Glas Milch. Dann warf er mir ein rosa Pappstück hin mit dem gestempelten Aufdruck: 25 Cents. Das war die Rechnung. Man bezahlte an einer kleinen Kasse.

Ich glaube, ich habe sehr rasch gegessen. Erstens war ich hungrig und das Beefsteak ausgezeichnet, und zweitens steckte die Schnellesserei an. Man konnte in der nervösen Hast dieser Futterstelle mit Dampfbetrieb so etwas wie beschauliche Gemütlichkeit nicht bewahren.

Wieder stand ich in dem Straßenlärm. Über das hohe eiserne Gerüst in der Straßenmitte donnerten alle Augenblicke Eisenbahnzüge. Es fing an dunkel zu werden. Lichter flammten auf, das Meer von Reklameschildern und Plakaten hell beleuchtend. Denn ein Laden reihte sich hier an den andern. Die Straßenfront war eine ununterbrochene Folge von Schaufenstern, von Trödelläden, Kneipen, Kleidergeschäften, Bazaren, Theatern. Und ein jeder versuchte seinen Nachbarn durch grelle Anpreisung zu übertrumpfen; hier glitzerten hunderte von Glühlämpchen in einem Schaufenster, dort lenkte ein schwingendes Feuerrad die Aufmerksamkeit auf billigen Schmuck, da sollte ein lichtumrahmter Farbenklecks einer Tänzerin mit flatternden Jupons und rosabestrumpften Beinen in ein Varieté locken. *Cheap*, billig, war das Motto der Straße. Billig, billig – stand überall in Rot und Grün und Gelb angeschrieben – billig, schrien an jedem zweiten Fenster Buchstaben aus Glühlampen geformt. Billig, billig …

Die Straße war die Bowery, das Viertel der Armut, des Lasters, des billigen Vergnügens. Das wußte ich freilich damals nicht. Ich sah nur, wie erbärmlich der lichtumflutete Tand in den Fenstern war – wie das Geschäft der Straße hinter dem Pfennig herhetzte – wie die Menschen sich drängten und starrten und gafften. Energische jüdische Herren versuchten, mich in ihre Kleidergeschäfte hineinzuziehen, eine junge Dame rempelte mich an, ein Mann, der aus einer Bar hinausgeworfen wurde, sauste an mir vorbei und hätte mich beinahe mitgerissen. Matrosen johlten. Neben Herren, die trotz ihrer Seidenhüte und trotz der Brillantbusennadeln merkwürdig gewöhnlich aussahen, drängten sich Gestalten in halbzerrissenen Kleidern, Neger, Dirnen, barfüßige Kinder. An den Ecken lungerten Männer und Frauen, riesige Polizisten schritten langsam auf und ab. Man war wie eingekeilt. Denn auch der Straßenrand bildete eine einzige Linie von Licht und Verkaufsbuden, von rollenden Läden. An jedem der kleinen Wagen steckte eine Petroleumfackel, und der rote Schein stach sonderbar von den weißen Lichtfluten der Bogenlampen ab. Da waren Obstverkäufer und Blumenhändler und Limonadekarren. Ein behäbig aussehender Mann in weißer Schürze hatte einen riesigen Kessel um sein Bäuchlein geschnallt, einen tragbaren Ofen. Man sah die glühenden Kohlen auf dem Rost. Er wanderte hin und her am Straßenrand, aus Leibeskräften schreiend: Wiener Wurst – Wiener Wurst, *gentlemen – hot Wiener Wurst*. Da kam ein wanderndes Restaurant, ein kleines Häuschen auf Rädern von einem Esel gezogen, das *sandwiches* und *beefsteaks* anpries. Daneben stand das Tischchen eines Händlers, der Spielkarten verkaufte. Die Straße war eine Hölle von Lärm und Getümmel und Gerüchen – ich wurde gestoßen und gedrängt, bis ich mir so hilflos vorkam wie ein biederer Bauer aus Feldmoching auf dem Münchener Oktoberfest ...

Da ertönte ein Trompetenstoß und helle Frauenstimmen sangen, das Gedröhne übertönend:

Hallelujah –
Hallelujah, this is the day of the Lord.
Hallelujah – Hallelujah!

Vier Mädchen in den häßlichen Hüten und den blauen Jacken der Heilsarmee standen an der Straßenecke, eine amerikanische Flagge ausgespannt in den Händen. Die Straßenbummler scharten sich um sie, und dann und wann warf jemand ein Geldstück in die Flagge. Da – jetzt sangen die schönen Mädchenstimmen in deutscher Sprache:

»Flieh' doch die Versuchung,
Die Leidenschaft brich!
Glaub' immer an Jesum,
Er rettet auch dich.«

Salbungsvoll, marktschreierisch, unangenehm. Und doch – wie das klang ... In dieser Straße. Unter diesen Menschen!

———————————

Das Auswandererhaus lag grau und nüchtern da. In der drückenden Abendschwüle hatte der Gedanke an die vielen Menschen in den kahlen Räumen, an die Bettreihen der Brettergestelle, etwas Abstoßendes. So wanderte ich noch umher trotz aller Müdigkeit. Ganz in der Nähe fand ich einen kleinen Park, Anlagen mit duftendem Jasmingebüsch und breiten Bänken, ein grünes Fleckchen, eingekapselt zwischen den Schiffsreihen des Hafens und den Häusermassen der Wolkenkratzer. In einem Winkel war noch ein Plätzchen auf einer Bank, neben einem Liebespärchen, lachenden, schwatzenden jungen Menschen.

Der Park lag in weichem Halbdunkel. Draußen auf allen Seiten flutete es von Licht, von den Tausenden von Lichtpünktchen im Hafen bis zu dem grellen Bogenlampenschein der Citystraßen. Rot und gelb und weiß blitzte es auf – Feuerräder, die irgend eine Reklame umrahmten hoch droben in der Luft auf Wolkenkratzern; Dampfer im Hafen, die mit ihren vielen Fenstern und Hunderten von Glühlampen aussahen wie schwimmende Lichtmassen; ein Meer von Licht überall. Und, wie aus weiter Ferne kommend, ein dumpfes Getöse, der vibrierende Ton des nächtlichen New York, die Nachtsprache der Riesenstadt, die sich aus Millionen, aus Milliarden von Einzelgeräuschen zusammensetzt, ein unbeschreiblicher Ton, bald wie leises Flüstern, bald anschwellend zu dröhnendem Tumult …

Da kam aus Müdigkeit und Verlassensein das Heimweh über mich. Auf der Bank im Hafenpark unter einer Laterne schrieb ich den ersten Brief an meine Mutter. Einen lustigen Brief. Über den Barbier und das Restaurant und die Bowery.

Das Pokerschiff.

Zwischen New York und Texas. – Vom amerikanischen Nationallaster. – *»Fine game,* dieses Poker!« – Die Weisheit des Bluffens. – Key West und Johnny Young aus San Antonio. – Eine bissige Bemerkung über Millionäre. – Im Salon! – *Good bye, Miss Daisy* ... – Dies ist Texas, mein Sohn!

»There you are! Good bye!« sagte der zappelige kleine Agent der Mallorylinie, auf die Gangplanken des Texasdampfers deutend, nickte mir zu und verschwand im Gewühl.

Ein Höllenlärm herrschte auf dem Pier trotz der frühen Morgenstunde. Scharen von Arbeitern rannten vom Pier zum Dampfer und vom Dampfer zum Pier. Säcke, Kisten, Fässer schienen in der Luft umherzufliegen; Dampfwinden kreischten. Eine dröhnende Stimme von der Kommandobrücke trieb fluchend zur Eile an. Rußig und ungewaschen sah der schwarze Dampfer mit den grellroten Schornsteinbändern aus. Zwischen dahinstürmenden Menschen und daherpolternden Kaufmannsgütern kletterte ich an Deck, ohne daß eine Menschenseele sich um mich kümmerte. Hier gab's keine väterliche Fürsorge wie beim Norddeutschen Lloyd – keine Polizisten, keine eleganten Schiffsoffiziere, keine uniformierten Stewards, die einem Plätze anwiesen ... Ein Mann in Hemdärmeln (dafür trug er aber elegante Beinkleider, Lackstiefel und eine goldberänderte Offiziersmütze) sah mich verwundert an, als ich ihm meine Zwischendeckskarte zeigte, und deutete einfach mit dem Daumen nach der Vorderdeckstreppe. Ich stieg hinab. In einem mäßig großen Zwischendecksraum standen eine Menge Kojen. Aber jede war mit irgend einem

Gepäckstück belegt. Da kam ein Mann in weißer Jacke die Treppe herunter.

»Wo ist mein Platz?« fragte ich ihn.

»Hier!« sagte er und deutete auf die Kojen.

»Aber da liegen doch überall Sachen!«

»Dann ist kein Platz mehr da!« meinte der Steward seelenruhig.

»Aber ich habe doch bezahlt!«

»*Well*, das macht nichts aus,« erklärte der Steward. »Für Ihr Geld kommen Sie nach Galveston. Schlafen können Sie, wo's Ihnen beliebt. In den Kojen oder auf dem Boden oder auf dem Verdeck!«

Und pfeifend stieg er die Treppe empor.

Ich sah um mich. Kein Mensch war im Zwischendeck, trotzdem überall Koffer und Bündel lagen. Am andern Ende der Kojenreihen entdeckte ich aber eine Tür und trat in einen großen, halbdunklen, durch einige Glühbirnen schlecht erleuchteten Raum, in dem ein paar dutzend Leute vor einem hohen Bartisch standen.

»Da ist noch einer,« sagte der Mann hinter der Bar. »Was ist Ihre Spezialität, Herr?«

Ich sah ihn fragend an.

»Was wollen Sie trinken, mein' ich,« erklärte der Mann. »Sie sin' wohl 'n Fremder?«

»Jawohl,« sagte ich. »Sehr.«

»*Well*, das macht nichts. Der Herr hier traktiert. Was ist das Ihrige?«

»Ein Glas Bier.«

»Schluck's hinunter, *sonny*!« sagte einer der Trinkenden.
»Jawohl – ich traktiere. Und es wird nicht das letztemal sein,
daß dieser gute alte Junge hier« (er schlug sich auf die Brust)
»auf diesem gesegneten Schiff eine Runde bezahlt. Soll sich
der Mensch vielleicht nicht freuen, wenn er aus New York
herauskommt? Im Winter ist es so kalt, daß man Millionär
sein muß, um die Kohlenrechnung zu bezahlen; im Sommer
ist es so heiß, daß man dreimal im Tag den Sonnenstich
bekommt und nachts im Eiskasten schlafen muß. Mit den
Löhnen ist's Essig, weil das italienische Pack von drüben zu
billig arbeitet, und ein solides kleines Geschäftchen kann
man auch nicht machen, weil alles schon gemacht ist, was es
in der Geschäftslinie nur gibt. New York ist ungemütlich.
Verdamm' New York, sag' ich. Hat einer von den Herren
'was dagegen?«

»Ich nicht,« meinte der Mann hinter der Bar. »New York
kann für sich selber aufpassen. Groß genug ist es.«

»Das ist wahr. Ein großer, unappetitlicher, rauchiger Haufen
von einer Stadt ist es. Von Wolkenkratzern und elektrischem
Licht kann ich nicht leben, sag' ich. Texas für mich, meine
Herren, wo ich der Schlauere bin, und nicht New York, wo
die anderen alle die Schlaueren sind. Texas für mich, sag'
ich.«

Da freute ich mich diebisch, weil ich jedes Wort mühelos
verstand, und trank vergnügt das winzig kleine Glas Bier
aus.

»New York hin, New York her,« sagte ein Mann neben mir,
ein prachtvolles Menschenexemplar, riesengroß, mit breiten
Schultern und einem merkwürdig weichen
Gesichtsausdruck. »Ich rutsche jetzt zum drittenmal auf
dieser verdrehten Mallorylinie nach Texas hinunter. Wenn

ich dort bin, kalkulier' ich mir zusammen, daß ich wieder in New York sein möchte, und wenn ich glücklich wieder in New York bin, läßt es mir keine Ruhe, bis ich mein Fahrgeld nach Galveston wieder bezahlt habe. Wenn ich in Texas auf einem Gaul sitze, möcht' ich in einem New Yorker Varieté sein, und wenn ich in New York sechs Monate lang richtige Mahlzeiten gegessen habe, werd' ich ganz verrückt nach Texasmaisbrot und Texasspeck. Ich hab' noch nicht die richtige Ruhe, denk' ich mir.«

Die Männer lachten schallend auf.

»So geht's uns allen,« rief einer. »Ich pfeif' auf die richtige Ruhe. Um die zu haben, müßte ich entweder Millionär sein oder tot und begraben. Dies ist ein großes Land, und meiner Mutter Sohn will dort sein, wo etwas los ist. Gefällt's mir nicht in der einen Stadt, geh' ich in eine andere, und sind im Osten die Zeiten schlecht, so ist damit noch lange nicht gesagt, daß sie auch im Westen schlecht sein müssen. Das Glück läuft einem nicht nach. Immer hinter drein! Entfernung spielt bei mir keine Rolle. Immer hinter drein, meine Herren, und der Teufel holt den, der zuletzt kommt.«

»Deutscher sind Sie? Und erst vierundzwanzig Stunden im Land? Dann lassen Sie die Finger davon!« grinste der Riese.

Er war mit mir an Deck gegangen. Während der Sam Houston (so hieß der Texasdampfer) sich durch das Hafengewirr schlängelte, nannte er mir die gewaltigen Wolkenkratzer bei Namen und pries in begeisterten Reden die Vortrefflichkeit der New Yorker Varietés und lobte die Appetitbrötchen der New Yorker Bars. Als aber die Wolkenkratzer untertauchten in einer einzigen gewaltigen Steinmasse, als die hin- und herhuschenden Dampfer seltener wurden und die Millionenstadt langsam am Horizont verschwand, wurde er ungeduldig.

»Gehen wir 'runter!« hatte er gesagt und mir erklärt, daß sich auf dem alten Kasten die Zeit natürlich nur durch Pokerspielen totschlagen lasse.

»Aber spielen Sie ja nicht mit!«

Ich fühlte mich beleidigt. Wenn man die Bänke der Obersekunda neben dem Sohn eines amerikanischen Konsuls gedrückt hat, so ist man in die Anfangsgründe des amerikanischen Nationallasters eingeweiht! Die Geheimnisse der Paare und der vier Asse und des Flush und des Bluffens waren mir längst keine Geheimnisse mehr. Selbstverständlich würde ich pokern!!

Überall auf dem Boden des Barraumes waren wollene Decken ausgebreitet, und auf den Decken saßen und kauerten die Männer von vorhin, in kleinen Gruppen von vier und fünf, mit Karten in den Händen, mit ernsten Gesichtern. Vor jedem lagen kleine Häuflein Silbergeld und zerknüllte Dollarscheine. Biergläser und Whiskyflaschen standen umher.

»Na, nun will ich aber meinen Hut aufessen, wenn das nicht unanständige Eile ist!« schmunzelte der Riese. »Das gesegnete Schiff ist noch gar nicht richtig unterwegs, und da fangen die schon mit dem Pokern an. Sechs Partien! Hoh!! Und ich will meinen Hut noch einmal aufessen, wenn das nicht eine sehr vergnügte Reise wird! 's ist doch ein wahrer Segen, daß diesmal keine Frauen und Kinder im Zwischendeck sind.«

Fünf Minuten später war ich mit Jack (so hieß der Riese), Tommy (so hieß der Barmann) und zwei anderen schon mitten im eifrigsten Pokerspielen, und in weiteren zehn Minuten hatte ich unter dem schallenden Gelächter der

Runde meinen ersten Bluff verloren ... Jack hatte nämlich vier Asse!

»Gegen vier Asse anzublufen ist Pech!« sagte Jack trocken. »Tun Sie's nicht wieder.«

Es war ganz still im Barraum; kein lautes Wort wurde gesprochen. Nur die Silberstücke klirrten. Die Männer hockten regungslos da, mit halb verschleierten Augen. Kalt wie Eis. Die Karten glitten über die weiche Decke, die Dollars sammelten sich zu einem Häuflein an, Banknoten wurden in den *pot* geworfen – bis die Hand des Gewinners das Geldhäuflein an sich raffte; hin und her wanderten das Silber und die grünen Noten.

»Fünf Dollars mehr ...«

»Das – und noch fünf!«

»Halte ich – und fünf mehr!«

So wurde geflüstert; in gleichgültigem Ton, gelassen, ruhig. Und doch wußte sogar meine unerfahrene Jugend, daß unter der Maske äußerlicher Ruhe die Spielleidenschaft zittern mußte – aber wie diese Männer sich beherrschten! Wie sie mir imponierten! Wie ich sie beneidete um ihre kühle Ruhe und ihren eisernen Willen!

Nichts war natürlicher, als zu versuchen, es ihnen gleichzutun. Und ich gab mir große Mühe, recht unbefangen auszusehen. Meine Karten betrachtete ich nur so nebenbei, als interessierten mich ihre Werte eigentlich gar nicht, und mein Geld rollte so leichthin auf die Decke, als könne ich es nicht rasch genug loswerden. Es verflüchtigte sich auch wirklich mit erstaunlicher Schnelligkeit. Aber das war mir nicht etwa eine Mahnung, vernünftig zu sein und aufzuhören, sondern ich spielte nur um so toller darauf los.

Um ein Uhr nachmittags kam der Steward und brachte das Essen. Kein Mensch ließ sich dadurch stören. Die Blechteller mit den Beefsteaks und den gebratenen Kartoffeln, die Blechtöpfe mit starkem schwarzem Kaffee wurden auf die Decken gestellt, als sei das selbstverständlich, und mit gleicher Selbstverständlichkeit holte sich der Steward von jeder Decke einen Vierteldollar aus dem Topf für seine Mühe, ohne ein Wort zu sagen. Man aß so nebenbei und spielte, spielte, spielte. Röcke wurden ausgezogen, Westen geöffnet, Kragen abgebunden. Berußte Heizer kamen aus dem Maschinenraum gestiegen und pokerten mit, Matrosen mischten sich unter die Spielergruppen. Der Barraum war eine Spielhölle. Ich verlor und gewann, gewann und verlor, rauchte unzählige Zigaretten, dachte an nichts als Karten und Geld. Um keinen Preis hätte ich meinen Platz auf der Wolldecke aufgegeben –

»Drei Dollars mehr …«

»Wer gibt?«

»*Full house, my money* –«

Als die schmutzige Heizerhand den Geldhaufen einstrich, in dem mein letztes Silberstück lag, kam der Schiffsingenieur die Zwischendeckstreppe herunter.

»*Gentlemen!*« rief er. »Dieses gesegnete Pokerschiff verschluckt nebenbei auch Kohlen und braucht Leute, die es mit Kohlen füttern. Ich möchte also die Herren Heizer der dritten Wache ersuchen, sich gefälligst dahin bemühen zu wollen, wohin sie gehören und zwar verdammt schnell. Runter mit euch, ihr Söhne von Spielkarten!«

»Pokerschiff ist gut,« sagte Jack. »Drolliger Junge, dieser Ingenieur. Wer gibt?«

Ich war am Geben. Und ich wechselte meinen letzten

Zehndollarschein. Laß dich nicht verblüffen, sagte ich mir, nur ja nichts anmerken lassen! Was die anderen können, kannst du auch!

———————————

Spät nachts kletterten Jack und ich an Deck, denn im Kojenraum war es viel zu heiß zum Schlafen. Zwischen Fässern und Tauwerk vorne am Bug machten wir uns aus den Pokerdecken ein Lager zurecht.

»*Good night!*« sagte Jack.

Ich lag da und starrte in den Mond, und unklar stieg in mir die Ahnung auf, daß ich ein furchtbarer Esel gewesen sei. Reingefallen, mein Junge ... Die Silberstücke und die Dollarnoten, mit denen am Morgen noch mein Geldtäschchen vollgepfropft gewesen war, trieben sich jetzt in den Taschen anderer Leute herum – mir waren nur ein paar Dollars übriggeblieben. Zu dumm – –

»*Fine game*, dieses Poker,« meinte der Riese neben mir, »famoses Spiel!«

Da lachte ich hell auf.

»Haben Sie gewonnen?«

»*No.*«

»*Well*, morgen ist auch noch ein Tag und übermorgen desgleichen usw. Holen Sie sich's wieder. Bluffen Sie!«

Und im flimmernden Mondenschein, unter Wellengemurmel und Maschinengetöse, wurde mir zum ersten Male amerikanische Weisheit gepredigt, von einem einfachen Arbeiter. Poker war weiter nichts als ein Abklatsch des Lebens. Bluffen mußte man im Leben wie beim Pokern, nicht verblüffen lassen durfte man sich. Wenn man fünfzehn Cents in der Tasche hatte und nicht wußte, wo man seine nächste Mahlzeit herkriegen sollte, – mußte man aussehen und auftreten, als hätte man ungezählte Dollarnoten in der Tasche und einen offenen Kredit bei der nächsten Nationalbank. Dabei stellte man sich besser, als wenn man jedem Menschenkind entgegenschrie: Bemitleide mich, ich Ärmster habe nur noch fünfzehn Cents! Schneid mußte man haben. Beim Pokern mußte man durch eiserne Ruhe den Anschein erwecken, als hätte man ausgezeichnete Karten – im Leben mußte man sich arbeitskräftiger und klüger und besser stellen als man war. Nur nicht unterkriegen lassen! Glaub' an dich selbst, und die anderen werden an dich glauben. Sag' den Leuten, du seist stark, und man wird nicht gerne mit dir anbinden. Hilf dir selber, und alle Welt wird dir helfen. Bete nicht: Lieber Gott, hilf mir, ich bin ja so schwach – sondern bete: Lieber Gott, ich bin ja so stark, laß mich so bleiben! Und man mußte stets daran denken, daß das nächste Spiel das Glück bringen konnte, beim Pokern wie im Leben ... Da schlief ich seelenvergnügt ein.

Wieder wurden die Decken ausgebreitet, und wieder rollten die Dollars, und wieder kamen die Heizer und die Matrosen in jeder dienstfreien Minute. Ich stand im Banne des Pokerschiffs wie jeder andere. Aus meinen wenigen Dollars wurde ein Silberhäuflein – dann schmolz es zusammen – dann wuchs es im ewigen Hin und Her. Der Tag verging mir wie im Flug. Drei Tage. Am dritten Tage kamen wir in Key West an. Als ein Schiffsoffizier in den Barraum hinunterrief, wer wolle, könne auf etwa zwei Stunden an Land gehen, sprang ich auf und eilte die Treppe empor.

Die anderen aber blieben sitzen und pokerten weiter.

Der amerikanische Prediger Talmage nannte einst in einer jener Sensationspredigten, die eine halbe Stunde nach Schluß des sonntäglichen Gottesdienstes in seiner berühmten Washingtoner Kirche an alle Zeitungen Amerikas telegraphiert wurden (von ihm selbst – gegen Honorar!), das Pokern die Nationalsünde der Vereinigten Staaten. Unzweifelhaft spiegle das Teufelsspiel um das goldene Kalb die besonderen Charaktersünden des Amerikaners getreulich wieder! Alle Glücksspiele zwar seien frevelhaft, doch dem Pokerspiel fehle sogar das versöhnende Moment des Leichtsinns. Das sei kein Glücksspiel mehr – sondern raffiniertes wohlberechnetes Sündigen! Mit bewußter Gier setze sich der Amerikaner an den Pokertisch und locke mit ehrbarem kaltem Lächeln dem armen Nebenmenschen (den man doch als Christ lieben müsse!) einen Dollar nach dem andern ab. Die Männer, die vier Asse in der Hand hielten und dabei ein betrübtes Gesicht machten, als hätten sie nicht einmal zwei Könige, um den armen Nächsten durch diese optische Vorspiegelung falscher Tatsachen saftig hineinzulegen – diese Männer seien schlimmere Sünder denn die Zöllner von dereinst! Ein moderner Tanz um das Goldene Kalb! Es illustriere im Kleinen die großen amerikanischen Sünden – die Goldgier; die Anmaßung, sich klüger zu dünken als der Nachbar; die Sucht, sich durch unehrliche Mittel zu bereichern, und vor allem einen frevelhaften Mangel an christlicher Nächstenliebe. Der Mann, der mit selbstzufriedenem Lächeln die sündigen Resultate eines niederträchtigen Bluffs einstreiche, sei der alte Pharisäer in moderner amerikanischer Auflage. Nur noch viel schlimmer! »Pokert nicht mehr, oh Amerikaner, und ihr werdet bessere Menschen werden!« – also predigte Ehrwürden Talmage – und ein vergnügtes Schmunzeln ging über das ganze Land. Denn jener Kampf im Pokerspiel von Selbstbeherrschung gegen Selbstbeherrschung, von Unverschämtheit gegen

61

Unverschämtheit, von Geldwert gegen Geldwert und von Bluff gegen Bluff ist wahrlich typisch für die Art der Männer des Yankeelands, und Prediger Talmage hätte wissen können, daß seine Mitbürger gerade auf das stolz sind, was er ihre Nationalsünden nannte! Man lachte furchtbar über die Predigt. Und sie löste in jedem braven Amerikaner den frommen Wunsch aus, doch recht häufig als moderner Pharisäer mit frommem Augenaufschlag saftige Bluffresultate einstreichen zu können ... Das ist eben die Nationalsünde!

<hr/>

Auf der Gangplanke des Sam Houston stieß ich mit einem Herrn in weißen Leinenkleidern und riesigem grauem Schlapphut zusammen.

»*Pardon me,*« sagte er.

»*I beg your pardon,*« antwortete ich.

»*My fault!*«

»Aha – Sie sind ein Deutscher! *Well*, ich bin Johnny Young aus San Antonio und meine Freunde behaupten, ich sei unerträglich neugierig. Also Sie sind Deutscher? Ferner glaube ich sagen zu können, daß Sie noch nicht lange im Lande sind?«

»N–nein!«

»Aha! Wußte doch, daß kein amerikanischer Schneider diesen Anzug gemacht hat. Es ist so einfach, ein Prophet zu sein, wenn man die Augen ein wenig offen hält und nur ein bißchen nachdenkt. *Well, well.* Sie haben gepokert und verloren?«

Ich sah ihn erstaunt an.

»Ja? Stimmt's? Nein, ich bin kein Zauberer. Alles pokerte. Und natürlich pokerten Sie mit. Und natürlich verloren Sie!«

Wir schritten in weichem feinem Sand dahin, auf einem breiten Weg, eingesäumt von Palmen in endloser Reihe. Die dunkelgrünen Fächerwipfel stachen scharf ab von dem gelben Sand und dem tiefblauen wolkenlosen Himmel. Die Luft war feucht und schwül. Holzhütten tauchten auf. Im Hintergrunde schimmerten weißgetünchte Häuser. Es war wie ein Märchen – die Palmen ringsum, die schwere Luftschwüle, das grelle Tropenlicht; der merkwürdige Mann neben mir mit den weißen Haaren und dem frischen Gesicht, der vom ersten Augenblick an einen unbeschreiblichen Eindruck auf mich machte. Ich glaube, ich wäre ihm blindlings gefolgt, irgendwohin. Er war als junger Mensch in Key West gewesen. Während wir unter den Palmen dahinschritten erzählte er von den Milliarden und Abermilliarden Zigarren, die alljährlich in dem Hüttengewirr des Inselstädtchens von den geschickten Fingern kleiner Creolinnen verfertigt werden; von den Schmugglern Key Wests, von den Wreckern, von den Flibustiern, von Kämpfen mit Zollkuttern, vom Menschenriffraff der Florida Keys – von den Spielen Key Wests hinter verschlossenen Türen, bei denen Berge von Gold sich auf den Tischen häufen und jeder Spieler den Revolver schußgerecht vor sich auf dem Tisch liegen habe. Die Flibustier Floridas segeln Waffentransporte nach einsamen Landungsplätzen an der kubanischen Küste, wo Leute warten, die sehr arm sind, aber trotzdem für Waffen sündhaft viel Geld übrig haben. Revolutionäre. Die gibt's immer da drüben. Oft genug jagt ein Kriegsschiff solch einem Segler ein halbes Dutzend Granaten in den Leib. Aber die Waffen werden mit Gold aufgewogen – und solange Key West steht, wird es seine Flibustier haben, ebenso wie es stets das Hauptquartier der Wrecker sein wird. Das sind desperate Schiffskapitäne mit kleinen Segelbooten und einer Mannschaft von Inselnegern, die mit Taucheranzügen umgehen können. Sie kreuzen still und unauffällig an der Küste. Wenn ein Schiff an den gefährlichen Bänken strandet, so ist bald ein Wrecker da und schickt seine Taucher hinab, die alles nach oben befördern, was des Nehmens wert ist, ohne sich lang darum zu scheren, wem die Ladung gehört. Der Wrecker betrachtet alles als gute Beute. Er wird ein reicher Mann, wenn es ihm gelingt, Onkel Sam's Kanonenbooten zu entwischen.

Ich hörte in atemloser Spannung zu. Johnny Young lachte, als er endete, und sah mich vergnügt an.

»Ja, ja – ich hab' was übrig für rapides Leben trotz meiner sechzig Jahre. Herrgott, wär' ich noch jung! Könnt' ich noch einmal mittollen! Sehen Sie, ein anderer würde Ihnen sagen, Sie seien verflucht leichtsinnig gewesen, Ihre junge Nase in Pokerkarten zu stecken und Ihr bißchen Geld zu verlieren, anstatt die Centstücke zusammenzuhalten für die Not der ersten Zeiten in einem neuen Land. Ich sage: Das Geld, das ein junger Mensch wie Sie mitbringt, ist so wertlos für ihn wie altes Papier! Es hindert ihn nur im Lebenskampf. Denn je schneller er vor das Problem gestellt wird, entweder zu hungern oder Geld zu verdienen, desto rascher lernt er Land und Leute und Art kennen. Das mag bittere Medizin sein, aber es ist gute Medizin. Ich kann unsere Millionäre nicht leiden, die einem in salbungsvollen Memoiren vorlügen, wie fleißig sie in die Kirche zur Sonntagsschule gingen, wie sie Pfennig für Pfennig sich zusammensparten, wie sie mit ihrem so erworbenen Erstlingskapital von hundert Dollars sich weitere hundert Dollars hinzuerarbeiteten, wie sie in harter Plage und getreuer Pflichterfüllung steinreiche Leute wurden. Das ist verdammter Schwindel. Mit dem Bravsein und dem

Pfennigfuchsen hat noch kein großer Kaufmann Menschenkenntnis und Wagemut gelernt. Geh' hinaus ins Land, würde ich zu einem jungen Mann sagen. Laß dir das Leben um die Ohren pfeifen und lerne das Menschenpack kennen, so wie es ist und nicht wie's in frommen Bilderbüchern steht. Ist einer stark, dann kann er starke Medizin vertragen, und ist einer schwach, dann ist's nicht schade um ihn.«

Meine Augen müssen vor Begeisterung geleuchtet haben. Wie wunderbar mußte es sein, mitten im Leben zu stehen und zu sehen und zu lernen und stark zu sein. Mir war's, als springe Kraft und Selbstvertrauen von dem alten Mann auf mich über. Da schrillten vom Deck die mahnenden Pfeifensignale des Dampfers.

»Ich wollte Ihnen ja noch einen Rat geben,« sagte Herr Johnny Young aus San Antonio. »Beinahe hätte ich's vergessen. Gehen Sie zum Zahlmeister und lösen Sie sich eine Karte für einen Kajütenplatz nach. Der Unterschied für die Strecke Key West–Galveston wird nicht besonders groß sein. Es ist gescheiter, bequem untergebracht zu sein, statt auf hartem Boden zu schlafen und das Geld beim Pokern zu verlieren. So. In einer halben Stunde geht der Dampfer. Ich habe noch dringende Privatgeschäfte.«

Und mit einem verabschiedenden Kopfnicken tauchte er in das Hüttengewirr.

Ich aber rannte glückselig zum Dampfer und sprang an Deck. Im Bureau zeigte ich dem *Purser* meine Anweisung auf die Schiffskasse. (Mein Vater hatte, durch Vermittlung des Norddeutschen Lloyd, arrangiert, daß mir bei der Ankunft in Galveston fünfhundert Mark ausbezahlt werden sollten.) Zuerst machte er Schwierigkeiten, weil das Geld erst in Galveston fällig war, als ich ihm aber erklärte, daß ich von Key West ab im Salon zu fahren wünsche, wurde er sehr liebenswürdig. Verdiente doch der Dampfer dabei Geld.

Meine Koffer ließ ich aus dem Schiffsraum holen, zwei Anzüge ließ ich mir aufbügeln von der Stewardeß, ich fiel über die Waschschüssel in der eleganten kleinen Kajüte her, ich probierte ein halbes Dutzend Kravatten, ich machte Toilette wie ein Backfisch vor seinem ersten Ball. Während ich den kunstvollen Knoten der Halsbinde schlang, dachte ich an den schmutzigen Barraum und die pokernden Menschen in Hemdärmeln. Wie war's denn nur möglich gewesen! Die Stewardeß bekam ein Trinkgeld, das sie einen Knix machen ließ. Im verlassenen Rauchsalon drehte und wand ich mich in eitler Selbstgefälligkeit vor dem Spiegel – bewunderte im Eßzimmer die überladene Einrichtung in Weiß und Gold, das strotzende Silber auf dem Bufett – promenierte auf dem segeltuchüberspannten Kajütendeck unter eleganten Damen und Herren – ließ mir vom Steward einen bequemen Deckstuhl bringen und schlürfte aus spitzem Champagnerkelch Sherry mit Eis und Sodawasser. Da schritt schwerfällig Jack der Riese unten übers Deck. Er sah mich sitzen, betrachtete mich, betrachtete mich noch einmal, schüttelte den Kopf und sagte laut und vernehmlich:

»Jetzt will ich aber verdammt sein!«

Beim *supper* stellte mich Mr. Johnny Young als seinen jungen Freund vor, frisch vom Vaterland. Ich machte Verbeugungen nach rechts und nach links und erzählte von deutschen Gymnasien und deutschen Offizieren. Und bediente ritterlich die Dame zu meiner Rechten, Miß Daisy Benett, aus Dallas, Texas.

»Wie tapfer von Ihnen, daß Sie dieses gräßliche Zwischendeck studierten!« sagte Miß Daisy.

»Es war sehr interessant,« murmelte ich.

Wie der verlorene Sohn kam ich mir vor, der endlich von den Träbern wieder zu menschenwürdigem Leben übergeht. Jedes *breakfast*, jedes *dinner*, jedes *supper* war mir ein Freudenfest, das ich mit tausend Wonnen auskostete, nicht um der vielen Gänge und der mancherlei Delikatessen willen, sondern weil ich mir so vornehm schien. So gut angezogen. So tadelloses Benehmen. So ganz gute Kinderstube. Hans im Glück war ich sieben Tage lang. Miß Daisy geruhte, mein Englisch drollig zu finden und konstatierte, ich sei ein guter Junge. Aber artig sein! Ich schleppte ihr Stühle und Decken und Bücher auf Deck und versorgte sie für ein halbes Jahr mit Schokolade und Bonbons. Droben auf dem Promenadedeck verplauderten wir die sommerschwülen Nächte und starrten zusammen ins Meer. Und in der allerletzten Nacht rauchten wir Zigaretten und tranken eisgekühlte Erdbeerbowle und –

»*It's good bye, my boy* ...«

»Und *good bye, Miß Daisy* –«

»Wie jung Sie sind, *my boy*, und – ja, wie neugierig ich doch bin! Wie's Ihnen wohl ergehen wird?«

Da lachte ich, lustig und leichtsinnig, als sei's ein Scherz, und sprudelte hervor, wie wenig Geld ich hätte, und wie ich so gar nicht wüßte, was beginnen.

»*Fight your way, my boy*,« sagte Daisy. »Schlag' dich durch!«

Gelbe Sandbänke tauchten am Morgen auf, immer klarer hervortretend in langgezogenen Streifen; das tiefe Blau des Golfmeeres wurde heller, grünlicher. Gegen Mittag waren wir mitten im Hafenlärm. Scharf umrissen lagen im grellen Sonnenlicht die Häusermassen Galvestons da.

Dutzende von Negern sprangen an Deck, als der Sam Houston am Pier anlegte, priesen Hotels an und bemächtigten sich der Gepäckstücke der Passagiere. Während der Menschenstrom die Gangplanken hinabflutete, guckte ich noch einmal in den Zwischendecksraum. Da waren die Decken, da rollte das Geld, da waren die Männer und lachten einen Schiffsoffizier aus, der, purpurrot im Gesicht, mit der Hafenpolizei drohte, wenn sie nicht sofort mit dem verdammten Pokern aufhören und sich zum Kuckuck scheren würden.

»Zehn Dollars mehr!« hörte ich eine tiefe Baßstimme sagen –

Dann ging ich von Bord. Unten am Pier riß mir ein baumlanger Neger den Koffer aus der Hand.

»City of Galveston, Herr? Feinstes Hotel!«

Ich schlenderte hinter ihm drein, an Mr. Johnny Young aus San Antonio vorbei, der eben in einen Wagen stieg. Abschiednehmend lüftete ich den Hut. Johnny Young nickte mir lächelnd zu und deutete mit weitausholender Armbewegung auf das Getriebe.

»Dies ist Texas, *my son!*«

Mein letzter Dollar.

Den Weg zur Arbeit finden – den Wegweiser ... – Wär'
ich nur ein Schuster! – Beim Herrn Kanzleichef im
deutschen Konsulat. – Auf dem Telegraphenamt. – Das
letzte Silberstück. – Der gute Samariter. – Nun fängt ein
neues Leben an ...

In der Situation lag Humor:

W i e machte man es eigentlich, sich das Leben um die
Ohren pfeifen zu lassen? W a s taten Glückssoldaten denn,
wenn ihnen das Geld ausging? W o stand nun der
Wegweiser, der zu Arbeit und tätigem Leben wies?

Bruder Leichtfuß fand den Wegweiser nicht –

Tag für Tag war ich in der backofenheißen Inselstadt
umhergewandert, im Hafengetriebe, in
menschenwimmelnden Hauptstraßen, staunend, starrend,
und wurde mit jedem Tag verwirrter, hilfloser. Frau Logika
dozierte mit sonnenklarer Deutlichkeit, daß etwas geschehen
müsse, irgend etwas, denn selbst Bruder Leichtfuß (der
seelenruhig im besten und teuersten Hotel Galvestons
wohnen blieb) erkannte die große Wahrheit, daß das Leben
Geld kostet. Und das Geld schwand dahin und bald würd'
mir's ergehen wie dem armen Mann im schwarzen Walfisch
zu Askalon.

Den Wegweiser finden – den Wegweiser ...

Stundenlang jeden Tag stöberte ich im Hotelvestibül den
Anzeigenteil der Zeitungen durch. Da wurden Schneider
verlangt, und nach Schustern war rege Nachfrage, und um
Bäckergesellen schien man sich zu reißen; aber irgend eine

Stellung, die i c h hätte ausfüllen können, stand niemals in der Zeitung. Mehr als einmal dachte ich: Wärst du nur ein Schuster oder doch wenigstens ein Schneider! Keinen Pfennig schienen mein Latein und mein Griechisch und die ganze humanistische Bildung in dieser Texasstadt wert zu sein. Herrgott, man konnte doch nicht wildfremde Menschen fragen, ob sie vielleicht etwas für einen zu tun hätten! Wie machte man es? Stundenlang quälte ich mich mit der Abfassung eines Stellengesuches. Gebildeter junger Deutscher sucht – – Ja, was denn eigentlich? Was konnte ich denn leisten?

Da kam die große Idee. Das deutsche Reich unterhielt in den großen Städten des Auslandes deutsche Konsuln, um deutschen Reichsangehörigen mit Rat und Tat beizustehen. Natürlich! Dorthin mußte ich gehen und dort würde mir geholfen werden! Ich ließ mir im Hotel die Adresse geben und rannte spornstreichs nach dem Konsulat, drückte ganz aufgeregt vor Freude auf die Türklinke und –

»Können Se nich' anklopfen?« schrie mir eine Stimme entgegen.

In einem kahlen Raum mit zwei gelbangestrichenen Stehpulten, den Bildern des Kaisers und der Kaiserin und einer riesigen Holzbarriere saß auf hohem Drehstuhl ein Mann, der mich wutentbrannt über seine Brille hinweg anfunkelte. Hinter seinen beiden Ohren steckten Federhalter.

»Was wollen Se?«

»Ich wünsche, den deutschen Konsul zu sprechen.«

»Is' nich' da. Un' überhaupt – sagen Se nur, was Se wollen. Ich bin der Kanzleichef.«

Da genierte ich mich gewaltig und wußte nicht recht, wie ich's anstellen sollte.

»Ich bin soeben erst aus Deutschland angekommen und –«

»Nu ja und was wollen Se hier?«

Die Frage verblüffte mich. »Ich weiß eben nicht ... ich möchte Rat erbitten –«

Der Kanzleichef kletterte von seinem hohen Sitz herab und stellte sich vor mich hin.

»So? So–oh? Haben Se Papiere?«

Mein deutscher Reichspaß machte den Gestrengen um eine Nuance freundlicher.

»Na, und?«

In meiner Verlegenheit tappte ich sofort in *medias res* hinein. »Ja, ich wäre Ihnen sehr dankbar, wenn Sie mir einen Rat geben könnten. Ich habe nämlich nur noch sehr wenig Geld und –«

Da gab sich der Kanzleichef einen förmlichen Ruck. In strenger Mißbilligung glotzten mich die brillenbewehrten Äuglein an, und schnarrend, schnell, als ob er Auswendiggelerntes herunterleiere, sagte er:

»Der Deutsche, der nach Amerika kommt, hätte erstens lieber in Deutschland bleiben sollen. Zweitens kann das deutsche Konsulat ihm keine Arbeit verschaffen, denn es hat keinen Einfluß auf den Arbeitsmarkt und muß als Behörde es ablehnen, sich mit Arbeitsvermittlung zu beschäftigen!«

»Aber –«

»Drittens verfügt das Konsulat über keinerlei Mittel zu Unterstützungszwecken. Tja – wenn Sie kein Geld mehr haben, können Se wiederkommen und 'ne Karte an den deutschen Verein haben. Dort kriegen Se 'n Vierteldollar und 'n Mahlzeitticket.«

»Herr – seh' ich so aus?« sagte ich wütend. Mir war, als müßte ich in den Boden sinken. Dieser Mann war ein Barbar, ein Prolet, ein – –

»Tja – das kann man nich' wissen!«

Er grinste mich an und ich starrte ihn an.

»Wollen Se sonst noch was wissen?«

»Herr, ich bin humanistisch gebildet!« schrie ich, knallte die Tür zu und stolperte die Treppenstufen hinunter. Ein Hohngelächter gellte mir nach. Mit zornrotem Kopf lief ich die Straße entlang. Dem Konsul würde ich schreiben und ihm gründlich meine Meinung über das Betragen seines Kanzleichefs sagen! Meinem Vater würde ich schreiben und ihn bitten, sich beim bayerischen Ministerium zu beschweren und –

Herrgott, was anfangen!

Heute war Wochenende, und nach Bezahlung der Wochenrechnung im Hotel würde mir wahrscheinlich kein Geld mehr übrig bleiben. Was tun – was tun? Ich nahm mir vor, aus dem Adreßbuch deutschklingende Namen von Kaufleuten herauszuschreiben und die um Rat zu bitten, so schwer's auch sein würde. Irgend etwas mußte sich doch finden … Wenn sich aber nichts fand! Wenn ich da stand ohne Geld? Bittere Gedanken stiegen in mir auf und formten sich zu bitteren Vorwürfen. Trotz allem und trotz allem – war es recht gewesen, daß man mich aufs Geratewohl hinausgeschickt hatte in die weite Welt? Und auf einmal kam mir in meiner Verzweiflung der Gedanke, daß das Geld in meiner Tasche das einzige Bindeglied zwischen mir und der Hilfe in der Heimat war. Heute konnte ich noch telegraphieren, morgen würde ich das Geld für das Kabeltelegramm nicht mehr haben …

Ich ging aufs Telegraphenamt. Auf einer Fensterbank in einem stillen Winkel beschrieb ich ein Formular nach dem andern, nur um eines nach dem anderen zu zerreißen. »Sofort Kabelgeld.« Nein, so war's nicht richtig; einen Grund wenigstens mußte man angeben, kurz und klar, denn natürlich kostete jedes Wort viel Geld. »Hilflos, erbitte Kabelgeld.« Dieses Formular zerriß ich schnell, kaum geschrieben, so schämte ich mich vor mir selber. Hilflos. Wie das klang. Nein: »Bitte hundert Dollars Hotel City Galveston, da Arbeitssuche noch erfolglos.« Wieder zögerte ich. Ich stellte mir vor, wie das Dienstmädchen das Telegramm ins Wohnzimmer bringen würde – Ich bildete mir ein, mein Vater würde die Achseln zucken und irgend etwas Scharfes, Häßliches sagen, und meine Mutter würde bitten ... Wenn ich meiner Mutter kabelte? »Noch erfolglos schlimm daran schnell hundert Dollars Hotel City Galveston.« Hundert Dollars waren freilich sehr viel Geld und –

»Nein!« sagte ich auf einmal, so laut, daß vorbeigehende Herren mich neugierig anstarrten.

Nein!

Mochte es gehen wie es wollte. Ganz recht hatten sie da drüben im geliebten alten München – hatten Kummer und Sorgen genug gehabt mit mir. War weiter nichts als verdammte Anstandspflicht, sie mit meinen Affären nicht mehr zu behelligen.

———

Die Wochenrechnung war fällig. Die Wochenrechnung, die mein letztes Geld verschlang. Der Mann im Hotelbureau strich gleichgültig Banknoten und Silber ein und fragte mich ebenso gleichgültig, ob ich irgend welche besonderen

Wünsche hätte und ob ich noch längere Zeit zu bleiben gedächte.

»Weiß noch nicht,« sagte ich.

Ich setzte mich auf einen der Rohrstühle im Rauchzimmer, paffte eine Zigarette und befühlte verstohlen den harten Silberdollar in meiner Westentasche. Das war mir übrig geblieben – e i n Dollar. Ein einziges Silberstück stand zwischen mir und dem Nichts. Ich biß die Zähne zusammen und versuchte, nachzudenken. Es war etwa drei Uhr nachmittags. Zuerst mußt du deine Uhr und ein paar Anzüge versetzen oder verkaufen, sagte ich mir. In Amerika wird's wohl auch Leihhäuser geben. Aus dem Hotel mußte ich noch heute fort, natürlich; irgendwo mußte man doch billiger wohnen können. Ich beschloß, einen Polizisten darüber zu befragen. Und dann mußte ich Arbeit suchen, mußte Arbeit finden, sonst – Daran zu denken, an das andere, an das, was geschah, wenn ich keine Arbeit fand, wagte ich nicht. Ich kam mir so verlassen vor, so hilflos, so – –

Da sprach mich ein Herr an, der neben mir saß, weit zurückgelehnt im Schaukelstuhl mit übergeschlagenen Beinen. Den schneeweißen Filzhut mit riesiger Krämpe hatte er weit in den Nacken geschoben, und die schlanke Gestalt umschlotterte ein bequemer Anzug aus dünner Rohseide. Scharfgeschnittenes Gesicht. Lustig blinzelnde Augen. Es sei furchtbar heiß heute. Ob ich die Hitze nicht vertragen könne? Ich sähe miserabel aus. Ob ich mich nicht wohl fühlte?

»Nein. Ja. Doch!« stotterte ich verwirrt.

»*Well*, sollten einen Whisky nehmen! Feine Sache, so 'n kleiner Whisky, wenn man nicht ganz *allright* ist. Kommen Sie mit mir zur Bar! – So! Mann, vorhin sahen Sie ja kreideweiß aus. Besser jetzt?«

»Ja, danke,« murmelte ich.

»*And that's allright,*« lächelte der Texaner, sich bequem gegen die Bar lehnend. »Sie sind frisch von drüben? Ja? Kam mir nämlich so vor. Mein Vater ist auch von Deutschland nach Texas gekommen. Hm ja, ich spreche aber lieber englisch. Was wollen Sie hier beginnen?«

»Das weiß ich eben nicht!« platzte ich heraus.

»Kann ich mir denken!« meinte er. Er sah mich nachdenklich an und kaute an seiner Zigarre. »*Well*, lassen Sie uns wieder ins Rauchzimmer gehen, wenn's Ihnen recht ist. Bißchen plaudern. Ja?«

Wir setzten uns in die weichen Rohrstühle, ich und der erste Mensch in dieser Texasstadt, der sich um mich kümmerte.

»*Well* – und wie gefällt's Ihnen im guten alten Texas?«

»Gar nicht!« stöhnte ich.

Da lachte er auf und schlug sich aufs Knie. »Mann, erzählen Sie 'mal, wenn Sie wollen. Will mich ja nicht aufdrängen. Würd' Ihnen aber gerne einen Rat geben.«

Bruder Leichtfuß ließ sich nicht lange nötigen in seinem Jammer und sprudelte hervor, wie schlecht es ihm ginge und wie erbärmlich er daran sei.

»Ist nichts dabei. Gar nicht schlimm!« sagte der Texaner gleichmütig, als ich geendet hatte. Und dann brach er auf einmal in schallendes Gelächter aus.

»Hoh – Sie haben also wirklich kein Geld mehr?«

»N–nein!«

»Und dann wohnen Sie im besten Hotel!« Er lachte Tränen.

»Ich will heute noch ausziehen.«

»Wohin denn? Ohne Geld?«

»Ich muß eben Sachen versetzen.«

»Ach so!« Er lachte und lachte.

»Was soll ich denn sonst anfangen?«

Der Texaner zündete sich umständlich eine neue Zigarre an. »Unsinn!« sagte er. »Bessere Männer als Sie sind schon ohne Geld dagesessen. Is' nix dabei. Müssen eben arbeiten. Das bißchen Geld zum Leben verdienen kann jedes Kind. Was können Sie denn eigentlich?«

Da sprudelte ich mein ganzes bißchen Lebenslauf hervor.

»Schwierig!« sagte er. »Sehr schwierig. Aber auch für den dicksten Baum ist eine Axt gewachsen. Ich glaub' nicht, daß Galveston etwas für Sie ist. Hier drängt sich alles zusammen. Hm ja, Sie sind also grasgrün im Land, sind Ihr Leben lang auf Schulbänken gesessen, und haben noch nie 'was gearbeitet. Wollen Sie denn arbeiten – irgend etwas?«

»Natürlich!«

»Sicher? Irgendwelche Arbeit?«

»Alles!«

»Na, dann kommen Sie mit auf unsere Farm!«

Ich ließ mich in den Stuhl zurückfallen und schnappte förmlich nach Luft. Siedendheiß lief es mir über den Körper. Ich konnte kaum sprechen.

»Auf Ihre Farm?« stotterte ich. »Sprechen Sie – sprechen Sie im Ernst?«

»Selbstverständlich.«

»Ich weiß gar nicht, wie ich Ihnen danken – – «

»Unsinn, Mann. Ist ein ganz einfaches Geschäft. Sie sind jung und Sie sind stark und Sie können ganz zweifellos arbeiten, wenn Sie wollen. Der "alte Mann" und ich haben alle Hände voll Arbeit auf der Farm. Weiße Männer sind selten und teuer in der Erntezeit, und die Neger hier unten sind die faulsten Stricke auf der ganzen Gotteswelt. Abgemacht? *And that's allright!*« Und er streckte mir die Rechte zum Handschlag hin.

Stundenlang konnte ich nicht einschlafen in dieser Nacht. Ich sah mich auf galoppierendem Pferd dahinjagen – sah mich arbeiten draußen in frischer Luft – sah mich als freien Mann, der durch seiner Hände Arbeit sein Brot verdiente ... Der Texaner hieß Charles Muchow. Die Farm seines Vaters lag hundert Meilen nördlich von Galveston, bei dem Städtchen Brenham, und morgen schon wollte er die Rückreise antreten, ich mit ihm. Er hatte einen neuen Farmwagen und einen Rotationspflug in Galveston gekauft. Wie's mir wohl ergangen wäre, wenn nicht der Zufall mich mit ihm zusammengeführt hätte? Jetzt hatten die Sorgen ein Ende und das neue Leben begann. Vom ersten Augenblick an hatte mir der junge Texaner mit seinem merkwürdigen Selbstbewußtsein und der unerschütterlichen Ruhe gefallen, und während der langen Abendstunden im Rauchzimmer waren wir beinahe Freunde geworden. Er nannte mich Ed, ich nannte ihn Charley.

»Das Mistern ist nicht Mode in Texas,« hatte er gesagt, »und Ihr gesegneter Name ist zu vertrackt. Sagen wir Ed. Kurz und klar – einfach Ed!«

Früh am nächsten Morgen weckte er mich, und nach dem Frühstück ging's zum Bahnhof der Santa Fé Eisenbahn. Die Wagen unseres Zuges trugen in goldenen Lettern die Inschrift: *Lone Star Express* – Einsamer-Stern-Expreß. Wir stiegen ein. Ein weicher Teppich bedeckte den Boden, und statt Bänken oder Polstersitzen standen in langen Reihen, je zwei und zwei nebeneinander, bequeme Lehnstühle mit weichen Ledersitzen, die sich in alle möglichen Lagen zurechtschrauben ließen. Auf den Rücken der Stühle vor uns waren kleine Flaggen mit einem Stern in der Ecke eingepreßt, und darunter stand wieder in Goldbuchstaben »*Lone Star Express*«; kleine blaue Sterne auf rotem Grund bildeten den Deckenschmuck des Wagens; überall, an den Wänden, an den Türen prangte die Flagge mit dem einsamen Stern – das Wahrzeichen des Staates Texas.

Der Expreß jagte dahin. Zwischen weiten, weißglänzenden Flächen. Aus tiefblauem Himmel brannte die Sonne, drückend heiß schon, trotz des frühen Morgens. Unübersehbar, bis an den Horizont reichend, dehnten sich die ungeheuren Massen von tiefem Grün; Gebüsch, Sträucher, in schnurgeraden endlosen Reihen, dazwischen in feinen Strichen die schwarze Erde. Über dem massigen Grün lag es wie frisch gefallener Schnee, hingestreut in riesigen Flocken, in silberleuchtenden Schneebällen. Wie Silberfäden und Spinngewebe breitete sich die weiße Schönheit über das ganze Land.

Wir fuhren durch das Reich des Königs Baumwolle.

Im Reich des Königs Baumwolle.

Das Städtchen aus Sand und Holz. – Im Texasladen. – Mr. Muchow Senior. – Der Kampf mit dem Schimmel. – Ein Sommer beim König Baumwolle. – In Deutschland wär' die Farm ein Rittergut gewesen ... – Baumwollpflücken und Baumwollmühle. – Die Reklamereiter. – Nigger Slim. – Im deutschen Klub. – Wie aus dem Wald das Feld wurde. – Der Neger. – Die amerikanische Krankheit des Wandertriebs.

»Brenham!« riefen die Kondukteure.

Wir schritten durch tiefen weichen Sand. Da und dort standen Schuppen, bald aus rohen Brettern, bald aus grauem Rollblech; dazwischen Lagerplätze, angefüllt mit Bretterhaufen und Kohlen und langen Reihen von Fässern. Vor uns zeichnete ein rotes Gebäude aus nackten Ziegelsteinen sich scharf gegen den blauen Himmel ab, inmitten eines weiten Straßenvierecks von Häusern aus Holz, die von Farben flammten. An allen Wänden waren Inschriften in Rot und Gelb und Grün und Weiß, Reklame in Worten, in Bildern; von den Dächern flatterten Fahnen mit den Namen von Firmen neben Sternenbannern. Bunt, schreiend, grell war das Bild. Reiter auf galoppierenden Pferden jagten über den Sandboden vor den Häusern, Männer in farbigen Hemden, rote und blaue Tücher um den Hals geschlungen, den Sombrero im Nacken. Zwischen ihnen fuhren in scharfem Trab leichte zweirädrige Wägelchen. Pferde überall. Über dem hölzernen Fußweg die Häuserreihen entlang lief, Haus mit Haus verbindend, eine auf Holzpfosten erbaute Überdachung, eine Art Loggia, ein Wandelgang. An den Pfosten waren Hunderte von Pferden angebunden, fertig gesattelt. Aus Sand und Holz und

Farben und Pferden bestand das Städtchen. Die sausenden Reiter, die Neger, die da herumstanden, die grellen Farben, das Hasten und Jagen – mir war, als stünde ich vor dem Tor einer Wunderwelt.

»Müssen zuerst nach Robert Brothers,« sagte Charley. »Dort wird der alte Mann sein.«

Die Herren Gebrüder Robert hausten in einem Laden im Wandelgang. Auf schmutzigem rohem Bretterboden und an verwahrlosten Wänden standen und hingen Tausende der verschiedensten Dinge; Haufen von Pflügen, Sätteln, Wolldecken, Schaufeln, Kleidern, Pyramiden von Hüten. Silberverziertes Zaumzeug bedeckte den Boden. Fässer mit Mehl, Kisten mit Tabak, Säcke mit Zucker und Salz standen überall herum. Auf dem Handgriff eines Pfluges balanzierte mit verlockender Grandezza ein Seidenhut, und zwischen allerlei Lederzeug waren Revolver und Gewehre achtlos hingeworfen; auf einem Whiskyfaß prangte ein pompös befederter Damenhut, und in einer Schachtel teilten sich Patronen den Raum mit friedlichen Biskuits. Und überall, wo nur ein Plätzchen frei war, hockten auf Fässern und Kisten Männer mit Pfeifen zwischen den Zähnen und Gläsern mit Bier in den Fäusten.

»Hello!« sagte Charley. »Da ist er ja!« Er schritt auf einen Winkel zu.

»Guten Tag, Vater!«

»Guten Tag, Charley,« sagte eine Gestalt in derbem blauem Leinen. »Deinen alten Vater haben sie beim Würfeln so hereingelegt, daß er für die ganze Gesellschaft die *drinks* bezahlen mußte. Kein Narr ist so schlimm wie ein alter Narr, mein Junge!«

»Wie du meinst, Vater. Dies ist ein junger Deutscher. Heißt Ed. Freund von mir.«

»Verdammt angenehm!« sagte der Alte.

»Er kommt mit uns auf die Farm.«

»Wie du meinst, Charley,« antwortete der Alte. »Frisch von drüben, nicht? *Well – well* ... Kauf' ihm, was er braucht, Charley. Was ich noch sagen wollte, die Mexikaner mit den Ponys sind da, und ich hab' um einen Schimmel gehandelt. Wollen nachher hinfahren.«

Der alte Mann mit dem struppigen grauen Bart blinzelte mir vergnügt zu.

Ich stand da, schüchtern wie ein kleiner Junge, und sagte kein Wort. Und ließ mich von einem Warenhaufen zum andern zerren, ließ mir einen breitrandigen grauen Sombrero mit silberbeschlagenem ledernem Hutband kaufen, blaue baumwollene Arbeitskleider, derbe Stiefel und lederne Reitgamaschen, eine Pfeife und einige Päckchen Tabak.

Dann half ich, unsere Koffer auf den grünen Farmwagen packen und kletterte ungeschickt auf den Wagensitz neben den alten Muchow. Die beiden Maultiere spitzten die langen Ohren, streckten die glattgeschorenen Schwänze mit den komischen Haarbüscheln an den Enden kerzengerade in die Höhe, und los ging es. Wir sausten die Häuserreihen entlang, bogen um eine Ecke und hielten mit einem Ruck vor einem winzigen hölzernen Kirchlein. Hunderte von Pferden tummelten sich auf dem großen freien Sandplatz neben der Kirche, in drängender Masse, in buntfarbigem Knäuel, fortwährend umkreist von Reitern in gestrickten Jacken und spitzigen zuckerhutförmigen Hüten, die mit gellenden Zurufen und knallenden Peitschenhieben die Tiere zusammengedrängt hielten. Keines der Pferde stand ruhig; sie galoppierten durcheinander, wieherten und bissen sich.

»Die weiße Stute dort in der Ecke!« sagte der alte Muchow. »Dreißig Dollars!«

Ein Mexikaner, der zu uns herangeritten war, nickte, gab seinem Gaul die Sporen und sauste in den Pferdeknäuel hinein. Rechts und links stoben die Tiere auseinander. Nun hatte er den Schimmel erreicht, der den Kopf hochwarf, mit einem gewaltigen Satz durch die Reihen der Pferde brach und in sausendem Galopp auf uns zujagte. Charley saß ruhig auf seinem Fuchs und schwang in immer größer werdenden Kreisen den Lasso. Die Schlinge zischte durch die Luft, fiel über den Hals des Pferdes, spannte sich. Ein scharfer Ruck, und wie vom Blitz getroffen, brach der Schimmel zusammen. Im Nu waren Charley und der Mexikaner über ihn her, legten ihm einen dicken Strick in kunstvollen Schlingen über Hals und Maul, banden das andere Ende des Strickes an den Wagen und –

»Fahr zu, Vater!« schrie Charley. »So schnell du kannst. Wir haben ihn!«

Die Peitsche klatschte auf die Maultiere, der Schimmel wurde emporgerissen, und in tollem Jagen ging es vorwärts. Das verängstigte Tier stürmte gegen den Wagen an, aber da war Charley schon neben ihm, und in schweren Schlägen sauste die Peitsche auf den Schimmel nieder. Er schreckte zusammen, machte einen jähen Satz zur Seite, wurde wieder fortgerissen durch den Strick, der ihm das Maul zusammenschnürte. Immer wieder wehrte er sich und immer wieder siegte der winzige Knoten über die riesige Kraft des Tieres.

Brenham lag hinter uns. Da und dort tauchten noch vereinzelte Holzhütten auf, auf einsamen sandigen Strecken. Dann kam Wald, dann kamen grüne Felderstrecken, dann wieder Sand, dann ging's durch einen Bach, daß das Wasser hoch aufspritzte. Der alte Mann stand hochaufgerichtet vorne im Wagen, die Pfeife zwischen den Zähnen, und peitschte auf die Maultiere ein; Charley galoppierte neben dem Schimmel her und drängte ihn vorwärts, wenn er sich sträuben wollte; ich war nach hinten geklettert und scheuchte mit fuchtelnden Armen und geschwungenem Hut das Pferd zurück, wenn es in seiner Angst auf den Wagen einstürmte. Ich war toll vor Aufregung, sah nichts, hörte nichts, hatte nur Augen für den Kampf mit der wilden Kreatur, die immer wieder zerrte und sich aufbäumte und fortgerissen wurde und mit weißem Schaum bedeckt war. Mir war, als seien nur Minuten vergangen, als wir vor einem Drahtzaun so jäh anhielten, daß ich gegen die Wand geschleudert wurde. Als ich heruntersprang, hatte Charley schon den langen Strick vom Wagen gelöst und um einen Baum geschlungen. Das weiße Pferd stand zitternd still und starrte uns aus erschreckten Augen an.

»Und das ist *allright*!« sagte Charley. »Ed, Sie haben geschrieen, als ob Sie am Spieße stäken!«

Inmitten des Drahtzauns waren Gebäude aus Holz; ein Wohnhaus mit einer breiten Veranda, Ställe, an einer Seite offen, in denen Pferde und Maultiere standen, ein paar Hütten. Ein Neger eilte herbei, öffnete ein Tor aus Rahmenwerk und Stacheldraht und führte den Wagen hinein. Eine alte Frau und zwei Mädchen kamen. Wir gingen ins Haus, setzten uns an einen Tisch in einem Zimmer, an dessen Wänden Gewehre und Lederzeug hingen, und aßen. Gekochten Speck gab es und Maisbrot und gebackene Süßkartoffeln, deren gelbes Fleisch genau so schmeckte wie Kastanien. Beim Essen wurde ausgemacht, daß ich alles frei haben sollte und fünfzehn Dollars im Monat.

Wir gingen in den Hof. Charley betrachtete nachdenklich den Schimmel, der an seinem Strick zerrte.

»Ich reit' ihn doch!« brummte er. »Eigentlich sollte er über Nacht an dem Baum angebunden bleiben und nichts zu fressen und nichts zu saufen bekommen. Dann wär' er morgen mürbe. Aber das ist eine Schinderei. Ich will ihn schon kriegen. Sie können mitreiten, wenn Sie wollen.«

Ob ich wollte!

Jim der Neger sattelte mir ein Pferd. Während ich aufsaß, warfen er und der alte Muchow dem Schimmel Leinen um die Füße und hielten sie straff gespannt. Das Tier konnte sich nicht rühren. Charley trat vorsichtig heran, legte ihm Decke und Sattel auf und schnürte die Gurte mit aller Kraft zusammen. Dann sprang er selbst auf. Die Leinen wurden losgelassen und der Strick um den Hals des Pferdes durch einen raschen Schnitt gelöst. Zitternd stand es da. Mit einem Male machte es einen gewaltigen Satz, drehte sich im Kreise, bockte, schüttelte sich. Aber der Reiter auf seinem Rücken saß fest. Ein schallender Peitschenhieb. Und das Tier brüllte auf und jagte davon – mein Pferd im Galopp hinterdrein.

Beim ersten Sprung wäre ich fast aus dem Sattel geschleudert worden, und ich hatte instinktiv mit beiden Fäusten in die Mähne gegriffen, ums liebe Leben zupackend. Bald aber fühlte ich, daß ich breit und sicher saß, merkte, daß das Pferd unter mir in ruhiger Stetigkeit galoppierte: spürte in meinen Beinmuskeln, wie es sich dehnte und streckte. Langsam beugte ich mich vor und drückte die Schenkel an. Da schoß Molly vorwärts, dem weißen Flecken mit dem schwarzen Punkt da vorne nach.

Holtergepolter ging's über den Sandboden, in Grasland hinein, über grüne Stauden hinweg, hinter dem weißen Flecken her, der größer und deutlicher wurde und jetzt wieder erkennbar war als Mann und Pferd.

Das Grün der Felder flog vorbei, Grasboden kam wieder,

dann Sand. Da sah ich, daß der Mann vor mir sich mit aller Kraft in die Zügel legte, bis der Schimmel herumflog und verzweifelt aufbäumte, sich im Kreis drehend. Aber das harte Eisen in seinem Maul blieb erbarmungslos und – neue Schmach! – Sporen wurden ihm in die Seiten gestoßen, und Peitschenhiebe hagelten auf ihn nieder, Schlag auf Schlag …

Noch wehrte sich der Schimmel. Während ihn das Eisen im Maul und die Peitsche in großen Kreisen über den Sand trieb, duckte er mitten im Jagen zur Seite, ballte sich zusammen wie eine Katze und sprang in die Höhe. Der Sattelgurt hielt, der Mann blieb sitzen. Mehr Peitsche! Mehr Sporen! Immer enger wurden die Kreise, die Schleifen. Dreimal, viermal ging die tolle Jagd an mir vorbei. Mir schien es, als verlangsame sich das sinnlose Dahinschießen, als gebe sich das Pferd geschlagen. Aber das duldete der Mann auf seinem Rücken nicht. Unaufhörlich arbeitete seine Peitsche.

Da brach mit einemmal das Pferd mitten im Lauf zusammen. Der Reiter glitt leicht aus dem Sattel. Ich galoppierte hin. Da stand Charley zu dem Schimmel hinabgebückt, und das Tier wieherte leise und rieb die rosige Schnauze an seinem Ärmel und beschnupperte seine Hand. Mann und Pferd waren schweißbedeckt und schmutzüberzogen; dem Pferd zitterten die weißen Schaumflocken auf dem Leib – auf des Mannes Gesicht lag der Staub in dicker Kruste.

»Der Schimmel ist mein,« sagte Charley. »*Texas Girl* soll die Stute heißen, Texasmädel. Du bist ein gutes Pferd, Texasmädel, und ich denke, wir beide brauchen die Peitsche nicht mehr.«

Er stand auf, und der Schimmel folgte ihm wie ein Hündchen.

Langsam gingen wir zurück. Es war Spätnachmittag, und

die Sonne brannte nicht mehr so heiß wie mittags in Brenham. Aber noch lag es wie zitterndes Geflimmer in der drückenden Luft. Wir schritten auf weiter Grasfläche. Vor uns streckten sich grüne Massen von Laubgebüsch mit Millionen von weißen Flecken, die Baumwollenfelder. Das Land gehörte zum größten Teil den Muchows. Fünf Zehntel waren mit Baumwolle bepflanzt, ein Zehntel mit Mais, ein Zehntel mit Zuckerrohr. Der Rest war Gras und Wald.

In Deutschland wär' die Farm ein Rittergut gewesen, der alte Mann mit den komisch schlotternden Hosen ein staatsstützender Agrarier, und Charley ein Gardeleutnant!

Hier unten in Texas wohnte der Besitzer von fast zwei Quadratmeilen Land in einem Holzhäuschen, das so aussah, als sei es in einem Tag zusammengenagelt worden, und aß in Hemdärmeln Speck und Kartoffeln zum Abendbrot.

In dem großen Zimmer, das als Wohnraum und Eßraum diente, stand auf rohem Bretterboden ein kostbares Piano, und über dem Piano hingen Tabakblätter zum Trocknen von der Decke herab – vor einem Schaukelstuhl aus Mahagoni lag ein Holzklotz als Fußschemel – eine zerbrochene Fensterscheibe war mit Papier zugeklebt; überall war die gleiche merkwürdige Mischung von teuren Dingen und primitivstem Behelfen. Das Haus hatte kein Fundament. Es war auf vier Ziegelsteinpfeilern errichtet, einen Meter hoch vom Erdboden, und in der Wohnstube konnte man hören, wie die Schweine unter dem Fußboden wühlten. Draußen auf dem Hof standen, achtlos in einer Ecke zusammengeschoben, landwirtschaftliche Maschinen, die Tausende wert sein mußten, ohne Dach und Fach, ohne jeden Schutz vor der Witterung. Vierzehn Pferde hausten in einem Schuppen, der an einer Seite offen war und vier Maultiere waren einfach an einen Zaun angebunden. Und am gleichen Zaun hing Sattelzeug, das von Silber strotzte ...

»*Well*, Sie müssen sich verdammt komisch vorkommen!«
sagte der alte Muchow, der Tränen gelacht hatte über
Charleys Bericht von unserem Zusammentreffen in
Galveston. »Schadet aber nichts. Wird sich schon machen.
Arbeit schändet nicht, sag' ich. Wenn Sie erst 'mal ein
bißchen Amerikaner geworden sind, können Sie vielleicht
'was Gescheiteres tun, als auf einer Farm zu arbeiten. Aber
bei uns sind Sie willkommen. Sie arbeiten mit Charley das,
was Charley arbeitet und – *well*, werden schon
auskommen.«

Ich schlief oben im Dachraum zusammen mit dem jungen
Muchow, denn Raum war knapp in dem Häuschen. Was ich
alles träumte! Von Baumwollkönigen und *Texas Girls* und
Sträuchern, auf denen weißes Silber wuchs, und genialen
jungen Deutschen, die wunderbar schnell reich wurden. Da
störte mich eine polternde Stimme in meinem Reichwerden.

»*Hello, boys!*«

Wir gingen in die Morgendämmerung hinaus, Säcke mit
breiten Tragbändern über den Schultern, wassergefüllte
Tonkrüge in den Händen. Ein Stückchen glühendroter
Sonne war schon am Horizont zu sehen, und der feine
weiße Nebel über dem Meer von Grün zog sich langsam in
die Höhe. In wenigen Minuten hatten wir das
Baumwollenfeld erreicht, das gepflückt werden sollte. Der
alte Farmer und die beiden Mädchen tauchten sofort in die
Buschreihen hinein.

»Du hängst dir den Sack um, so, daß du ihn neben dir
herschleifst,« erklärte Charley, »und dann pflückst du mit
beiden Händen die Früchte aus den Kapseln und steckst sie
in den Sack. Und in zwei Stunden wird dir der Rücken so

weh tun, daß du meinst, mit deinem Rückgrat sei irgend ein Malheur passiert. Aber das ist nur die Baumwollkrankheit und sie hört auf, wenn du dich erst einmal an das Bücken gewöhnt hast.«

Er fing an einer Sträucherreihe zu pflücken an, ich an der nächsten. Seine Arme arbeiteten wie Windmühlenflügel und seine Hände wühlten in den Baumwollbüschen, zupfend, greifend, pflückend … Wie feines, schneeweißes Haar sahen die Silberknollen aus. Sie steckten in vier zusammengewachsenen rundlichen Kapseln und ließen sich mit einem leisen Griff herauszupfen, so, wie reife Eicheln leicht aus ihren Bechern fallen. Dort, wo die Früchte aus den Kapseln herauswuchsen, waren sie fest und hart; die von den Fäden ganz umsponnenen Samenkügelchen konnte man deutlich fühlen. Aus dem festen Kern heraus aber quoll es seidenweich, faustgroß, in runden Bällen, von denen zwischen breitem Grün Dutzende und Aberdutzende an jedem der Sträucher saßen. Ich zupfte und zupfte, doch Charley war schon weit voraus. Da kam der Eifer des Wettbewerbs über mich. Mit flinken Fingern ging's in die weiße Pracht hinein, die Bälle einheimsend, so schnell es nur gehen wollte. Ich hatte nur Augen für meine Hände, die hastend vom Busch zum Sack und vom Sack zum Busch flogen. Bald fing mein Rücken zu schmerzen an, denn die Sträucher reichten einem nur bis zu den Schultern und man mußte fortwährend in gebückter Stellung stehen.

»Ausleeren!« rief Charley.

Sein Vater und seine Schwestern waren herbeigekommen. Der Alte zog eine primitive Federwage aus der Tasche und begann mit dem Wiegen.

»Charley, 25 Pfund.«

»Ich armer alter Mann: 23 Pfund.«

»Mary, 24 Pfund.«

»Lizzie, 22 Pfund.«

»Ed, 18 Pfund. Verdammt gut für einen Grünen.«

Ein Schluck Wasser aus den Tonkrügen, und dann ging's wieder in die Buschreihen hinein. Die Stunden flogen dahin; Reihe auf Reihe wurde abgepflückt, Sack auf Sack gewogen und ausgeschüttet, bis am Ende des Feldes es sich auftürmte wie Hügel frischgefallenen Schnees. Immer heißer wurde es. Der schwere Hut drückte auf meinen Schädel, das Tragband schnitt in die Schultern ein, die Kleider schienen mir am Leibe zu kleben; aber ich war so vergnügt wie schon lange nicht mehr, froh wie ein Kind, das ein neues Spielzeug bekommen hat. Beim Mittagessen aß ich mehr, als ich je in meinem Leben gegessen hatte und am Abend war ich so müde, daß mich die ganze Familie auslachte! Und am Abend des dritten Tages schrieb ich einen begeisterten Brief an meine Eltern. Ich sei Texasfarmer. Mir ginge es ausgezeichnet. Es sei wunderbar – einfach wunderbar …

Die Neger kamen. Sie halfen pflücken und luden ihre Baumwolle auf dem Farmhof ab. Denn ein großer Teil der Muchowschen Farm war an Neger verpachtet, die Land und Werkzeug geliefert bekamen und dafür die Hälfte der Ernte abliefern mußten. Sechs Familien waren es, Männer in zerfetzten Hosen, Weiber in roten und blauen Röcken und grellkarierten Kopftüchern, splitternackte Kinder, die alle zusammen schwatzend und schreiend in die Baumwollenfelder zogen und gefüllte Säcke herbeischleppten, bis sich weiße Berge auf dem Farmhof türmten.

Am Ende der Woche ging's mit vier hochbeladenen Wagen

nach der Baumwollenmühle. Einen Wagen fuhr ich und kam mir sehr wichtig vor auf meinem hohen Sitz und hielt die Zügel krampfhaft in den Händen, als ob die alten Maultiere nicht auch ohne mich hinter den Wagen dreingelaufen wären! Nach einer halben Stunde Fahrt hielten wir mitten im Wald vor einem wackelig aussehenden hölzernen Gebäude, aus dessen hohem eisernem Schornstein schwarzer Rauch quoll.

Drinnen begannen Maschinen zu stampfen. Ein Wagen nach dem andern wurde dicht an das Gebäude herangefahren und sein weißer Inhalt mit großen Holzschaufeln in eine breite Öffnung hineingeschaufelt. Von dort brachte ein endloser Aufzug, ein breites Lederband mit Holzkästchen, die Baumwolle nach oben. Wir gingen in die *Cottongin*, die Baumwollenmühle, hinein, an einem Dampfkessel vorbei, den ein halbnackter Neger mit Holzklötzen fütterte, und stiegen auf einer Leiter zu dem Maschinenstockwerk empor. Aus dem Aufzug flutete ein weißer Strom von Baumwolle in ein Sägewerk, dessen mit ungeheurer Geschwindigkeit sich hin und her bewegende kleine Sägen die Silberfrüchte zerrissen und zerfetzten. Die federleichten weißen Fäden wurden von der Maschine weitergeschoben in einen breiten Holzkasten hinein, der senkrecht bis hinab auf den Erdboden reichte, während die schweren Samenkörner durch eine Öffnung in den unteren Raum fielen. War der Holzkasten mit Baumwollfasern angefüllt, so senkte sich eine hydraulische Presse herab, die genau in seine Öffnung paßte, und preßte die leichte weiße Masse in einen schweren Ballen zusammen, den mechanische Vorrichtungen mit Sackleinwand und Eisenbändern umspannten.

Der alte Muchow pinselte mit schwarzer Farbe auf jeden Ballen ein gewaltiges M.

»So,« sagte er, »nun wollen wir den Samen in einen Wagen schaufeln und die acht Baumwollballen auf einen zweiten Wagen laden. Ihr beide könnt dann nach Brenham hineinfahren. Euch Jungens macht es doch mehr Spaß, wenn ihr in die Stadt fahren könnt, als mir. Ich denke, wir spannen die vier Gäule vor deinen Wagen, Charley, und geben Ed die Maultiere. Mit denen kann er zurecht kommen.«

»Selbstverständlich!« behauptete ich.

Wenn man mich damals gefragt hätte, ob ich eine Dampfmaschine zu erbauen verstünde, würde ich wahrscheinlich auch ja gesagt haben! Das Vierspännigfahren ging gut, eine Tatsache, die für den gesunden Pferdeverstand der Muchowschen Maultiere zeugte. Die Straße war zwar miserabel und hatte allerlei gefährliche Löcher und Rinnen, aber die Tiere wichen ganz von selber aus. Als wir uns Brenham näherten und der Weg breit und eben wurde, rief mir Charley zu, ich solle neben ihm fahren.

»Die Reklamereiter werden gleich kommen!« schrie er herüber.

»Die was?«

»Die Reklamereiter, mein Sohn. Jungens, die eine volle Whiskyflasche in der Satteltasche stecken haben und sich ein besonderes Vergnügen daraus machen werden, einem gewissen Charley und einem gewissen Ed einen ordentlichen Schluck von der richtigen Sorte anzubieten! Die Sache ist nämlich so: für Baumwollsamen bekommst du bei jedem Agenten genau das gleiche Geld, die Tagesnotierung selbstverständlich. Die Samenagenten können also ihre Konkurrenten nicht durch höhere Preise überbieten, sondern nur durch größeren Umsatz. Deshalb schicken sie Reklamereiter auf die Landstraßen hinaus, gerissene Jungens, die jeden Farmer im Umkreis von fünfzig Meilen kennen. Oft lauern auf einer einzigen Zufuhrstraße ein halbes Dutzend solcher Reklamereiter. Sobald eine Wagenladung in Sicht kommt, reiten sie auf den Farmer zu und sind so liebenswürdig zu ihm, als ob er der Präsident der Vereinigten Staaten wäre; bieten ihm Whisky an, erzählen ihm die neuesten Brenhamerwitze, reiten neben seinem Wagen her, so lange, bis einer von ihnen die Ladung gekriegt hat. Heidi, da sind sie schon!«

Zwei Reiter kamen herangejagt, was die Pferde nur laufen wollten, hart nebeneinander, weit vornübergebeugt auf ihre Gäule, und parierten mit scharfem Ruck vor unseren Wagen.

»Hello, Muchow, old boy!«

»Guten Tag, Jungens! Warum habt ihr's denn so eilig? Ist der Sheriff hinter euch drein?«

»Nee, Muchow. Der Sheriff sitzt zu Hause und rechnet sich aus, wer fürs Gehängtwerden reif ist. Er schwankt noch zwischen dir und einem übelberüchtigten Neger aus Palavera County.«

»Donnerwetter, Kinder, da habt ihr aber Glück,« sagte Charley todernst. »Der Sheriff von Brenham wird immer nachlässiger. Er weiß wohl gar nicht, daß ihr beide wieder im Land seid?«

Da hielten die beiden Reiter lachend die Hände in die Höhe:

»Allright, Charley. Wir geben's auf. Dagegen können wir nicht an. Wer soll denn nun deinen Baumwollkram haben, Muchow? Ich reite für Smith & Donahan und John hier für Faraday & Co. Wer soll's sein?«

»Kommt darauf an,« lachte Charley. »Trockene Gegend hier, nicht?«

Eine Whiskyflasche kam prompt zum Vorschein, und Charley beguckte sich lange und andächtig den Himmel durch den Flaschenhals.

Der andere Reiter reichte mir eine Flasche herüber. »Neu in der Gegend hier?«

»Danke. Ja. Ich bin erst kurze Zeit im Land.«

»Aber Ed! Das mußt du nicht jedem hergelaufenen Pferdedieb gleich auf die Nase binden!«

»Doch, doch!« meinte der Reklamereiter. »Ihr noch unschuldiger Ruf könnte sonst leiden. Denn nur einem ganz grasgrünen Grünhorn (entschuldigen Sie den Ausdruck!) kann man es verzeihen, wenn er sich zu einer halbtoten Mumie, wie diesem Muchow hier, auf 'ne gottverlassene Farm hinhockt.«

»Jawohl!« grinste Charley. »Allerlei Leben würd' er mit euch sehen – die innere Ausstattung des Countygefängnisses aber auch! Dicky, du kriegst die Ladung; dein Whisky ist so schlecht, daß du unbedingt Geld verdienen mußt, um besseren kaufen zu können. Du kommst das nächstemal dran, John. So! Reitet, Jungens! *Go to the devil!*«

»Sollen wir 'was ausrichten?« schrien lachend die Reiter, schon im Davonjagen …

»Siehst du, Ed, das sind nette, manierliche Jungens, mit denen man wenigstens ein vernünftiges Wort sprechen kann, ohne daß man einen Seidenhut auf dem Schädel haben und bei jedem dritten Wort eine Verbeugung machen muß. So laß ich's mir gefallen. Gute alte Texasmode, Sohn!«

»Grasgrünes Grünhorn hat er gesagt!« meinte ich. »Nette

Höflichkeit!«

»*Well* – wenn Euer Kaiser nach Texas käme, wäre er auch ein Grünhorn. Is nix dabei!«

———————————————

In Brenham waren wir unsere Ladung in einer halben Stunde los; den Samen bei Smith & Donahan, die Ballen im Schuppen von Roberts Brothers. Die Pferde und die Maultiere banden wir vor dem gleichen Laden wie neulich an. Wir wollten gerade hineingehen, da kam einer der umherlungernden Neger auf uns zu, ein schlanker schwarzer Bursche. Sein Hut strahlte in sieben verschiedenen Farben und hatte mindestens doppelt so viele Löcher; seine Hosen hielt er mit beiden Fäusten krampfhaft fest, weil sie viel zu weit waren und stetig herabzurutschen drohten; sein Hemd mochte in unschuldiger Jugend einmal weiß gewesen sein.

»Mistah Muchow – dies schwarze Kind hier is' sehr angenehm froh, daß Mistah Muchow in Stadt sin'!«

»So, du Sohn eines faulen Vaters? Und was machst du denn in Brenham? Und wie steht's mit dem Pflücken? Heh, Slim?«

»Macht Melusina Maryanne, Mistah Muchow. Dieser Nigger hat kein' Kaffee, kein' Zucker, kein' Tabak, kein' gar nix. Kleines Zettelchen für fünf Dollars, Mistah Muchow!«

»Der alte Mann hat dir erst vorige Woche einen Kreditschein gegeben!«

»Huh – is' alles weg.«

»Ja, dann kriegst du aber schließlich nicht mehr viel Geld, wenn wir deine Baumwolle verkaufen, Slim.«

95

»Is nix dabei. Un – klein' bißchen weißes Geld möcht' Slim, Mistah Muchow, ein Dollar oder zwei!«

»Wozu denn?«

»Diesem Nigger juckt die rechte Hand, Mistah Muchow, un' das ist ein feines Zeichen, bringt jedesmal Glück. Slim will 'n bißchen *crap* schießen un' die schwarze Gesellschaft 's ganze Geld abnehmen!«

»Hier hast du 'n Dollar, Slim. Jetzt lauf weg, Slim. Wenn du morgen nicht beim Baumwollpflücken bist, frißt dich der alte Mann mit Haut und Haaren auf, das kann ich dir sagen!«

Grinsend trollte sich der Neger.

»Das ist einer von unseren Pächtern,« sagte Charley, »und der lustigste Nigger, den ich im Leben gesehen hab'. Nun wollen wir 'mal zugucken, wie er seinen Dollar los wird.«

Wir bogen um die Ecke, und richtig, da in dem Nebengäßchen, hockte Neger Slim mit einem halben Dutzend schwarzer Spießgesellen im Sand, und auf einer alten Jacke rollten Würfel hin und her.

»Komm, kleine Sieben!« rief Neger Slim beschwörend. »Willst du wohl 'rauskommen, du miserabel langweilige Sieben. Schnell – und kauf Frauchen ein Paar Schuhe. Liebe süße Sieben ...«

Sieben! Slims schwarze Tatze schoß hervor und strich die Silbermünzen ein, die auf der Jacke lagen.

Ein neues Spiel begann.

Die anderen Neger rollten die Augen und ärgerten sich.

»Oha, dicke Elf! Komm liebe dicke Elf!«

Wieder gewann Neger Slim. Achtmal hintereinander gewann er, und beim neunten Spiel konnte er keinen Gegeneinsatz bekommen, denn er hatte seine schwarzen Brüder bis auf den letzten Cent ausgeplündert!

»Nix weiß' Geld mehr?« sagte er enttäuscht. »Dann is' dies nette kleine Spielchen alle, *gentlemen*. Wenn ihr Geld habt, könnt ihr wiederkommen.«

Und würdevoll schlenderte er die Straße hinab, mit den Vierteldollars in seiner Hosentasche klimpernd.

Charley und ich gingen in Gus Meyers Salon an der Ecke der Wandelhalle. Der kleine Raum war peinlich sauber, der Boden mit weißem Sand bedeckt. An der Decke schnurrten elektrische Fächer, deren scharfer Luftzug Kühlung brachte. Männer, die an der Bar schnell ein Glas Bier hinunterstürzten, gingen und kamen fortwährend. An einem großen runden Tisch saß um eine gewaltige Platte von Kaviarbrötchen eine lustige Gesellschaft.

»Der deutsche Klub,« flüsterte Charley mir zu. »Guten Morgen, *gentlemen!* Es würde mich eine *pleasure* sein, die nächsten Biers zu trihten ...«

»Lieber Muchow, Ihr Deutsch ist 'was Gräßliches,« schmunzelte ein dicker Herr. »Es würde Ihnen also ein Vergnügen sein, die nächste Auflage Bier zu stiften? Bewilligt!«

»*Yes, that's it,*« sagte Charley. »Und dies hier ist ein junger Deutscher, der − − «

»Wissen wir,« lächelte der dicke Herr mit vergnügten Äuglein. »Sie unterschätzen das alte Brenham und seine Neugierde, lieber Muchow. Meinen Sie wirklich, daß jemand brühwarm aus Deutschland nach dieser feinen Metropolis kommen kann, ohne daß darüber gesprochen wird? Prosit!«

(Zu mir): »Wie gefällt's Ihnen? Gut? Ja? Das ist merkwürdig, denn zwischen Gymnasium und Farmarbeit ist doch ein wesentlicher Unterschied. *Well* – manchmal wundere ich mich, was sich eigentlich deutsche Eltern dabei denken, wenn sie – – na ja, dies ist 'ne verrückte Welt. Sehr verrückt. Aber man darf nur keine Müdigkeit vorschützen. Es wird Ihnen noch gut gehen – und es wird Ihnen noch schlecht gehen – aber schützen Sie nur ja niemals Müdigkeit vor!«

Er sah sicherlich nicht müde aus. Weder er noch die anderen. Sie sprühten von Kraft und Selbstvertrauen. Der Herr mit den vergnügten Äuglein war der Eigentümer des Brenham Herald, der Zeitung der Stadt, die in einer täglichen englischen und in einer wöchentlichen deutschen Ausgabe erschien. Da war der Agent einer Großbrauerei und ein Sattlermeister, der Besitzer einer Sodawasserfabrik und der Vertreter eines Nähmaschinengeschäfts. Das Gespräch drehte sich nur um Arbeit und Geld und neue Unternehmungen. In Brenham war Erntezeit in mehr als einem Sinn. König Baumwolle herrschte, *King Cotton,* wie der amerikanische Süden seine weiße Silberfrucht nennt – King Cotton ritt über das Land und verwandelte sein Reich von feinen weißen Fäden in schweres gleißendes Gold. Das Geld rollte. Der allmächtige Dollar strömte aus Dutzenden von Zufuhrstraßen nach dem Texasstädtchen. Der Farmer bezahlte den Kredit, den er das Jahr über bei den Geschäftsleuten der Stadt in Anspruch genommen hatte, er kaufte Maschinen und gab Geld für Vergnügen aus. Und männiglich mühte sich offenbar aus Leibeskräften, möglichst viel von dem Goldsegen zu erhaschen. Diese deutschen Männer, die deutsch und englisch wirr durcheinander sprachen, begnügten sich nicht etwa mit einem einzigen Beruf, mit einem einzigen Geschäft, sondern dehnten ihre Interessen nach allen möglichen Richtungen aus. Der Redakteur und Verleger, so hörte ich mit Staunen,

98

betrieb nicht nur nebenbei die einzige Buchhandlung Brenhams, sondern er besaß auch eine Farm und hatte außerdem Geld in allen möglichen Unternehmungen stecken. Augenblicklich war er eifrig damit beschäftigt, bei Kaviarbrötchen und schäumendem Lagerbier eine Eisfabrik zu gründen. In zehn Minuten setzte er seinen Freunden auseinander, daß Eis als Stapelbedarf des Südens ein ausgezeichneter Fabrikationsartikel sei und daß er gar nicht einsehe, weshalb Brenham sein Eis von auswärts beziehen müsse. Die anderen nickten zustimmend – der Sattlermeister, der nebenbei noch eine Sägemühle besaß; der Bieragent, der Direktor von zwei Brenhamer Gesellschaften war; der Nähmaschinenmann, der aus Mexiko Mustangs importierte ...

»*How much?*« fragte der Sattlermeister.

»Zehntausend, oder sagen wir fünfzehntausend,« meinte der dicke Herr.

In weiteren zwanzig Minuten hatte sich die Gesellschaft einverstanden erklärt. Die *Brenham Ice Company Limited* war so gut wie gegründet! Und im nächsten Augenblick wurde fast gleichzeitig darüber gesprochen, wer als geschäftsführender Direktor der neuen Eisfabrik bestellt werden sollte, und wo man heute abend pokern wollte.

»*Hustle!*« sagte der Eigentümer des Brenham Herald, mich über die Brille hinweg anblinzelnd. »Kennen Sie das Wort? Drängen heißt es, sich rühren, sich mit beiden Ellbogen vorwärts schieben. *Hustle!*«

━━━━━━━━━

Die Zeit schwand dahin. Längst war die weiße Pracht der Felder hinausgewandert nach den Baumwollzentren der

Welt; die weiten Strecken lagen öde, gedörrt vom Sonnenbrand da. Der Indianersommer kam, der wundervolle Texasherbst mit seinen leuchtenden roten und braunen Farben, mit seiner goldenen Sonne. In aller Herrgottsfrühe, in der Morgendämmerung, begann immer die Arbeit der Farm. Zuerst war es Baumwollpflücken gewesen von Sonnenaufgang bis Sonnenuntergang, dann kam das Einernten der Maiskolben, dann das Schneiden des texanischen Zuckerrohres, des Winterfutters für Pferde und Vieh. Als die Ernte eingeheimst war, ging es an Kleinarbeit. Die Stacheldrahtzäune wurden ausgebessert, wir legten Bewässerungsgräben für die Felder an, wir flickten unser Sattelzeug, wir bauten einen neuen Stall, wir besserten die Farmwagen aus und strichen sie schön grün an, oder rumorten zwischen den Pflügen und Farmgeräten. Die Arbeit der Texasfarm schien mir keine Bürde.

»Ich kann mir kein rechtes Bild von deinem Leben machen,« schrieb mir einmal mein Vater. »Du berichtest über Reiten und Schießen und Jagen, du schreibst uns lustige Negergeschichten. Ist das Bauernarbeit in Texas?«

Doch die Arbeit war da und sie war schwer. Die ganze Art des Landes jedoch gab ihr einen romantischen Zug, und dieser romantische Zug vergrößerte sich ins Ungeheure für einen jungen Menschen wie mich. So wie es in der Stadt keine kleinere Münze als fünf Cents gab, weil kein Mensch sich mit Kupfergeld abgeben wollte, so fehlte auch auf der Texasfarm jede Kleinlichkeit. Wie sonniger Leichtsinn lag es über dem fast jungfräulichen Land, das ohne künstliche Hilfe reiche Ernte hergab. Dumpf dahin zu arbeiten, fiel hier keinem Menschen ein. Wir lebten auf der Farm in freier Natur ein freies Leben, das selbst schwerer Arbeit einen merkwürdigen Reiz verlieh. Und manchmal war die Arbeit wie ein Fest ...

»*Well*, Jungens,« sagte der alte Muchow eines Abends, »ich denke, wir machen uns jetzt an den Wald drüben bei der Slimpachtung und hauen uns ein neues Stück Feld heraus.«

Am nächsten Morgen ritten Charley und ich zu den Negerpächtern der Umgegend und trieben Arbeiter auf, und am nächsten Tag schon begann die Arbeit. Im Morgengrauen zogen wir hinaus. Voraus ritten der alte Mann, Charley und ich, hinter drein fuhr Jim der Neger mit vier Maultieren und einem Farmwagen, bepackt mit zwei riesigen Kesseln und Säcken mit Proviant. Über Ackerfurchen und knisternde Maisstengel ging's hinweg. Am Waldrande prasselte ein Feuer aus dürrem Holz, an dem zwei schwarze Gestalten kauerten und sich die Hände an den Flammen wärmten. Es war Neger Slim und seine Ehefrau Melusina Maryanne.

»Schön' guten Morgen, Mistah Muchow, schön' guten Morgen, Mistah Charley, Mistah Ed. Feine Sache, so 'n kleines Feuerchen. Nix niemand noch nich' da von die faulen Niggers.«

»Wie viele kommen denn, Slim?«

»Sechzig Stück, Mistah Muchow – jeder gesegnete Farmnigger in dieser Gegend, so wahr dieses Kind einmal in' Himmel kommen will. Nur der Washington Columbus von Mistah Davis sein' Farm nich' un' das ist schade, weil das ein Nigger is', der mit die Axt fein Bescheid weiß.«

»Warum kommt er denn nicht?«

»Kann nicht. Is krank. Kann nicht sitzen, nicht liegen, nicht stehen, kann kein gar nix.«

»Wieso denn?«

»Oh – das is' sehr einfach. Ein anderer farbiger Gentleman

hat ihm ein' ganze Ladung Schrot in die rückwärtige Gegend hineingeschossen!«

Wir brachen in schallendes Gelächter aus.

»Wegen ein' kleine Meinungsverschiedenheit beim Würfeln,« fiel Melusina Maryanne, die junge Negerfrau, mit schriller Stimme ein. »*Lord* – was is' das Würfelspielen für ein' schlechte Gewohnheit! So was tut mein Slim nicht! Ich würd's ihm auch mit mein' Besen austreiben!«

»Tut Slim niemals nich',« log der Neger darauf los und schielte vergnügt zu Charley und mir herüber.

Als das Rot des herbstlichen Sonnenaufgangs durch die Baumreihen zu schimmern begann, kamen sie von allen Seiten herangeritten, schwarze Gestalten mit Äxten über den Schultern, auf struppigen Pferden, auf altersschwachen Maultieren. Im Nu häufte sich ein Berg von alten Sätteln und Decken am Waldrand. Die Ponys und *"mules"* begannen draußen auf dem Feld zu grasen. Die Reiter aber drängten sich um das Feuer und ließen sich von Melusina Maryanne heißen schwarzen Kaffee in ihre blechernen Becher einschenken, fischten Speckstücke aus der brodelnden Pfanne und frisches Maisbrot aus dem Kessel. Weiße Zähne zermalmten und dicke Lippen schmatzten.

»So, Jungens!« rief der Herr der Farm von seinem Gaul herab, »nun wollen wir dem alten Wald zu Leibe gehen. Charley, Ed, zählt euch dreißig Mann ab und fangt hier zu arbeiten an. Die anderen kommen mit mir. Los, Kinder. Wollen 'mal sehen, auf welcher Seite mehr gearbeitet wird!«

Hemden wurden heruntergerissen, nackte schwarze Oberkörper glänzten im Sonnenlicht, und donnernd erdröhnten die Axtschläge. In langer Linie arbeiteten unsere dreißig Neger, Baum an Baum. Mit rhythmischer

Regelmäßigkeit fielen die hoch über die Köpfe geschwungenen Äxte. Zuerst ein Hieb von oben, der tief in den Stamm hineinbiß, dann ein ergänzender waagrechter Schlag, der das angehauene Holzstückchen herausschleuderte. So entstand eine winzig kleine Kerbe in der Form eines liegenden *V*, flach wie ein Teller unten, schräg in den Baumstamm hineinfressend von oben. Mit jedem Hieb wurde die Kerbe größer, bis der verwundete Stamm sein eigenes Gewicht nicht mehr tragen konnte, die Holzfasern rissen und der Baum krachend zur Erde fiel. Dann sprangen drei, vier Mann auf ihn und hieben ihm die Äste ab, und der alte Jim schlang eine Kette um den Stamm und schleppte ihn mit seinen Maultieren an den Waldrand hinaus. Die Äste blieben liegen. Da waren Fichten, deren rotes Holz so weich und wässerig ist, daß es nur zum Verbrennen taugt; Buchen, Eichen und Hickorybäume, deren Stämme auf einen besonderen Haufen gelegt wurden, denn sie waren so wertvoll, daß sie in Brenham verkauft werden sollten. Ihr Holz ist hart wie Eisen. Die zähen Ranken, die sich von Baum zu Baum schlangen, der Efeu der alten Eichen und wucherndes Gestrüpp mit scharfen Dornen fielen unter den Axthieben. Schritt für Schritt drangen die Neger in den Wald ein. Ich hielt es nicht lange aus beim Zusehen, sondern sprang vom Pferd, holte mir eine Axt und schlug darauf los, daß die weißen Holzsplitter flogen.

Da gerieten Slim und ein anderer Neger in Streit. Sie hatten ihre Äxte verwechselt.

»Is meine Axt!«

»Nein, meine!«

»Das is' ein' dicke Lüge, du schwarzer Gauner!«

»Is' kein' Lüge!«

»Is' es doch!«

»Is' es nich' –«

Wütend funkelten sich die beiden Neger aus rollenden Augen an. Charley aber zog gelassen den Revolver hervor und spannte den Hahn.

»Äxte weg, Jungens! Wer von euch beiden eine Axt oder ein Messer anrührt, den schieße ich über den Haufen. Gebraucht eure Fäuste meinetwegen, ihr Dickschädel!«

»Komm her, Affensohn!« brüllte der Neger.

»Komm du her!« schrie Slim.

Da auf einmal krümmten sich die beiden zusammen – senkten die Köpfe – rannten aufeinander los. Genau wie kämpfende Böcke. Die Schädel prallten in dumpfem Krach zusammen. Wieder rannten sie, wieder stießen die schwarzen Köpfe hart aufeinander; zwei-, drei-, fünfmal. Beim fünftenmal kratzte Slim's Widersacher sich die krause Wolle auf seinem Schädel und schlich davon.

»Is' das nicht ein fein' kleines Köpfchen, das dies Kind hier auf die Schultern sitzen hat!« jubelte Neger Slim.

Wir aber lachten, daß wir beinahe von den Pferden fielen.

»Dafür soll dieser Sohn eines Ziegelsteins ein Pfund Tabak haben,« sagte Charley. »Das ist das erstemal, daß ich ein richtiges Niggerboxen gesehen habe. Ein Neger ist doch ein merkwürdiges Individuum. Sein Schädel ist so hart, daß wahrhaftig etwas daran ist an dem alten Witz von dem Schwarzen, der im siebzehnten Stockwerk eines Wolkenkratzers aus dem Fenster fiel und in der Luft inbrünstig gebetet haben soll: *Dear Lord*, laß mich auf meinen Kopf fallen, *if you please*, und ich armer Nigger bin gerettet! Eines Negers Schienbeine aber sind so weich und so empfindlich, daß ihn der leiseste Stoß schmerzt. Wenn du einmal mit einem Neger Unannehmlichkeiten hast, Ed, so gib ihm einen kräftigen Fußtritt gegen das Schienbein, und er wird heulend davonlaufen! *Well* – nun hör' mal! Vorhin wollte ich es dir nicht sagen, aber du mußt nicht mitarbeiten beim Baumfällen! Mit Negern arbeitet man nicht zusammen!«

Ich schämte mich fast, daß ich das nicht selbst empfunden hatte. Denn so naiv ich den Neger betrachtete, so fühlte ich mich doch in natürlichem Instinkt dem Mann der schwarzen Rasse gegenüber genau so als Herr und Höherstehender, wie der alte Muchow oder sein Sohn; empfand eine Abneigung, deren erster Grund der penetrante Geruch der Ausdünstung des Negers sein mochte. Für den Neger soll der Weiße übrigens genau den gleichen unangenehmen Geruch haben. Man plauderte mit dem Neger. Man amüsierte sich über seinen grotesken Humor, über sein komisches Englisch. Man brauchte ihn notwendig. Wie alle anderen Riesenfarmen in dem spärlich besiedelten Land basierte der Muchowsche Besitz auf Negerarbeit im Pachtsystem. Die Negerfamilien bekamen Land und Werkzeuge und mußten dafür das Land bestellen und die Hälfte des Ertrags abliefern. Sie waren vollkommen abhängig von dem Herrn der Farm, weil sie fast niemals bares Geld in die Hände bekamen und immer in der Schuld des Farmers standen, denn sie waren faul und verschwenderisch. Bekamen sie nach der Ernte wirklich Geld, so verpufften sie es in wenigen Wochen; die Männer in Trinkgelagen, die Weiber in komischem Putz, und waren dann wieder auf den Farmer angewiesen, der ihnen für die einfachsten Lebensmittel ungeheure Preise anrechnete. Eine Wirtschaftsteilung, bei der der Neger als der wirtschaftlich Schwächere und Untüchtigere unbedingt den Kürzeren ziehen mußte. So wurde das Land nach uralten primitiven

Methoden bestellt, und was der Farmer durch nachlässige Bewirtschaftung verlor, glaubte er durch den Umfang seines Besitzes und den billigen Grundwert wieder hereinzubringen. Um straffe moderne Organisation, um wissenschaftliche Bodenausnutzung mühte sich niemand, weil der Neger nur in dem althergebrachten System zum Arbeiten zu bringen war, weil er als Tagelöhner zum Beispiel unter ständiger Aufsicht hätte sein müssen. Mir erschienen die Neger von einer fast kindlichen Harmlosigkeit. Als Kinder wurden sie auch behandelt, und als Kinder fühlten sie sich. Sie kamen mit den kleinsten Anliegen zu uns, sie konnten nicht einmal die einfache Baumwollarbeit, in der sie doch aufgewachsen waren, selbständig verrichten. Man behandelte sie freundlich, aber man hielt sie sich energisch vom Leibe. Kein Neger durfte den Farmhof betreten, ohne vorher angerufen und sich Erlaubnis erbeten zu haben; jeder Schwarze mußte ausweichen, wenn wir auf der Straße ritten oder fuhren; er durfte in Brenham kein Restaurant betreten oder sich in öffentlichen Räumen gleichzeitig mit Weißen aufhalten. Er war ein untergeordnetes Wesen und sollte es bleiben.

Stück für Stück und Tag um Tag verschwand der Wald. Die Stämme türmten sich draußen auf dem Feld auf. Nach drei Wochen stand kein Baum mehr, und eine halbe englische Meile weit sah man nichts als Haufen von Geäst und nackte, weißschimmernde Baumstümpfe. Nun begann die eigentliche Rodearbeit; die Stümpfe wurden herausgesprengt. Den Negern machte das ein Heidenvergnügen, und uns drei Weiße hielt es in ständiger Aufregung, weil die Schwarzen kaum wegzutreiben waren bei den Sprengungen. Das grobe Sprengpulver spaltete die Stümpfe nur und lockerte sie aus dem Erdreich. Feuer mußte die Arbeit vollenden. Der alte Mann selbst warf den Brand in das Gestrüpp, und langsam fraßen die roten Flämmchen

in das Kleinholz, bis ein Windstoß kam und die kleinen
Feuerzüngelchen zum rasenden Feuermeer aufpeitschte, das
eine glühendrote Rauchwolke weithin über das Land trieb.
Den ganzen Tag und die ganze Nacht umritten wir den
Flammenherd und löschten Dutzende und Aberdutzende
von Bränden, die durch glühende Funken in den
benachbarten Feldern im Baumwollengesträuch und unter
den Maisstengeln entstanden waren. Unsere Löschmanier
war höchst einfach. Zwei Reiter hielten eine nasse Decke
zwischen sich gespannt und schleiften sie im Galopp über
den brennenden Boden. Mehrere Tage lang brannte das
neugewonnene Land. Dann aber hätte man auf der weiten
Fläche kein Stückchen Holz mehr finden können; die
Stümpfe, die herausgesprengten Wurzeln, die Äste, das
Gestrüpp, das dürre Laub von vielen Jahren, der uralte
Laubmoder – das alles war eine schwarzverkohlte Masse mit
Tausenden von weißen Aschenhäufchen. So wurde aus dem
Wald das Feld ...

———————————————

»Charley und Ed, die beiden Spitzbuben,« sagte der alte
Muchow öfter als einmal, »sind gar nicht mehr
auseinanderzubringen. Immer stecken sie beisammen. Die
Pferde reiten sie mir zu schanden, ihre ewige Schießerei hat
mich schon halb verrückt gemacht, bei den Negern
strolchen sie herum, – aber arbeiten tun sie, das muß man
ihnen lassen. In einer Manier freilich, als täten sie's nur,
weil's ihnen Vergnügen macht!«

Monate tollen Erlebens. Ich lernte Vertrauen in meine Fäuste
und in meine Kraft; lernte auch den wildesten Gaul reiten;
lernte das weiche Englisch des amerikanischen Südens;
lernte den merkwürdigen Texasmischmasch von
Selbstvertrauen und Schlenderjahn. Die Muchows fühlten

sich unabhängig wie große Herren auf ihrem riesigen Grundbesitz, aber sie so wenig wie die Nachbarn hatten den Ehrgeiz, das alte Schlendersystem der Farmer zu verbessern. Es war, als seien die weißen Männer auf dem flachen Land angesteckt von der Sorglosigkeit und Gleichgültigkeit des Negers. Sie lebten ein Herrenleben in ihrer Art, aber sie aßen Maisbrot und Speck das Jahr über und wohnten in rohen Holzhäusern; sie trugen derbes Leinen und betrachteten eine Zigarre als Sonntagsluxus. Dutzende von Pferden standen auf jeder Farm, und kein Mensch wäre hundert Meter zu Fuß gegangen, aber die Tiere wurden niemals beschuht und fast niemals geputzt. Die Farmen sahen schmutzig und verkommen aus, die Straßen nach der Stadt waren in einem so erbärmlichen Zustand, daß sie bei der Regenzeit unpassierbar wurden. In der Erntezeit warfen die Farmer mit Goldstücken um sich, und die Hälfte des Jahres mußten sie bei den Geschäftsleuten der Stadt Kredit in Anspruch nehmen. Man arbeitete aus Leibeskräften – ließ aber auf einmal alles liegen und stehen, wenn ein Neger mit der Nachricht gelaufen kam, Mister So und So von der nächsten Farm wolle zum Fischen nach dem Brazos reiten. Oder zum Kaninchenjagen. Oder auf die Waschbärenjagd. Dann sattelte man schleunigst die Gäule und ritt mit.

Es war ein merkwürdiges Leben auf der Texasfarm, das mir unbeschreiblich verlockend schien. Texasfarmer wollte ich werden! Es war sehr leicht, wenn man erst als halbwegs tüchtig bekannt war, Kredit zu erhalten und durch langsames Aufsteigen vom Pächter zum Farmer selbständig zu werden. Jeder Farmer verpachtete lieber an einen weißen Mann als an einen Neger, weil der Weiße von selbst arbeitete und der Schwarze nur, wenn er dazu getrieben wurde. Das Haus bauten einem die Nachbarn, die Geräte lieferte der Farmer, das Geld, das man bis zur Ernte brauchte, streckte er einem vor. Wenn die Baumwollenpreise nur einigermaßen gut waren, konnte man bald genug eigenes Land besitzen.

Wie oft hatte mir der alte Muchow das auseinandergesetzt! Aber für den Gang meines Lebens bestimmend war sein Sohn. Hätte nicht die amerikanische Krankheit unstillbaren Wandertriebes ihn erfaßt, so pflanzte ich heute aller Wahrscheinlichkeit nach Baumwolle irgendwo in der Nähe der Muchowschen Farm, ein Texasmädel wäre meine Frau, Texasgrund und Boden wäre mein eigen …

Denn im Spätherbst kam eine sonderbare Ruhelosigkeit über den jungen Muchow. Es gab fast nichts zu tun auf der Farm. Das Land sah öde aus; alles war verdorrt, der Boden, die Büsche und das Laub, das Gras. Man sah nichts als einförmiges Braun. Wir ritten täglich meilenweit übers Land, und auf einem solchen Ritt hielt Charley auf einmal seinen Gaul an und ließ die Zügel fallen. Lange Zeit sah er sich im Kreise um. Dann richtete er sich auf, wie jemand, der mit sich selber eins geworden ist.

»Ich geh' fort,« sagte er.

»Was?«

»Fort geh' ich. Zu verdammt langweilig!«

»Wohin denn?«

»Weiß noch nicht. Ich reit' jedes Jahr los. Neu-Mexiko war es letzten Winter, Indian-Territory das Jahr vorher. Für Cowboys gekocht, drüben bei San Antonio (und die Jungens haben oft genug geschimpft über meine Kocherei!) – mitgeholfen beim Branden der Rinder – dann nach Nordwesten hinauf – das verdiente Geld in einem Wagen und Provisionen angelegt und nach Gold gesucht – den Teufel 'was gefunden – halb verhungert in Albuquerque angekommen, Wagen und Gaul verkauft und nach Hause gefahren. Das waren famose fünf Monate, *sonny*! Diesmal ist es El Paso! Bei El Paso wird eine neue Eisenbahn gebaut. Gus sprach davon. Da strömen die lustigsten Kerle aus dem ganzen Süden zusammen. Jawohl – es ist 'ne feine Idee! Ich reite nach El Paso! Glory Hallelujah!«

Wie eine ansteckende Krankheit sprang sein Wandertrieb auf mich über.

»Nimm mich mit!« sagte ich.

»*No, sir.*«

»Warum denn nicht?«

»Geht nicht. Du kennst das Land noch nicht. Schließlich schlagen sie dir den Schädel ein und ich bin daran schuld. Nein. Bleib' beim alten Mann.«

Als wir nach Hause kamen, platzte er mit seinem Projekt heraus:

»Vater – hm – Mutter – hm, ich denke, ich reite morgen ...«

»Ach du meine Güte!« sagte Mutter Muchow leise.

»Wie du meinst!« brummte der Alte. »Eine verfluchte Wirtschaft! Du wirst schon noch in irgend 'n Malheur 'reintreten. *Well – well* – – bin auch mal jung gewesen, aber die neue Generation könnte doch 'was zugelernt haben. Hab' mir's schon gedacht, daß die Vagabundiererei wieder anfängt. Dann reite in drei Kuckucksnamen! Laß dich nicht über die Ohren hauen! Wo willst du hin?«

»Nach El Paso, Vater. Zum Eisenbahnbau.«

»*Well*, wie du meinst.«

Ich saß da und wäre beinahe geplatzt vor Neid. Und auf einmal kam's über mich wie fiebernde Unruhe.

»Wenn Charley fortgeht ...« begann ich.

»Hoh!« sagte der alte Muchow. »Da ist noch einer! Zu tun ist ja freilich nichts auf der Farm, aber du hättest doch wahrhaftig gerne hierbleiben können!«

Und ich beschloß, mein Glück im Texasstädtchen zu versuchen.

Kurz vor Brenham durchschnitt die Staatsstraße nach Osten, nach San Antonio und El Paso, unseren Weg. Dort, an der Kreuzung, hielten wir. Braun, dürr, öde, sandig lag die Gegend da. Auf dem untersten Ast eines Baumes am Straßenrande saßen träge vier Aasgeier.

»*Good bye*, Vater,« sagte Charley.

»Na, dann reite, mein Junge. Nimm dich in acht mit dem Mexikanerpack da drüben!«

»*Allright*, Vater. *Good bye*, Ed. Besser, du bleibst beim alten Mann. Überleg' dir's noch.«

Und im vollen Galopp jagte Texasgirl auf der Straße nach Osten vorwärts, mit einem Reiter, der lustig den Hut schwenkte und die sechs Schüsse seines Revolvers in die Luft knallte zum Abschiedsgruß –

»Eine verfluchte Wirtschaft!« brummte der alte Mann. »Wenn ich nicht selber einer von der Sorte gewesen wäre, könnt' ich dem Bengel wahrhaftig böse sein. Na, er kann für sich sorgen; wer mit dem anbindet, hat alle Hände voll. Was willst du denn in Brenham anfangen?«

»Keine Ahnung, *sir*.«

»Eine verfluchte Wirtschaft! Ehem! Ich lasse jeden das aufessen, was er sich einbrocken will. Wenn einer

Dummheiten machen will, dann soll er sie eben machen. Man muß einen Mann mit seinem Mädel allein lassen und einen Narren mit seiner Narrheit. *Good bye*, mein Junge!«

Da hinten in Texas.

Der Lausbub wird Apothekerlehrling. – Im Wunderland. – Grasgrüner Wissensdurst. – Die Negerin und das Liebespulver. – Ein Nachtklingel-Erlebnis. – Der Lausbub langweilt sich. – Das Gäßchen der winzigen Häuschen. – Klein-Daisy. – Die Dame, das Parfüm und die Folgen. – Ex-Apotheker. – Der frühere Leutnant aus dem heiligen Köln und sein Rat. – Der Mann mit den leuchtenden Augen. – Vorbereitungen zu einer geheimnisvollen Reise.

An einem der runden Tischchen in Gus Meyers Salon saß, emsig schreibend, der Redakteur und Verleger des Brenhamer Herald. Neben ihm stand ein kleiner Junge in Arbeitskleidern, mit Druckerschwärze beschmiert.

»Hello!« rief mir der Redakteur entgegen. »In dreieinhalb Sekunden hab' ich den Gouverneur von Texas vollends abgemurkst.« (Er schrieb weiter.) »So. Hier, mein Söhnchen! Lauf! Korrektur und letzte Depeschen bringst du mir hierher. Gus, noch 'n Bier! Und wie steht's mit Bruder Leichtfuß aus dem deutschen Vaterland?«

Er schüttelte sich vor Lachen, als ich ihm erzählte, weshalb ich in Brenham sei.

»Und was wollen Sie anfangen?«

»Ich hab' keine Ahnung ...«

»Selbstverständlich haben Sie keine Ahnung!« schrie er lachend, als ob das der beste Witz der Welt wäre. »Ich hätte auch keine an Ihrer Stelle. Es wäre auch wirklich zuviel verlangt von Bruder Leichtfuß, er solle sich – hokuspokus,

113

hast du nicht gesehen? – in einen geldverdienenden Praktiker umzaubern, sobald er nur auf amerikanischen Boden plumpst!«

»Könnten Sie mir nicht einen Rat geben, Herr Doktor?«

»Hoh! So ist's recht. Wenn man selbst nichts weiß, so weiß vielleicht ein anderer etwas!«

Er lachte, und unter Lachen und Biertrinken pumpte er mit unglaublicher Schnelligkeit alles aus mir heraus, was er wissen wollte. Was mein Vater sei? Weshalb ich eigentlich Deutschland verlassen hätte? Meine Familie? Meine Verwandten? Welche Schulen?

»Stimmt alles!« schmunzelte er endlich. »Sie wären auch viel zu jung, um konsequent und überzeugend zu lügen. Das ist nämlich eine große Kunst! Hm – und nun wollen wir sehen, was sich in dieser feinen aufblühenden Texasstadt alles mit Ihnen aufstellen läßt. Aha – oho ... guten Morgen, Mr. Mindus!«

»Tag, Doktor!« sagte ein Herr, der soeben eingetreten war, ein Riese von respektabler Größe und noch weit respektablerer Breite, ein Riese in Hemdsärmeln, doch in Hemdsärmeln aus schillernder Seide; in blitzenden Lackstiefeln, auf dem Kopf einen Panama.

»Interessanter Fall, Herr Mindus!« sagte der Doktor. »Wir haben hier den jungen Deutschen, der bei den Muchows auf der Farm – ich erzählte Ihnen doch davon?«

Der Mann in den seidenen Hemdsärmeln nickte.

»Nun, er hat gemerkt, daß er in der stillen Farmzeit ziemlich überflüssig war und ist gegangen. Frage: Was fängt er an?«

»Geld?« fragte Mr. Mindus lakonisch.

»Ih wo!«

»*Well* – dann muß er arbeiten!«

»Aber, bester aller Apotheker, – Herr Mindus ist Besitzer der großen Apotheke da drüben, mein Junge, – das wissen wir auch! Aber wie und wo? Ich denke mir, wenn ein verwöhnter junger Mensch frisch von der Schulbank fünf Monate Farmarbeit aushält, dann muß er zu gebrauchen sein.«

»Das werden wir ja sehen,« sagte der Apotheker und wandte sich mir zu. »Wenn Sie wollen, so können Sie bei mir in der Apotheke arbeiten – – «

Ich saß da, so erstaunt und so überrascht, daß ich kaum ein Wort hervorbringen konnte, und hörte, wie mir der Apotheker erklärte, er "taxiere", ich sei vorläufig fünfzehn Dollars im Monat und Verpflegung für ihn wert, und in einer Viertelstunde solle ich nach der Apotheke kommen. Dann schüttelte Mr. Mindus dem Doktor die Hand, nickte mir zu und ging fort. Der Verleger des Brenham Herald sah mich lachend an.

»Eine verrückte Welt! Nun sind Sie Apothekerlehrling hier hinten in Texas!«

Eine halbe Stunde später hielt ich einen Mörser zwischen den Knieen und stampfte arbeitsam auf Kreidekügelchen los. Die zerstampfte Kreide füllte ich in kleine Schachteln. In jede Schachtel kamen drei Tropfen Veilchenextrakt. So fabrizierte man hier hinten in Texas Puder.

―――

Gewaltige Glaskugeln mit giftig grün, zart rosa und schreiend gelb anilingefärbtem Wasser gefüllt, schillerten im

Schaufenster als Wahrzeichen der Apotheke. Auf riesigen Regalen standen die Flaschen und die Fläschchen mit den Rohstoffen der pharmazeutischen Kunst; endlose Reihen von Patentmedizinen; von Pillen und Mixturen, Sarsaparillen und Blutbelebern. In Schaukästen waren alle möglichen Waren aufgestapelt; Bürsten, Kämme, Toilettenartikel, wundertätige Fleckseifen und Pokerkarten, Proben von wunderbar wachsenden Sämereien und garantiert-echte Monte Carlo Rouletten; Vasen, Spielmarken, Puppen. Der Herrenwelt brachte die Apotheke liebevolles Verständnis durch ein halbes Dutzend dickbauchiger Whiskyfässer entgegen, denn wer hier Wert auf guten Whisky legte, kaufte seinen Bourbon oder seinen Rye in der Apotheke. Für die Damenwelt sorgte die Sodawasser-Fontäne, die Jimmy Hawkins bediente.

Sie war ein Wunderwerk. In einem pompösen Nickelgehäuse, das den halben Laden ausfüllte, verbargen sich Eisbehälter, Kohlensäureapparate und Dutzende von kleinen Fäßchen mit allerlei Fruchtsäften und Ingredienzien. Auf dieser Maschine spielte Jimmy Hawkins wie auf einem Klavier; er schlug die Tasten geheimnisvoller Hähne an und komponierte merkwürdige Getränke. Die Basis war immer ein Glas Sodawasser zu drei Vierteln gefüllt, dazu kamen Fruchtsäfte oder flüssige Schokolade, und das ganze krönte jedesmal ein Löffel Icecream, Gefrorenes. Es war der *punch romain* europäischer Cafés, verflüssigt, ins Amerikanische übersetzt und verbilligt, – der *soda drink* zu fünf Cents. Die hohen Stühle vor der Soda Fountain wurden niemals leer. Hunderte von Damen schlürften alltäglich die eiskalten Herrlichkeiten. Dieser vordere Teil des Ladens war das Sanktum der holden Weiblichkeit des Texasstädtchens. Weiter hinten drängten sich die Männer von den einsamen Farmen; rauchend, schwatzend, plaudernd, denn sie wollten nicht nur kaufen, sondern auch unterhalten sein, etwas hören vom Getriebe des Städtchens und den Dingen der großen Welt. Noch weiter hinten an den Ladentischen – die Apotheke war riesig groß – versammelten sich die kaufenden Negerherrschaften. Und das Ganze war ein unbeschreiblicher Wirrwarr!

Bruder Leichtfuß schien es, als sei er im Wunderland.

Freilich mußte man kehren und fegen und spülen in diesem Wunderland, und Kisten schleppen und langweilige Salben in langweiligen Mörsern ewig lange zerreiben. Aber da waren Kasten und Schränke und Fläschchen und Dosen, die man so wunderschön durchstöbern konnte, und geheimnisvolle Gifte und geheimnisvollere Apparate und das fortwährende Kommen und Gehen von vielen Menschen. Ich entwickelte einen gierigen Lerneifer, gegen den kein Mensch etwas einzuwenden hatte; verbrannte mir die Finger gehörig an Schwefelsäure und kurierte mir Zahnschmerzen mit so viel kristallisiertem Cocain, daß ich beinahe sehr krank geworden wäre. Mr. Mindus und den Prokuristen und Jimmy Hawkins bombardierte ich fortwährend mit Fragen, die mit einem gemütlichen Grinsen über meinen grasgrünen Wissensdurst beantwortet wurden. So wurde aus dem wunderlichen Wirrwarr nach und nach ein vertrautes Hantieren mit vertrauten Dingen. Es dauerte gar nicht lange, so verkaufte der Lausbub Chinin (das war ein Stapelartikel) und Patentmittelchen – und nach wenigen Wochen schon durfte er neben dem Prokuristen am Rezepttisch stehen, wenn's viel zu tun gab, und beim Bereiten von Mixturen helfen! Einem deutschen Apotheker würden die Haare zu Berge gestanden sein über diesen Leichtsinn, aber man nahm es nicht so genau da hinten in Texas. Es war auch gar nicht so schwer. Die drei Ärzte des Texasstädtchens schrieben ihre Rezepte hübsch deutlich und leserlich, wie es Sitte ist in Amerika, und mein Latein und mein ewiges Herumschnüffeln und Fragen kamen mir bald

117

zu statten. Ich rezeptierte darauf los ...

Man stelle sich meinen Stolz vor!

Dummheiten machte ich natürlich auch, und ich vergesse nie, wie der pompöse Mr. Mindus aus dem Häuschen geriet, als ich dem berüchtigtsten Gauner von Brenham in aller Harmlosigkeit fünf Flaschen Whisky auf Kredit verkaufte! Und einmal kam eine junge Negerin und verlangte verschämt:

»*Love powder, please!*«

Liebespulver? Was beim Kuckuck war Liebespulver?

»Wie meinen Sie?« fragte ich verlegen. (Ich hatte damals eine ewige Angst, einen Kunden mißzuverstehen und mich zu blamieren.)

»'n Liebespulverchen – ein ganz kleines Liebespulverchen, Herr, aber nur allerbeste Qualität.« Sie lächelte genierlich. »So 'n recht gutes Liebespulver; ich brauch's für eine Freundin.«

»Aber ...«

Mr. Mindus trat hinzu.

»Liebespulver? Jawohl! Ich lasse es sofort bereiten – wir werden unser Bestes für Sie tun!«

Und mir flüsterte er zu: »Stellen Sie sich doch nicht so ungeschickt an! Geben Sie ihr eine ganz kleine Dosis Saccharin! Wickeln Sie's in ein rosa Pulverpapier hübsch ein und berechnen Sie anderthalb Dollars – nein, zwei Dollars!«

Als die Negerin seelenvergnügt gezahlt hatte und strahlend fortgegangen war, sagte mir der Apotheker seine Meinung: »Wir haben alles und führen alles. Das merken Sie sich gefälligst! Fragen Sie mich, wenn Sie selbst nicht Bescheid wissen. Die schwarze Gans ist natürlich in irgend einen Nigger verliebt und will Gegenliebe dadurch fabrizieren, daß sie ihm ein Liebespülverchen beibringt. Die Bande ist nun einmal so abergläubisch. Sage ich ihr, so etwas gebe es nicht, so erzählt sie sämtlichen Niggerfrauenzimmerchen in Brenham, meine Apotheke sei nichts wert, und mein Geschäft leidet. Ergo bekommt der Nigger sein Saccharin und wahrscheinlich wird's auch helfen. Liebe erzeugt Gegenliebe, mit oder ohne Saccharin, aber das verstehen Sie noch nicht. Geschäft ist Geschäft. Das merken Sie sich, bitte. Sie müssen noch viel amerikanischer werden, mein Lieber!«

Und wahrhaftig – nach einigen Tagen kam eine junge Negerdame in die Apotheke, die auch verschämt tat und auch verlegen lächelte.

»– kleines Liebespülverchen ...« bat sie. »So, wie mein' Freundin Matilda gekauft hat!«

Es mußte also geholfen haben! Jedenfalls nahm man es entschieden gar nicht genau hier hinten in Texas. Einmal in der ersten Zeit war ich in heller Verzweiflung. Ich schlief in einem Kabinett hinten im Laden, zusammen mit Jimmy Hawkins, dem Gehilfen, einem wortkargen Gesellen, der mir von allem Anfang an kurz und bündig erklärt hatte:

»Abends hab' ich gewöhnlich dringende Geschäfte in der Stadt, mein lieber Junge. Unter uns gesagt. Offiziell bin ich hier. Sollte dieser fette alte Mindus einmal kommen, so bin ich soeben ein bißchen an die frische Luft gegangen, weil ich Kopfschmerzen hatte. *Sabé?* Kommt irgend ein Narr mit einem Rezept, so soll er warten, bis ich wieder da bin. Seien Sie nett zu mir und ich bin nett zu Ihnen! *Sabé.*«

Und prompt um acht Uhr verschwand Mr. Jimmy Hawkins regelmäßig, um gegen Mitternacht zurückzukehren und wortlos ins Bett zu gehen.

Da machte einmal – es war schon spät Nacht – die Klingel einen Heidenlärm. Als ich hinauseilte, stand ein Farmwagen vor der Türe. Ein Mann, der an allen Gliedern zitterte und kaum sprechen konnte vor Aufregung, hielt mir ein kleines Kind hin. Ich schlug die Tücher zurück, in die das leise stöhnende, fast bewußtlose Kind gewickelt war, und sah mit unbeschreiblichem Entsetzen, daß von den kleinen Füßchen Hautfetzen herabhingen. Rohe Brandwunden! Ich hätte am liebsten geheult vor Ratlosigkeit, aber irgend etwas mußte geschehen. So tränkte ich in fliegender Eile Verbandwatte in Öl und wickelte die armen kleinen Füßchen darein, mehr um den Vater zu beruhigen als dem Kind zu helfen, dem ich doch nicht helfen konnte. Rasch noch ein paar Tropfen kalifornischen Tokaiers eingeflößt – dann sprang ich auf den Wagen und fuhr in sausendem Galopp zum Arzt. Der schien ganz zufrieden mit dem harmlosen Mittelchen, das mir eingefallen war ...

Jimmy Hawkins aber hatte die nächsten acht Tage lang keine dringenden Geschäfte mehr in Brenham zur Nachtzeit!

Wochen und Monate vergingen. Der Herr Apothekermeister Mindus hatte mir mit salbungsvollen Ermahnungen ein pharmazeutisches Werk gegeben, in das ich dreimal hineinguckte, um es dann vorsichtig mit den Fingerspitzen anzufassen und im fernsten Winkelchen meines Zimmerleins zu verstecken. Das Ding war noch viel langweiliger als die griechische Grammatik! Dafür las ich Nächte lang in amerikanischen Zeitungen (ich glaube heute noch, daß das viel gescheiter war) und durchschmökerte bei selbstgedrehten Bull-Durham-Zigaretten und raffiniert gebrauten Limonaden Hunderte amerikanischer Romane, von den drei Ärzten des Städtchens zusammengeborgt. Dann wieder durchschnüffelte ich Kasten und Schubladen. Und war sehr zufrieden mit mir selbst und schrieb begeisterte Briefe nach Hause. Aber gar bald wurden die Apotheke und dann die Menschen und das Städtchen zu tagesgewohnten Dingen, und Bruder Leichtfuß fing an, sich sehr zu langweilen.

Die Texasstadt war ja die Einfachheit selbst. Auf dem riesigen Platz vor der Apotheke, in vier Straßenreihen, spielte sich die Jagd nach dem Dollar ab. Im tiefen Sand dieser Straßen drängten sich die Menschen und galoppierten die Pferde den ganzen Tag. An das Geschäftsviertel schloß sich eine hölzerne Stadt an, kleine Häuschen mit breiten Veranden und grünen Gärtchen. Dort wohnten die kleinen Leute, die Angestellten und die Handwerker. Ein freier Platz, der die Stadt aus Holz durchschnitt, trennte das Viertel der Weißen von der Budenstadt der Neger, die unerbittliche Sitte zwang, im gleichen Stadtquartier zusammen zu hausen. Auf der anderen Seite erstreckten sich Villenstraßen weit hinein ins flache Land; die Gartenstadt der erfolgreichen Brenhams. Unten beim Bahnhof lagen die Warenschuppen und die wenigen Fabrikgebäude. So sah das Städtchen aus, in das aus dem Farmhinterland der allmächtige Dollar floß und gehörig beschnitten in Warenform zurückwanderte – das Städtchen war das Hirn, das aus den Früchten eines gesegneten Bodens eine gewaltige Warenzirkulation schuf und über den ganzen Distrikt souverän herrschte. Ein fortwährendes Hasten und Jagen im Städtchen, und dennoch eigentlich primitivste Einfachheit des Lebens und der Menschen und der Methoden – wie es dem Lausbub schien, der für feine Unterschiede noch so gar kein Verständnis hatte.

Er langweilte sich sehr und zwang Mr. Jimmy Hawkins energisch, sich in die Abendstunden mit ihm zu teilen. Einen Tag du, einen Tag ich! Und natürlich fand der Lausbub auf seinen Entdeckungsreisen gerade das, was er nicht hätte finden sollen.

Der Frühling war ins Land gekommen nach dem Texaswinter fürchterlicher Regengüsse, frohen Sonnenscheins, eiskalter Nordstürme, und wie jungfrischer Duft breitete es sich über das Städtchen. Die vier Straßen lagen einsam im Abenddunkel da. Ein Reiter galoppierte dicht an mir vorbei – ein alter Neger schlürfte mit schweren Schritten vor mir dahin – ein Buggy mit weißgekleideten Damen knirschte im Sand ... Von droben glitzerte aus tief dunklem Blau die Sternenpracht nieder. Träumend schlenderte ich dahin durch die Stadt aus Holz, durch den matten Lichtschein aus den Fenstern, den das Sternenmeer erdrückte, und malte mir aus, wie's jetzt wohl aussehen würde droben auf der alten Herzogsburg oder in meinem braungetäfelten Zimmerchen im guten alten München. An

Negerbuden kam ich vorbei. Überall war es still. Dann überschritt ich das Eisenbahngeleise und fand mich in einem Gäßchen der winzigsten Häuschen, die man sich nur denken kann, mitten hingestellt in den Sand, in den man knöcheltief einsank. Ein halbes Dutzend Häuschen – eng zusammengedrückt, fein und zierlich. Aus winzigen Fensterchen drang durch festgeschlossene rote Vorhänge warmes rotes Licht. Von irgendwoher klang ganz leise ein Liedchen –

Said the devil: I will be good, boys
Most assuredly I'll be!
But I'd rather not begin just yet, boys –
Therefore, deary little darling, come to me!

Ganz leise klang es, gesungen von irgendeinem Mädel, und ich lachte schallend auf über den lustigen Teufel. Ein leises Kichern antwortete.

»*Boy – boy o' mine!*« flüsterte eine Stimme.

In der Türe eines der kleinen Häuschen schimmerte etwas Weißes, und aus dem Weißen tauchte ein schmales Gesichtchen mit lustigen Augen auf und ein Händchen zupfte mich am Ärmel.

»Was willst denn du hier, *my boy*?«

»Ich? Gar nichts!«

»Das ist aber wenig! Oh – ich kenn' dich aber doch? Freilich, du bist ja der kleine *Dutchy* von der Apotheke! Und ist es denn hübsch zwischen deinen Salben und Fläschchen? Ach, ich möchte einmal einen ganzen Tag lang bei euch sein und nach Herzenslust von all den schönen, süßen, kalten Sachen trinken. Ich glaub', ich beneide dich ein bißchen, mein Junge!«

123

»Ich mag die Limonaden gar nicht mehr,« antwortete ich sehr verlegen. »Was sind das nur für komische kleine Häuschen! Und was tust du denn hier?«

»Ich? Ich heiß' Daisy, mein Junge!«

Da tauchte der Dampfer vor mir auf und Miß Daisy Benett und die wundervollen durchplauderten Sommernächte im warmen Golf.

»Ist es nicht ein hübscher Name?«

»Sehr hübsch – Daisy!«

Und das Händchen packte den Lausbub am Ohr und ein kicherndes Geflüster sagte ihm, er dürfe hineinkommen, wenn er recht artig sein wolle.

»Im Ernst?«

»Freilich!«

Eine schmale Treppe ging's hinauf, an einer Türe vorbei, aus der Lachen und Stimmengewirr drang, und dann huschte sie, mich mit sich ziehend, in ein winziges Stübchen. Da war es blütenweiß und blitzsauber und alles so sonderbar klein und zierlich. Daisy setzte sich hin und plauderte unaufhörlich, über alle und jeden im Städtchen. Vor vielen Jahren sei Mr. Mindus nach dem damals viel kleineren Brenham gekommen und in jener Straße, in der jetzt die Apotheke liege, habe er mit Hustenmitteln und Chinin hausiert; an der Ecke stehend, einen kleinen Kasten an Riemen über die Schultern geschlungen. Der reiche Mr. Mindus! Und wen ich denn noch kenne? Den Doktor von der Zeitung? Ach, das sei ein guter Mensch, aber ein furchtbar leichtsinniges Menschenkind, das nie auf einen grünen Zweig kommen würde.

»Woher weißt du denn das?« fragte ich erstaunt.

»Ja – wir wissen alles!«

Und die Männer seien schlecht und fade und das Leben ein häßlich Ding. So schwatzte sie stundenlang und lachte lustig, wenn ich etwas so recht Unbehilfliches sagte, um dann auf einmal fast traurig vor sich hinzustarren. Und ich sei ein guter kleiner Junge, und es sei so nett, wieder einmal zu plaudern. Mir aber schien es, als wohne in ihren Augen der wärmste Sonnenschein, den man sich nur denken konnte, und es kam mir vor, als sei das Leben auf einmal viel schöner geworden. Wie hübsch es doch ist, an törichte Jugend zurückzudenken, an eigene Jugend, da man harte Dinge noch durch feinzart verbergende Rosenschleier sah. Arme kleine Daisy …

Ein schüchterner Kuß im Dunkeln bei der Türe zum Abschied. So lernte der Lausbub das Mädel kennen und holte sich aus dem Sternengeflimmer beim Heimweg jauchzende Träume vom Himmel herunter, einen schöner als den andern; Träume, in denen es durcheinander wirbelte von Sonnenscheinaugen und leisem Gekicher, als ob das etwas ganz Großes und völlig Unfaßbares wäre. In den hellen Tag hinein spannen sich die Träume.

Dann und wann kam Daisy in die Apotheke, von den Herrlichkeiten der Fontäne zu naschen, vergnügt zu mir herüberblinzelnd; dann und wann gab's Lachen und Plaudern im winzigen Häuschen – immer nach schweren Kämpfen mit Mr. Jimmy Hawkins, dem es höchlichst mißfiel, daß auch er die Schönheit stiller häuslicher Abendstunden einmal auskosten sollte.

Und dann – –

Spät abends war es, als leise, ganz leise die Nachtklingel anschlug. Mit großem Gepolter fuhr ich erschrocken aus meinem Zimmerchen hervor und rannte zur Türe. Da stand eine gewisse kleine Daisy!

»Ach, Mr. Apotheker,« sagte sie mit vor Lachen halb erstickter Stimme, »ich möcht' gerne ein Schlafpulver haben!«

»Du – du!«

Der Mond, der zwischen den grünen und roten Glaskugeln ein bißchen hineinblinzelte durchs Schaufenster, sah einem tollen Treiben zu in der ehrsamen Apotheke. Zwei richtige Kindsköpfe waren zusammen, zwei sehr ungezogene Kinder, die zwischen den Ladentischen einhertanzten und unbezahlte Limonaden tranken. Der eine Kindskopf war furchtbar neugierig, und der andere eitel und aufgeblasen wie ein Pfau, denn mir kam's vor, als zeigte ich dem Mädel meine eigenen Schätze und sei eine Stunde lang wirklicher Alleinherrscher im Wunderland der Apotheke. Klein-Daisy trank sechs Limonaden mit Gefrorenem, glaub' ich, beguckte erschrocken die Glasdose mit klebrigzäher brauner Opiummasse, von der ich ihr erzählte, daß man mit ihr das halbe Texasstädtchen vergiften könnte, und steckte ihr Näschen in alle Schubladen. Ein Gekicher und ein Geflüster! War's ein Zufall oder war es nun ein besonders boshaftes kleines Teufelchen, das mir den Gedanken an Wohlgerüche eingab – ich nahm eine Parfümflasche vom Gestell und bespritzte das lachende Mädel mit einem Schauer Veilchendufts –

»Süß – einfach süß, du guter Junge!« jubelte Daisy. »Gib' doch her!« Und im gleichen Augenblick hatte sie mir auch schon das golden etikettierte Flakon entrissen, drehte es hin und her in den Händchen, probierte und probierte.

Da – ein scharfes metallisches Knipsen – ein jähes Aufflammen elektrischen Lichts – und rot und imponierend, elegant wie immer stand der Herr Apotheker Mr. Mindus in der Türe. Er schüttelte den gewaltigen Kopf langsam von einer Seite zur andern und betrachtete sich mit Kenneraugen die Bescherung.

»Is' ja reizend! Guten Abend!!« sprudelte er endlich hervor.

»Guten Abend!« sagte Daisy höflich. Ich aber stand da, erstarrt wie weiland Frau Lot.

»Wollten Sie sich so spät noch Parfüm kaufen, mein Fräulein?« fragte Mr. Mindus eisig.

»Ach nein, ich hab' nur ein bißchen gerochen,« lächelte sie.

»Und mein bestes französisches Violet auch noch! Es ist doch unerhört ...«

Mich hätte man totschlagen können, aber kein einziges Wörtchen hätte ich hervorgebracht. Mir grauste einfach. Auch in Daisy schien eine Ahnung aufzudämmern, daß die Situation aller Gemütlichkeit entbehre.

»Ich glaub', ich könnte jetzt eigentlich gehen,« sagte sie.

»Meinen Sie wirklich, mein Fräulein?« brummte der Apotheker. »Nun, wie Sie meinen. Allerdings möchte ich mich gerne mit meinem Angestellten privatim unterhalten!«

»Guten Abend!« sagte Klein-Daisy, guckte mich bedauernd an und hüpfte hinaus. In der Türe drehte sie sich noch einmal um:

»Es war ja alles nur Scherz!«

»Ganz richtig, mein Fräulein,« war Mr. Mindus' eisigkühle Antwort. »Und nun,« zu mir gewandt, »wollen wir uns ernsthaft unterhalten, wenn es Ihnen gefällig ist. Dieser Laden ist eine Apotheke, wenn Sie es noch nicht wissen sollten. Meine Geduld ist *finished*, – aus, zu Ende: Sie sind entlassen!«

Ich sah ihn verständnislos an.

»Auf der Stelle entlassen! Sie sind ein Luftibus. Was wissen Sie von dem Mädel, heh? Wenn sie nun irgend ein Gift gestohlen und das größte Unglück damit angerichtet hätte, heh? Von der moralischen Seite der Sache will ich ganz absehen, obgleich – Sie sind neunzehn Jahre alt, nicht wahr? Es ist doch unglaublich!«

»Aber –«

»Sie sind ein Luftibus. Ich habe Sie schon längst beobachtet. Well, Sie waren fleißig und mehr als willig, aber Sie haben gar keinen Begriff, was ein Angestellter eigentlich ist. Sie verkaufen drauf los, ohne zu fragen – und ich wette, hundertmal, nein, tausendmal haben Sie Sachen zu billig verkauft, weil Sie nicht erst lange fragen wollten. Wenn Sie sich jetzt auch noch Mädels in den Kopf setzen, hab' ich keinen ruhigen Moment mehr. So, nun gehen Sie ins Bett. Morgen werden wir weiter sehen. Es – ist – doch – unglaublich!«

———————

Mr. Jimmy Hawkins kam nach Hause.

»Hello! Mr. Mindus war soeben da.«

»Der Alte!« schrie Mr. Jimmy entsetzt. »Großer Cäsar – haben Sie ihm gesagt, daß ich furchtbare Kopfschmerzen gehabt hätte und nur ein bißchen – – «

Da erzählte ich ihm die Tragödie, und der gefühllose Mensch lachte sich beinahe tot. Mir war gar nicht lächerlich zumute.

»Und nun hören Sie einmal!« sagte ich. »Mein Gehalt hab' ich erst gestern bekommen und entlassen bin ich auch. Ich hab' nicht die geringste Lust, morgen früh auszuwandern, wenn der Laden gesteckt voll ist, und mich auslachen zu lassen. Wollen Sie mir helfen, meinen Koffer zu Gus Meyer hinüberzutragen? Mit dem Packen bin ich in einer halben Stunde fertig.«

Jawohl, das wollte er.

Bei Gus Meyer im Hinterstübchen regierte, halb Wirt, halb Kellner, mein Freund Starkenbach, bei dem ich hie und da in den späten Abendstunden ein Glas Bier getrunken und nebenbei sehr viel über amerikanische Dinge gelernt hatte. Im heiligen Köln war er Leutnant gewesen und hatte um eines Mädels willen den bunten Rock ausgezogen. Die Frau Schwiegermutter, eine verwitwete Hopfenfirma, machte ein scheel Gesicht und dressierte den Exleutnant und Ehemann zum Hopfenreisenden; sie schickte ihn nach Holland, da und dort hin, und jammerte ohn' Unterlaß über seine schauderhaften Spesenrechnungen. Ein groß Gezänk herrschte, bis eines schönen Tages das leichtsinnige junge Ehepaar nach Amerika durchbrannte. Starkenbach kannte jeden Staat und jede größere Stadt der Vereinigten Staaten. Es war ihm bitterhart gegangen, aber er war lustig geblieben, er und sein Frauchen, die mich zu meinem Entsetzen immer Bubi nannte. Im Texasstädtchen sparte er sich als rechte Hand Gus Meyers langsam aber sicher ein Vermögen zusammen.

Er machte ein verdutztes Gesicht, als ich den Koffer hineinschleppte. Und ich erzählte vom Mädel und vom Apotheker, und er holte seine Frau aus der Küche, und beide zusammen lachten wie nicht gescheit.

Dann wurde Starkenbach ernst:

»Aber nun wollen wir doch einmal überlegen. Sehr viele Leute in Brenham würden Ihnen wahrscheinlich Arbeit geben, aber nur deshalb, weil Sie eine spottbillige

Arbeitskraft sind, und nur unter der Voraussetzung, daß Sie sich mit ein paar Dollars im Monat begnügen. Das ist nichts für Sie. Sie könnten noch zwei Jahre hierbleiben und um keinen Schritt weiterkommen. Nein, ich würde Ihnen raten, in eine große Stadt zu gehen und einmal gründlich auf eigenen Beinen zu stehen. Sie sind fast neun Monate hier, wissen etwas vom amerikanischen Leben – ein wenig! – und sprechen gut Englisch. Sie haben arbeiten gelernt. Das wenigstens haben Sie profitiert. Sie sind also nicht mehr so hilflos wie zuerst. Ich würde entschieden nicht in Brenham bleiben an Ihrer Stelle. Um Gotteswillen nicht in einem kleinen Nest sitzen bleiben in diesem Land! In großen Städten pulsiert das Leben –«

»In großen Städten wohnt der Hunger!« lächelte seine Frau traurig.

»Der Hunger wohnt überall. Hier müssen Sie mit den Händen arbeiten; dort – in einer großen Stadt – können Sie vielleicht mit dem Kopf arbeiten. Sie sehen, Sie lernen, Sie haben Gelegenheiten. Jawohl, ich rate Ihnen, sich schleunigst aus Brenham fortzumachen!«

»Und wohin?« fragte ich, schon halb und halb überzeugt, nein, beinahe schon begeistert.

»Irgendwohin. Chicago, Kansas City, St. Louis – sagen wir St. Louis. Es ist am nächsten, keine tausend Meilen weit weg. Die rührigste Stadt des Mittelwestens, nach Chicago. Und wenn Sie dort sind, dann reden Sie einfach! Rennen Sie einen Wolkenkratzer nach dem andern ab, verlangen Sie in jedem Bureau den Geschäftsinhaber selbst zu sprechen, erzählen Sie den Leuten, was Sie sind und was Sie können. Reden Sie! Sie können die Menschen interessieren, wenn Sie nur wollen, denn Sie haben etwas gelernt und gute Manieren. Reden Sie! Man wird Ihnen Ratschläge geben, wenn auch nur, um Sie loszuwerden; man wird Sie hierhin und dorthin schicken. Es wird sich etwas finden!«

»Ich tu's!« rief ich. Eine Vision von einer ungeheuren Stadt stieg vor mir empor – eilende Menschen – hastendes Leben – Tausende von Möglichkeiten ...

»Sie haben recht! Was kostet die Fahrt?«

»Wieviel Geld haben Sie?«

»Zwanzig Dollars.«

»Viel zu wenig,« murmelte Starkenbach. »Hm, man kann das aber so machen, und man kann es auch anders machen. Billy!«

Der einsame Gast stand langsam auf und trat zu uns an die Bar. Aus seinem scharfgeschnittenen Amerikanergesicht leuchteten durchdringende graublaue Augen; so klar, so abgrundtief, daß man unwillkürlich immer wieder in diese Augen schauen mußte. Er trug einen dunkelblauen Anzug, weiches blaues Flanellhemd, weit in den Nacken zurückgeschobene Mütze.

Starkenbach sprach nun englisch. »*Well*, Billy, wie kommt man am billigsten nach St. Louis?«

Die grauen Augen lächelten: »Das wissen Sie so gut wie ich!«

»Ja, wenn ich es wäre, der nach St. Louis wollte, wäre es einfach genug!«

»Oh, ich habe gehört, um was es sich handelt; so viel Deutsch verstehe ich. Die Fahrt ist ja ganz einfach für Ihren deutschen Freund – durch Texas via Dallas, Oklahoma Territory, Arkansas, Missouri über die Frisco Linien. Santa Fé und Frisco Linien. Schnurgerade fast nach Norden.«

Und das nannte dieser Mann einfach!

»Sie gehen nach Norden, Billy?« fragte Starkenbach.

»Bis Dallas. Mit dem 2 Uhr Nacht-Expreß, also in zwei Stunden. Wie langweilig Sie doch sind, Starkenbach, und wie Sie auf dem Busch herumklopfen! Weshalb sagen Sie es nicht gleich, daß ich Ihrem deutschen Freund helfen soll? Er sieht aus, als ob er Schneid hätte, und wenn Sie es wünschen, will ich ihn gerne ein Stück mitnehmen. Natürlich hat er hier keine Aussichten.« Er wandte sich zu mir. »Ich will Ihnen den Weg nach St. Louis zeigen. Es ist eine Eigentümlichkeit von mir, viel zu reisen und niemals mein Geld an Fahrkarten und dergleichen zu verschwenden. Meine Art des Reisens ist sehr interessant, verstößt aber einigermaßen gegen die allgemein üblichen Anschauungen, vielleicht auch gegen gewisse Gesetze.«

»Wie reisen Sie denn?« fragte ich neugierig.

»Das werden Sie schon sehen!« brummte Starkenbach.

»Schön,« lächelten die grauen Augen. »Wir haben noch anderthalb Stunden Zeit. Ihr Gepäck müssen Sie hier lassen; Starkenbach kann es Ihnen ja nachschicken. Der dunkelgraue Anzug, den Sie anhaben, geht sehr gut. Setzen Sie eine Mütze auf dazu. Die weiße Wäsche geht nicht. Ziehen Sie ein Flanellhemd an. Nehmen Sie mehrere Taschentücher mit, ein paar Strümpfe (die können Sie in der Rücktasche unterbringen), Taschenkamm, Taschenbürste, Rasiermesser, Taschenmesser, Seife (Starkenbach wird Ihnen ein Stückchen Ölpapier geben), starke Lederhandschuhe, wenn Sie welche haben, Uhr, aber ohne Kette, Pfeife und Tabak natürlich, Zündhölzer. Haben Sie ein warmes seidenes Halstuch? Nehmen Sie's mit. Haben Sie einen Revolver? Ja? Den lassen Sie, bitte, hier. Ist nur gefährlich. Hm, und feste Stiefel. Das wäre alles!«

Dann fing er an mit der jungen Frau zu plaudern, als sei die

Angelegenheit erledigt. Starkenbach zog mich in ein Nebenzimmerchen, in dem er allerlei Krimskrams aufbewahrte.

»So, hier können Sie sich umziehen!« sagte er.

Ich war wie vor den Kopf geschlagen ... Fast empfand ich so etwas wie Angst, zum mindesten ein Unbehagen. Stärker aber als alles in mir war bodenlose Neugierde.

»Mann – wer ist dieser Billy? Wie reist er? Wie soll ich denn nach St. Louis kommen? Und mein Koffer?«

»Bleibt hier, bis Sie mir schreiben. Billy ist ein Gentleman bis in die Knochen. Anständiger Mensch. Interessanter Mensch. Ich kenn' ihn seit vielen Jahren und bin Tausende von Meilen mit ihm gefahren. Ho, Sie werden sich wundern! Ich kann Ihnen in der Geschwindigkeit das alles nicht so genau erklären, aber es gibt Mittel und Wege in diesem Land, einen Eisenbahnzug zu benützen, ohne dafür zu bezahlen. Billy fährt jahraus, jahrein von Staat zu Staat, von Stadt zu Stadt. Wie er heißt, weiß ich selbst nicht – er will nur Billy genannt werden. Spricht glänzendes Englisch, wie man's hierzulande selten findet und ist hochgebildet. Was sein eigentlicher Beruf ist, weiß ich auch nicht. Als wir kein Geld hatten, in Denver war es, schrieb er einige Artikel für eine dortige Zeitung und wurde glänzend bezahlt dafür. Ich hab' ihn als Feinmechaniker arbeiten sehen und als Elektriker. Seine Krankheit ist der Wandertrieb und manchmal wünsche ich – – na ja. Herrgott, was waren das für Zeiten damals! Vorhin erzählte er mir, er wolle nur rasch ein bißchen nach Arizona – einige Tausend von Meilen! – weil dort im Frühsommer der Kontrast zwischen kakteenbedecktem Sand und grauem Felsenhintergrund so farbenreich und reizvoll sei. So ist Billy! Nun, Sie werden sich wundern! Nach St. Louis kommen Sie aber bestimmt durch ihn!«

Wie im Traum packte ich ein und aus und zog mich um; wie im Traum ließ ich mir Butterbrot in die Taschen stecken ...

»Es ist Zeit!« sagte der Mann mit den leuchtenden Augen kurz. »Möchte den Zug nicht versäumen. *Bye – bye,* Starkenbach!«

»Ich wünsche – ich möchte mir manchmal wünschen ...« seufzte dieser.

»Wünschen Sie sich keinen Unsinn!« sagte Billy scharf. »Danken Sie den Sieben Himmeln für Ihre Seßhaftigkeit!«

Und dann ging's hinaus in die Dunkelheit.

———————————

Wie die Wanderung begann.

An der Geleiseböschung. – Der erste Sprung auf einen fahrenden Zug. – Die Fahrt. – Im Märchenland aufregenden Erlebens. – Das Hotel zur Eisenbahn. – Von der Königin Nikotin und ihrem Göttergeschenk. – Billy der Wanderer! – Das Abenteurerblut regt sich. – Ein psychischer Impuls. – Wanderer Nr. 3.

In der Apotheke funkelte noch ein Licht, und trübe schimmerte es rot und grün von den farbigen Glaskugeln im Schaufenster. Bald waren wir am Bahnhof. Das Bahnhofsgebäude mit seinen Lichtern ließ der schweigsame Mann neben mir links liegen und betrat zwischen langen Reihen von Frachtwagen die Geleise. Es war dunkel hier. Nur das Weiß und Rot der kleinen Signallämpchen an den Weichen blitzte da und dort auf und erleuchtete den blanken Stahl des Hauptgeleises. Wie ein grellschimmernder Fleck auf schwarzem Grund lag weit hinten der Bahnhof da. Vorsichtig schritt Billy zwischen den Frachtwagen dahin, dem weißen Fleck wieder entgegen. Ich folgte ihm lautlos. Dann ging es die Böschung hinab, an Haufen von aufgestapelten Schwellen entlang. Dreißig Meter vom Bahnhof blieb Billy stehen, kauerte sich nieder und winkte mir, das gleiche zu tun. Unsere Köpfe ragten nur ein wenig über die Böschung empor.

»Noch zehn Minuten,« sagte Billy, auf die Uhr sehend.

»Und – – –?«

»Pst! Nicht sprechen!«

Ein leises Zittern, ein kaum merkbares Sichregen in den Stahlschienen vor unseren Köpfen. Es wurde stärker, lauter.

Ein feuriges Riesenauge blitzte auf. Und nun ein Gerassel, ein schallendes Dröhnen. Ein greller Pfiff. Der Expreß brauste heran, und mit einemmal war alles Leben und Lärm. Kondukteure sprangen herab, Reisende stiegen aus und ein; Schwatzen, Lachen, Rufe und Kommandos tönten herüber.

Billy rührte sich nicht. Das Riesenauge der Lokomotive warf weithin blendenden Schein über das Geleise. Wir, an der Böschungsseite, blieben im Dunkel. Aus einer gewaltigen Röhre ergoß sich Wasser in den Tank des Tenders. Der Lokomotivführer, eine Petroleumfackel in der Linken, eine langstielige Kanne in der Rechten, schritt von Ölkapsel zu Ölkapsel seiner Maschine, ölte und untersuchte.

»Hören Sie!« flüsterte Billy. »Wenn der Zug sich in Bewegung setzt, springen Sie auf den ersten Wagen nach dem Tender. Direkt nach dem Tender. Ja nicht vergessen! Das ist der Postwagen und die einzige Möglichkeit. Links und rechts vom Trittbrett sind Messingstangen. Klammern Sie sich an und schwingen Sie sich hinauf. Geht es nicht, so lassen Sie sich nach rückwärts fallen. Kümmern Sie sich nicht um mich; ich werde nach Ihnen springen. Warten Sie aber ja, bis die Lokomotive ganz nahe hier ist, sonst werden wir vom Bahnhof aus gesehen. So – jetzt!«

Der Expreß hatte sich in Bewegung gesetzt. Mir schien es eine Ewigkeit zu dauern, bis die Lokomotive herankam. Endlich. Mit einem Satz sprang ich auf, geblendet einen Augenblick lang durch die Laterne, verspürte etwas wie Luftdruck, ließ die schwarze Masse des Tenders vorbeidröhnen und sah Stufen, einen Messinggriff. Blindlings griff ich zu. Und wurde förmlich hinaufgerissen. Im gleichen Augenblick schob mich etwas vorwärts und neben mir stand lachend Billy.

»Ausgezeichnet für's erste Mal,« sagte er. »Machen Sie sich's bequem.« Er hockte auf dem Boden der Plattform nieder, mit dem Rücken gegen die Wagenwand gelehnt. »Wie gefällt es Ihnen?«

Ich schnappte nach Luft und nickte nur.

»Dies ist ein blinder Postwagen,« erklärte er. »Blind, weil er vorne und hinten keine Türen hat, sondern nur Seitentüren; zum Schutz gegen Eisenbahnräuber. Sie verstehen – damit nicht Verbrecher vorne aufspringen (so wie wir's gemacht haben) und dann von der Plattform aus die Türe erbrechen können. Mögen die Götter den Mann segnen, der den Einfall des blinden Postwagens hatte. Wenn es nicht etwa dem Heizer beifällt, über den Tender zu klettern, sind wir bis zur nächsten Haltestelle sicher.«

Der Zug jagte dahin mit ungeheurer Geschwindigkeit. Von beiden Seiten und von vorwärts, über den niedrigen Tender hinweg, fegte der gewaltige Luftdruck auf uns ein wie Sturmwind. Feuchter Dampf und winzige, scharf stechende Kohlenteilchen peitschten unsere Gesichter. Der Wagen, auf dessen Plattform wir saßen, rüttelte so, daß ich mich krampfhaft anklammern mußte. Sprechen war fast unmöglich geworden in dem tosenden Lärm des dahinjagenden Zuges; man hätte schreien müssen, um sich zu verständigen. Ich starrte und starrte. Draußen huschte es vorbei wie gigantische Schatten; schwarze Schatten der Nacht, bald tiefdunkel, bald grau in grau – Häuser und Bäume und Felder und Dörfchen. Ein einsames Licht dann und wann, glitzernd nun, dann verschwunden, wie hüpfendes Irrlicht im Sumpf. Ich zitterte vor Kälte und duckte mich zusammen unter dem einpeitschenden Luftstrom. In mir aber jubelte es. Mir war es, als sei ich im Märchenland aufregenden Erlebens, fern von den Dingen des Alltags. Ich war wie trunken. Damals wußte ich es nicht – aber was ich zum erstenmal erlebte in jener Texasnacht, war berauschendes Zigeunertum, nackte Romantik, der alte

Traum vom Dahinstürmen in die Welt hinein, primitivstes Mannestum. Das ließ einen zittern und jubeln zugleich; das ließ einem die Augen aufleuchten und das Herz rascher schlagen. Weiter, immer weiter. Mehr Schatten. Mehr Lärm. Mehr Lichter tauchten auf, erlöschend, von neuem geboren. Immer mehr. Wie ein leiser Ruck, wie ein sanftes Knirschen ging es durch den Zug, und das Dahinjagen verlangsamte sich.

»Herunter – sobald wir durch den Bahnhof sind!« rief der Mann neben mir.

Ein Auftauchen von flutendem Licht – ein Sprung – und wieder lagen wir auf feinem Kohlengeröll an einer Böschung und warteten wieder endlose Sekunden, bis das pfauchende Ungetüm auf uns zustürmte, und wieder sprangen wir.

Das wiederholte sich viermal, fünfmal, achtmal. Aus den tiefen Nachtschatten wurden graue Nebel, in denen hier ein Haus, dort ein Stück Wald in unbestimmten gespenstischen Umrissen erschien, vorbeisausend, noch ehe das Auge bestimmte Formen unterscheiden konnte. Weiter, immer weiter. In Dampf und Lärm und Sturmwind. So Schönes hatte ich noch nie erlebt. Immer lichter wurden die Nebel und weit draußen im Osten säumte es sich wie ein feiner heller Streifen am Horizont hin, wie ein dünnes silbernes Band. Und mit einemmal kam ein zartrosa Schimmern in die weiße Linie, dann ein rotes Glühen, und ein leuchtendes Stückchen des Sonnenballs zerriß das Grau in Grau der Dämmerung, schuf Farben. Gelbleuchtenden Sand, sattes Feldergrün.

Weiter, immer weiter. Eine Station – der Sprung ...

Als wir so dalagen, schlenderte ein Kondukteur an der Lokomotive vorbei, sah sich forschend um, guckte die Böschung entlang und kam auf uns zu.

»Hello, Jungens,« sagte er. »Hab' euch abspringen sehen. Schluß! Ich könnte in Unannehmlichkeiten kommen, wenn man euch sähe. Ich selbst werde auf der blinden Plattform fahren bis zur nächsten Station. Gebt euch also keine Mühe!«

»*Allright!*« rief mein Begleiter und stand lachend auf. »Komm, mein Junge. Dieser Zug hat seine Schuldigkeit getan.«

»Probiert es ja nicht!« rief der Kondukteur noch einmal.

Billy schlenderte ganz langsam über das Geleise und betrachtete sehnsüchtig den Kuhfänger, den schaufelförmigen Holzaufbau an der Lokomotivenspitze, der dazu da ist, Hindernisse auf dem Geleise wegzuschleudern. (Das erklärte er mir erst später.)

»Man könnte auf dem Kuhfänger – – « murmelte er. »Aber nein, hat keinen Sinn. Ist ja gleich heller Tag.«

Er zog mich mit sich, nachdem er einen raschen Blick auf den Namen am Stationsgebäude geworfen hatte. Clifton hieß die Station. Wir verschwanden auf Nebengeleisen, zwischen Reihen von Frachtzügen, und der Expreß toste vorbei. Billy sah sich die Frachtwaggons sehr sorgfältig an und öffnete dann die Schiebetüre eines leeren Wagens –

»Hotel zur Eisenbahn!« lächelte er. »Klettern Sie nur hinein.«

Und in diesem leeren Frachtwagen studierten wir Karten und Fahrpläne. Hundertundfünfzig Meilen weit waren wir gefahren in der Nacht. Dann legten wir uns zum Schlafen hin, uns mit den Röcken zudeckend, denn so war es wärmer … Ein Geschüttel und Gerüttel weckte mich auf, und als ich aufstehen wollte, wurde ich gegen die Wand geschleudert. Der Zug war in Bewegung.

»Alles in schönster Ordnung!« rief Billy mir zu, ohne aufzustehen. »Der Zug geht in unserer Richtung; dessen habe ich mich versichert, ehe wir hier hineinkletterten. Ein Segen, daß die faulen Bremser nicht in die leeren Wagen guckten vor der Abfahrt!«

Ich zitterte am ganzen Leibe vor Kälte, so heller Sonnenschein auch durch die Türritzen drang; in jenem unbeschreiblichen Zittern, dem Gefühl hilfloser Schwäche, das zu einer im Freien und in den Kleidern verbrachten Nacht gehört wie Sonnenaufgang zum Tagesanbruch. Instinkt zeigte mir das Heilmittel. Eine Zigarette. Ah – du Wunderkraut, du Ruhespender, du duftendes Göttergeschenk! Seist du nun in Reispapier gehüllt oder in deine eigenen Blätter eingewickelt, oder glimmst du in der Schale einer Pfeife – du bist Sorgenbrecher und Tröster immerdar. Zauberkraft wohnt in dir. Du vermagst es, hinwegzutäuschen über Hunger und Kälte; du vermagst es, die geheimnisvollen Zellen im Menschengehirn anzuregen zu hohem Flug. Märchen kannst du erzählen. Träume gaukelst du vor. In deinen blauen Wölkchen wiegen sich Feen. Vielleicht muß man arm sein, um deine Wunder wirklich zu erkennen, arm und jung; den Armen aber und den Jungen bist du fürwahr ein göttlich Ding, du Wunderding voller Widersprüche und Zartheit. Du beruhigst den Ruhelosen – du nimmst die Trägheit von den Trägen. Du wärmst in Kälte und du kühlst in Sonnenglut, du stillst nagenden Hunger. Den Jungen unter den Armen bist du Sektkelch und Schönheit und Lebenstraum, du Wunderkraut!

Denke ich an harte Zeiten zurück, so darf nie die Dankbarkeit fehlen gegen die duftenden tiefbraunen Blätter. Die einem oft mehr halfen als Menschen es hätten tun können! Wenn nicht die Worte den Armen fehlten, würden sie Göttin Nikotin preisen in tausend Zungen –

140

Billy blinzelte zu mir herüber.

»Es ist ein Nachteil dieses Landes,« sagte er, »daß seine Zigaretten so schlecht sind! Man sollte eigentlich nur türkische Importen rauchen! Ihre Zigarette ist jener Mischmasch von Virginiatabak und Parfümierung (wenn sie wenigstens Opium dazunähmen!), der den Lungen so unsagbar schädlich ist – haben Sie übrigens noch eine?«

Ich lachte laut auf und bot ihm mein Zigarettentäschchen an.

»Danke! Lachen Sie nicht! Eine schlechte Zigarette ist besser als gar keine Zigarette. Mit den übrigen Dingen des Lebens ist es ja genau ebenso!«

Rücken an Rücken saßen wir da, gegen die rumpelnde, stoßende Wagenwand gelehnt. Billy paffte, streifte die Asche ab, paffte wieder.

»Sie haben das unschätzbare Talent, den Mund halten zu können,« lächelte er. »Sie plagen mich nicht mit Fragen. Und nun sind Sie wohl neugierig?«

»Unbeschreiblich!«

»Hm, na ja. Ich heiß' Billy, kurzweg Billy. Mein Familienname ist gleichgültig. Manche Freunde nennen mich Billy den Wanderer. Das ist geschmacklos, aber im allgemeinen zutreffend. Dann und wann erschafft die Weltordnung, die unsere Frommen den Herrgott nennen (man müßte sie eigentlich um ihres Glaubens willen beneiden!), Männer, die so gar nicht hineinpassen in das Weltsystem von Dollars und Cents, und Essen und Trinken, und Liebe und Ehe. Zigeuner. Ruhelose Geister. Arme Teufel mit allzuheißem Blut. Einer von denen bin ich wohl. Ich habe sehr viel Geld verdient in meinem Leben, wenn gewisse Notwendigkeiten an mich herantraten oder wenn es mir der

Mühe wert schien, aber glücklich bin ich nur auf einem Eisenbahnzug. Und zwar als Kontrebande. Weil es gefährlich ist, vielleicht, oder aus Trotz, – was weiß ich. Im Salonwagen fahren kann jeder Narr. Na ja. Staatauf, staatab, bald in Kalifornien, bald in Missouri, oder in Nevada, oder in Texas; interpunktiert leider durch Arbeitspausen, denn Geld gehört zu jeder Art von Leben. Wie's gemacht wird, haben Sie nun schon so ungefähr gesehen. Ich warne Sie dringend, daß die Geschichte gefährlich ist und zweifellos gegen gewisse Gesetze verstößt, was mir gleichgültig ist, es Ihnen aber nicht sein sollte. Dieser schauderhaft langweilige Frachtzug wird uns nach Cleburne bringen, das höchstens vierzig Meilen von hier entfernt ist. Dort verzweigt sich die Santa Fé nach Norden und nach Nordosten. Sie fahren mit der Nordostlinie, die, tausend Meilen lang ungefähr, den schnurgeraden Weg nach St. Louis bedeutet. In St. Louis angekommen, reden Sie! Sehr guter Rat von Starkenbach! Hm ja, klettern Sie einfach in einen leeren Frachtwagen, und wenn der Bremser kommt, geben Sie ihm einen halben Dollar. Das ist das Sicherste – für Sie. Sie werden in fünf bis acht Tagen dort sein.«

»Und Sie?«

»Ich? Ja, das weiß ich eigentlich noch nicht. Das ist ja eben das Schöne. Ich nehme vorläufig die Nordlinie, über Fort Worth nach Oklahoma und nach Kansas, um dann, es gibt keine anderen Linien, wieder nach Südwesten abzubiegen, nach Neumexiko und Arizona. Möchte einmal wieder Arizonasand sehen und blühenden Kaktus. Im übrigen wartet in Fort Worth ein Freund auf mich.«

Nun erzählte ich. Und als ich einmal im Eifer einen Homervers zitierte – falsch – korrigierte mich der Mann mit den leuchtenden Augen ohne eine Miene zu verziehen! Wir aßen unsere Butterbrote und schliefen wieder. Kurz vor Mittag rumpelte der Zug in die Station Cleburne und wir kletterten hinaus. Eine einsame Pumpe des Frachtbahnhofs gab Wasser her zur Toilette (auch eine kleine Kleiderbürste trug Billy bei sich!), und dann gingen wir in das Städtchen, um in Kaffee und gebratenem Speck und Maisbrot zu schwelgen. Bei Zigaretten und Geplauder vergingen die Nachmittagsstunden wie im Flug. Billy wollte mit dem Abendexpreß nach dem Norden fahren; ich sollte den später abgehenden schnellen Frachtzug nach dem Nordosten benützen. Die Aufschriften der Waggons hatte er mir genau auseinandergesetzt, damit ich mich nicht irren konnte, und mir obendrein vom Bahnhof Karten und Fahrpläne geholt, die es dort, wie überall in den Vereinigten Staaten, gratis gab. Er erklärte und erläuterte und erklärte wieder. Gedankenlos hörte ich zu und hatte sicherlich im nächsten Moment vergessen, was ich einen Augenblick vorher gehört.

Nach der großen Stadt am Mississippi, nach dem Hasten und Treiben der Menschen, dem vielen Reden und dem Glücksjagen sehnte ich mich gar nicht mehr! Nein, mich lockte die Gegenwart. Der rätselhafte Mann neben mir; die Kraft, das Selbstbewußtsein, das er ausströmte. Das Geheimnisvolle seines Lebens. Neugierde. Eigenes Abenteuerblut vielleicht. Die ganze Umgebung.

Wir saßen wieder in der Nähe des Bahnhofes, auf weicher Grasböschung, mitten im Getriebe der Eisenbahn. Züge jagten vorbei. Eine komische kleine Lokomotive rannte unter angstvollem Gestöhn und fürchterlichem Geschimpfe (so klang es!) auf und ab und ab und auf, dort einen Frachtwagen vor sich herpuffend, hier lange Wagenreihen schleppend. Schimpfende und gestikulierende Männer eilten hin und her mit der schimpfenden Lokomotive, holten sich vereinzelt dastehende Frachtwagen herbei und bumpsten andere auf Nebengeleise. Alles war Leben und Bewegung; das Städtchen über dem Geleise drüben sah wie tot aus im Vergleich. In den Telegraphendrähten über unseren Köpfen klang und surrte es – ja, das tote Holz der Telegraphenstange neben mir bebte und zitterte, als trüge es schwer unter der Wucht der Botschaften, die über die Drähte huschten. Nach und nach brach die Dunkelheit herein, und unzählige Lichtpünktchen flammten neben dem Geleise auf; die Wegweiser der Eisenbahnstadt. Eine fremde Welt, die mir voller Bedeutung und voller Geheimnisse schien; deshalb vielleicht, weil die Aufregung der nächtlichen Fahrt noch in mir nachzitterte.

»Mein Zug wird in wenigen Minuten da sein,« sagte Billy, die Pfeife zwischen den Zähnen, scharf nach der Stadt hinsehend. »Ich rate Ihnen noch einmal, sich an die Frachtzüge zu halten und sich den guten Willen der Bremser zu erkaufen, wenn Sie entdeckt werden. Der Eilfrachtzug nach dem Nordosten wird ungefähr in zwei Stunden abgehen. Die Wagen müssen entweder die Aufschriften "St. Louis" oder "via Springville" tragen. Passen Sie darauf auf! Ich glaube nicht, daß Sie besondere Schwierigkeiten haben werden. Und nun *good bye*! Lassen Sie sich's gut gehen im alten St. Louis! Viel, viel Glück!«

»Und vielen Dank ...«

»Du meine Güte, was ist da zu danken!«

Der Expreß brauste in die Station. Es dauerte lange Minuten, bis er sich wieder in Bewegung setzte. Jetzt – die Lokomotive kam langsam daher. Der Mann mit den leuchtenden Augen stand auf, nickte mir lächelnd zu, trat an die Schienen und sprang.

Und während seines Springens, in dem winzigen Bruchteil einer Sekunde, faßte ich einen plötzlichen Entschluß, an den ich vorher auch nicht einen Augenblick lang gedacht hatte! Drei gewaltige Sätze machte ich neben dem schon ziemlich rasch fahrenden Zug her und bekam glücklich die Messingstange des Postwagens zu fassen. Ein krampfhaftes Emporziehen –

Ich stand neben Billy auf der Plattform.

»Du Narr!« sagte er. »Du verdammter Narr!«

Ich lachte laut auf.

»Du querköpfiger Narr – ich denke, du willst nach St. Louis?«

Der Zug machte einen solchen Lärm, daß ich schreien mußte. Und ich schrie:

»Eisenbahnfahren will ich!«

»Dann dreimal Narr du!«

In einer halben Stunde hielt der Expreß an der nächsten Station, und Billy riß mich fast mit Gewalt von der Plattform herunter, mich zur Böschung hinzerrend. Auf alten Schwellen setzten wir uns nieder.

»So,« sagte er, »der Expreß kann zum Teufel gehen, wenn ich auch eigentlich nicht einsehe, weshalb ich meine wertvolle Zeit vertrödeln soll, nur, weil du ein großer Narr bist. Nun erzählst du mir ganz genau, was in deinem Kopf vorgegangen ist, als du mir nachsprangst. Hattest du es dir vorher überlegt?«

»Nein.«

»Weshalb bist du mir dann nachgesprungen?«

»Weil ich wollte. Ich kann das nicht so genau erklären. Ich mußte einfach!«

»Hoh – man nennt das psychische Impulse! Ich verstehe ja ganz gut, daß das Eisenbahnfieber einen packen kann; an der Krankheit laboriere ich selbst. Ich würde mir die Geschichte aber doch noch überlegen an deiner Stelle. Es bedeutet Hunger und Durst, mein Sohn. Man kann kaputtgehen dabei. Man ist, niemand weiß das besser als ich, bei diesem Leben eine *quantité négligeable* (oder hast du dein Französisch schon vergessen?), sich selbst und andern verdammt wenig wert. Ich persönlich bin hart wie Stahl und kenne das Leben, was du von dir wohl kaum sagen kannst. Ich tue, was ich will. Es ist mein Wille, im Lande umherzuhetzen, weil es nichts gibt, das mir mehr Freude macht, mehr Glück gibt. Gefällt es mir, mein Leben zu ändern, so brauche ich nur dem Schienenweg adieu zu sagen und kann mir da oder dort Erfolg holen. In anderen Worten, ich bin ein fertiges Menschenkind und du bist weich und formfähig, wie – na, wie Butter. Geh' also nach St. Louis, mein Sohn!«

»Nein!«

»Huh – so energisch?«

Ich sprudelte hervor, daß ich noch nie so Schönes erlebt hätte und daß –

»Ganz richtig. Und der Hunger?«

»Ist mir gleichgültig.«

»Und du wirst sehr schwer arbeiten müssen, denn auch zu solchem Leben gehört Arbeit!«

»Gern.«

»Hm – als ich ein Bub war, erwischte mich mein Vater einmal beim Zigarettenrauchen. Worauf er mich in sein Arbeitszimmer führte, mir höflich Platz und eine schwere

Zigarre anbot, die ich unter seinen Augen zu Ende rauchen mußte. Die Folgen dieser Zigarre waren bei weitem unangenehmer als Prügel! So rauch' du denn die Zigarre des Schienenlebens, mein Sohn. Dir wird sehr übel werden! Du wirst anderseits aber auch viel lernen. Und dann werde ich dir nach St. Louis helfen. Dann wirst du nicht mehr weich wie Butter sein! Komisch, daß ich unsteter Geselle nun auch noch Verantwortung auf meine Schultern nehmen soll!«

»Ich bin für mich selbst verantwortlich.«

»Ja freilich. Sehr!«

Und wir lachten beide. In einer Stunde kam ein Frachtzug durch, mit dem wir weiterfuhren. Diesmal kostete die Fahrt Geld, denn ein Bremser ertappte uns beim Hineinklettern und erhob prompt einen Tribut von einem halben Dollar dafür, nichts gesehen zu haben. In wenig mehr als dreißig Minuten kamen wir in Fort Worth an, das nur vierzig Meilen entfernt war. Billy ging sofort nach dem Aussteigen zu dem riesigen hölzernen Wasserbehälter auf dem Frachtbahnhof, aus dem die Lokomotiven gespeist wurden, und leuchtete mit Zündhölzern sorgfältig den unteren Rand ab. Dann zeigte er mir mit einem Ausruf der Befriedigung ein frisch geschnittenes, rohes "J".

»Aha!« sagte er. »Joe ist schon da.«

»Wer ist Joe?«

»Ein Freund, ein lieber Kerl, den ich schon seit langen Jahren kenne. Eisenbahnkrank, so wie ich. Er hat die Zeichen hier hineingeschnitten, damit ich weiß, daß er da ist. Nun warten wir hier. Er wird bestimmt öfters nachsehen, ob ich schon gekommen bin.«

Es dauerte auch gar nicht lange, so tauchte eine Gestalt hinter dem Holzrahmenwerk des Behälters hervor und eine elektrische Taschenlampe blitzte auf.

»Oho!« sagte Billy. »Du bist aber vornehm geworden, Joe! Elektrische Beleuchtung in der Tasche!«

»Fein! Nich' wahr, Billy?«

»Nun, und wie war's mit der Arbeit im Elektrizitätswerk?«

»Schön. Fünfzig Dollars verdient in zehn Tagen. Aber –«

Billy kicherte leise.

»– du hättest mich nich' alleinlassen sollen, Billy. Die verdammten Soldaten im Fort droben haben mir jeden Dollar beim Pokern wieder abgeknöpft. Die gesegnete Laterne hier – das is' alles, was übrig blieb!«

Billy lachte laut und lange.

»So ist nun einmal das Leben, mein alter Joe,« stieß er hervor, noch immer lachend. »Ich hab' noch sechzig Dollars, und wenn die zu Ende sind, müssen wir eben wieder arbeiten. Dies ist Ed. Deutscher. Fährt mit uns.«

Joe, sauber und adrett in dunklem Anzug und Mütze, hatte ein rotes, rundes, volles Gesicht. Listige Äuglein blinzelten aus diesem Gesicht hervor – – –

Unter den Romantikern des Schienenstrangs.

Von Texas nordwärts. – Ein wunderliches Leben. – Der betrogene Betrüger der guten Stadt Guthrie in Oklahoma. – Jargon des Schienenstrangs. – Ein abenteuerliches Jahr und seine Einflüsse. – Die Entwicklungsgeschichte seiner Majestät des Tramps. – Die amerikanische Vagabundenarmee. – Der Arbeitslose. – Der Tramp. – Die Romantiker. – Lebenssehnsucht und Wandertrieb. – Präsident Roosevelts Vagabundenfahrt auf der Lokomotive. – Geheimnisvolle Unterströmungen modernen Abenteurertums. – Amerikaner in exotischen Kriegen. – In der Sommerfrische von Lucky Water, Arizona. – Von flammenden Farben und meiner Frau im Mond. – Arbeiten!

Hastend trieb Billy vorwärts. Schnurgerade nach Norden ging es zuerst, durch das nördliche Texas in Oklahoma hinein, durch ungeheure Flächen von welligem Grasland und spärlichem Wald; immer mit Schnellzügen auf der blinden Plattform der Postwagen.

Einmal verbrachten wir eine tolle Nacht auf dem Piloten einer Expreßlokomotive, zu dritt, eng zusammengedrückt, aneinander geklammert; auf den hellen Fleck starrend, den die Laterne über unseren Köpfen auf die Schienen warf. Die Welt schien körperloses, schwarzes Dunkel. Nur der gelbweiße Schein da vorne auf dem Schienenstrang barg rasende Bewegung in sich. Als ob sie auf uns zuspringen wollten, so stürmten uns die hölzernen Blöcke entgegen, die den stahlglänzenden feinen Strich auf beiden Seiten verbanden. Zuerst, am Rande des Lichtscheins, in der Verjüngung, sahen die Schwellen fein und zart aus wie Zündhölzer. Dann wurden sie stärker, massiver – riesengroß zu unseren Füßen. Es war wie ein wunderlicher Hexenwirbel. Wie ein sturmwindgepeitschter Zauberkreis von funkelnden Schienen und dunkel glänzenden Schwellen, von Steinchen und Erde und Grasbüscheln; uns entgegenjagend, wirbelnd, sich drehend. Man mußte wie fasziniert auf den Blendkreis der Laterne starren, jedes Steinchen, jeder Schwellenbuckel prägte sich einem ein. Dazu das Rütteln und Stampfen der Stahlmasse, auf der wir hingekauert waren, und der peitschende Luftdruck, der schmerzend wie feine Nadeln in die Haut drang, jedes Stück Zeug am Leibe flattern ließ und sich wie schwere Last gegen den Körper anstemmte. Und Stille ringsum, als schweige alles vor dem dahersausenden stählernen Ungetüm auf den stählernen Schienen; als regierten nur seine Geräusche – – – Das dumpfe Poltern mit dem hellen Metallklang dazwischen. Das Rauschen und Rasseln. Das Stöhnen in den glühenden, dampfschnaubenden Lungen.

Aus Dampf und Rauch und jagender Bewegung und vorbeihuschendem Land schien die Welt zu bestehen. Jeder Funke Energie konzentrierte sich auf Vorwärtskommen. Alles andere war gleichgültig. Man fuhr in Frachtzügen untertags, weil man dann in leeren Frachtwagen schlafen und so den Schlaf mit dem Vorwärtseilen verbinden konnte. Die unfreiwilligen Pausen (wenn ein Kondukteur oder ein Bremser uns ertappte und grinsend erklärte, wir möchten lieber dem nächsten Zug die Ehre schenken) wurden zum Essen benutzt und zu sorgfältigem Erkundigen über die nächsten Züge. Es war ein wunderliches Leben. Und das wunderlichste daran war die Geschäftigkeit! Kein noch so energischer Kaufmann hätte mehr Zeit und Mühe aus seine wichtigsten Affären verwenden können als wir auf unser zweckloses Vorwärtshasten. Dabei riskierten wir auch noch täglich die Hälse!

Ich war wunschlos glücklich damals in dem fortwährendem Fieber des Neulings. Und es scheint mir heute, als sei die trotzige Energie, die dieses sonderbare Leben einem einimpfte, ohne daß man es merkte, die Gleichgültigkeit gegen Gefahr und Beschwerden, das praktische Anpassen an harte Lebensbedingungen, das man wie im Spiel lernte – als sei dies alles die verschwendete Zeit voll und ganz wert gewesen …

Das Leben war wie ein Dahinhuschen durch eine mehr oder weniger gleichgültige Welt voll der verschiedensten Menschen und der verschiedensten Farben, in der das einzig Wichtige die Züge auf dem Schienenstrang und wir drei Menschen schienen. Wir drei Menschen! Nie wieder im Leben hab' ich so das Gefühl engstverbundener Freundschaft mit Männern gehabt wie damals! Was dem einen gehörte, gehörte auch dem andern, und der eine stand für den andern ein mit allem, was er hatte und konnte. Und doch blieb die dünne Scheidewand bestehen, die Männerfreundschaft haben muß, wenn es nicht einfach *frère et cochon* sein soll – das Respektieren persönlicher Dinge, die Disziplin gewisser Höflichkeiten, eine Art Respekt des einen vor dem andern. Dieses eigenartige Zusammenhalten in einem Mischmasch von Herrentum und Vagabundenleben ist mir etwas Unvergeßliches wie Billy selbst.

Wir kamen nach Guthrie in Oklahoma, eine Stadt mit dem typischen Gemengsel des Westens von vornehmen Villen und bescheidenen Bretterbuden. Guthrie war damals, und ist wahrscheinlich heute noch, was der Amerikaner eine *wide open town* nennt, eine "weit offene Stadt", wörtlich übersetzt. Der Begriff ist simpel. Weit offen. Alles darf hinein. Spielhöllen, geöffnet die Nacht hindurch; Salons, in ununterbrochenem Betrieb Tag und Nacht; profitables Dulden von elegant gekleideten und energisch bemalten Damen. Skrupellose Dollarjagd überall. Eine Bar neben der andern säumte die Hauptstraßen. "Zum sporenklingelnden Cowboy" hieß da ein Salon, "Das Glück von Oklahoma" ein anderer; "Zum toten Indianer" – "Die sieben Whisky-Seeligkeiten" – "Das Paradies der Getränke" – "Zum letzten Schuß" – – so nannten sich die Trinkhallen Guthrie's. Reiter galoppierten hin und her, deren Beine in dem geteilten Hosenschurz aus Buffalofellen steckten, der das Kennzeichen der Cowboys ist. Am Sattelknopf hing stets der Lasso; an einem Riemen um die Hüften baumelte der schwere Revolver. Zwischen den Reitern drängten sich Fußgänger; bald im einfachen Flanellhemd und den riemengegürteten Hosen des Westens, bald in eleganten Anzügen und tadelloser weißer Wäsche.

»Lebendiges altes Städtchen!« brummte Billy.

Wir traten in eine Bar ("Zum grinsenden Prairiehund" hieß sie), und ich vergaß ganz meinen Whisky über meinem Staunen. Da war ein Gefunkel von Spiegelscheiben und geschliffenen Gläsern und zwischen den Spiegelscheiben leuchtete ein Kolossalgemälde, ein üppiges Weib auf weichen Kissen hingestreckt. Ich zerbrach mir vergeblich den Kopf darüber, wo ich das Bild schon gesehen haben mochte –

»Rubens-Kopie,« lächelte Billy, »mit einigen Zutaten freier Phantasie wiedergegeben. Du wirst das Ding noch tausendmal sehen in ebensoviel Salons. Es ist ein niedliches Beispiel, wie sehr wahre Kunst und wirkliche Schönheit in diesem merkwürdigen Land manchmal auf den Hund kommt.«

Dann ging's in ein kleines Hotel, wie sich das Bretterhaus mit seinen winzigen Zimmern für einen halben Dollar im Tag stolz nannte; denn wir verbanden einen ganz bestimmten Zweck mit dem kurzen Aufenthalt im Oklahomastädtchen: Toilettesorgen! Billy hatte seine besondere Art, die Toilettenfrage zu lösen. Frisch gekaufte Wäsche gehörte dazu, ein Badezimmer und ein in den Küchenregionen ausgeborgtes Bügeleisen, das unseren Kleidern wieder Eleganz verlieh und vor allem durch die Dampfentwicklung beim Bügeln gründliche Reinigung vom Kohlenstaub des Schienenstrangs erzielte. Die getragene Wäsche blieb natürlich zurück, denn ein Sichabschleppen mit Gepäck selbst in kompaktester Form war unmöglich bei unserem Leben. Das wiederholte sich immer wieder – die Bügelszene war eine Art wöchentlicher Etappe im Wanderleben, die ziemlich viel Geld kostete. Aber in den kleinen Stationen später im Südwesten wusch und bügelte Madame vom Boardinghouse gerne unsere Wäsche für wenige Cents, während wir wartend in den Betten lagen.

Den halben Nachmittag plagten wir uns mit der Bügelarbeit. Abends nach dem Essen (es war sehr hübsch, wieder an einem weißgedeckten Tisch zu essen), schlug ich vor, durchs Städtchen zu wandern.

»*Not on your life*,« grinste Joe gemütlich. »Fällt diesem Kind hier gar nicht ein. Meinetwegen kann der Teufel das Städtchen holen! Der Neffe meiner seligen Tante Jemima schläft viel zu selten in einem Bett, um nich' gründlich zu schlafen, wenn er kann. Geh' spazieren, wenn du willst – ich schlafe!«

»Sehr vernünftig!« lächelte Billy. »Guthrie ist ein teures Pflaster, mein Sohn, und ich persönlich mag nicht mit Leuten zusammen sein, die mit Geld um sich werfen, wenn ich nicht mitmachen kann!«

»Ich will aber nur spazierengehen!«

»Dann nimm Geld mit!«

153

»Aber ich habe ja noch dreizehn Dollars ungefähr, und dann will ich ja auch gar kein Geld ausgeben.«

»Dann geh' spazieren! Viel Vergnügen, mein Junge!«

So ließ ich ärgerlich die beiden sitzen und lief voller Neugierde die lichterfunkelnde Hauptstraße entlang, in einem Gedränge von Cowboys und eleganten Herren und arg geschminkten Damen. Die Salons lockten mich gar nicht. Aber ein Plakat – eine Tänzerin darstellend, mit dem in grellen Lettern daruntergedruckten Vermerk »Eintritt frei in dieses Varieté!« – schien mir gerade das Richtige. Ich trat ein. An runden Tischchen saßen viele Menschen, darunter merkwürdig viele Damen in phantastischen Kostümen. Das reine Maskenfest! Seide in grellen Farben überall, funkelndes falsches Geschmeide, bemalte Gesichter.

»Furchtbar interessant …« dachte ich mir.

Ein Kellner (in dunkelrotem Flanellhemd und Hosen aus Manchestersamt) brachte mir eine Flasche Bier, für die er einen halben Dollar einkassierte, was ich teuer fand. Dann öffnete sich der Bühnenvorhang, und eine dicke Blondine krähte einen Gassenhauer –

»When the bells go tinge–linge–ling
We'll join hands and sweetly we shall sing:
There'll be a hot time
In the old town –
Tonight, my darling – tralala …«

Die Tingeling Glocken und das süß gesungene Versprechen,
daß heute noch der Teufel los sein würde im alten
Städtchen, schienen tiefen Eindruck auf die Zuhörer zu
machen, denn sie brüllten vor Vergnügen und trampelten in
gräßlichem Gedröhn mit ihren schweren Stiefeln. Der Teufel
im Städtchen mußte auch in mystischem Zusammenhang
mit den Lackstiefelchen der Blondine stehen, denn auf diese
deutete sie fortwährend. Dann tanzte sie ein bißchen und
machte furchtbar viele Knixe, und dann löste eine andere
junge Dame sie ab. Die hörte ich aber gar nicht, denn – die
dicke Blondine kam hinter dem Vorhang hervor und
steuerte schnurgerade auf meinen Tisch zu. Neben mich
setzte sie sich!

Am liebsten wäre ich davongelaufen!!

»Welch' ein trockenes Gefühl man doch im Hals hat nach
dem Singen!« sagte sie mit einer Stimme, die geradezu rostig
klang.

»Flasche Bier?« fragte der Kellner im roten Flanellhemd und
stellte zwei Flaschen hin, ohne eine Antwort abzuwarten.
Die tinge-ling Dame packte eine Flasche und ein Glas, dann
die andere Flasche – und im Handumdrehen war das Bier
den Weg seiner Bestimmung gegangen. Sie mußte wirklich
sehr durstig sein!

»Fremder?« sagte sie. »Ja? Werden finden, daß hier 'was los
ist! *You bet!*«

Und da brachte der Mann im roten Flanellhemd schon wieder zwei Flaschen, und Fräulein Nachbarin zu meiner Linken leerte prompt die eine ganz und die andere zur Hälfte.

»Jetzt muß ich wieder singen,« sagte sie und stand auf. »Komm' gleich wieder.«

In mir aber dämmerte eine Ahnung auf, daß ich Ärmster es war, der für diese Bierflaschen bezahlen mußte, und in einer wahren Heidenangst vor dem Durst der Dame rief ich den Aufwärter herbei.

»Vier Flaschen Bier?«

»Sechzehn Dollars!« sagte der Mann im roten Hemd.

»Heh?«

»Sechzehn Dollars – Sie sin' wohl 'n Fremder? Kommen Sie mit, wir werden 's Ihnen erklären!«

Und wie ein Schaf zur Schlachtbank wurde ich auf den Vorplatz geführt, wo ein anderer Mann (der trug ein blaues Flanellhemd!) zu uns trat. Ein Flüstern zwischen rotem und blauem Hemd. »*Correct!*« sagte das blaue Hemd. »Sechzehn Dollars. Das weiß jedermann. *Well*, sagen wir zehn Dollars statt sechzehn – ich bin nich' so!«

»So viel Geld hab' ich nicht bei mir!« erklärte ich wütend – und in Heidenangst, denn der Mann im blauen Hemd trug einen riesigen Revolver im Gürtel.

»Dann geht Tommy hier mit Ihnen, es zu holen,« entschied das blaue Hemd ...

Beinahe hätte ich bezahlt, aber da waren wir schon auf der Straße, ich und das rote Hemd.

»Welches Hotel?«

»M–m–m ...« murmelte ich und bog links ab. In mir kochte alles vor Wut über die Gaunerei. Und plötzlich wußte ich es: Den Teufel würde ich bezahlen! An der dunklen Ecke der Nebenstraße blieb ich stehen:

»Gehen Sie nur wieder zurück – ich habe kein Geld. Ihr seid Schwindler!«

Und im gleichen Augenblick stieß ich den Mann im roten Hemd mit beiden Fäusten vor die Brust, daß er zu Boden kollerte, und rannte um die Ecke, so schnell mich nur meine Füße tragen wollten. Hinter mir knallte es, – noch einmal – dreimal ... Wieder bog ich um eine Ecke, rannte geradeaus im Dunkeln, lief in die Kreuz und Quer. Erst nach einer halben Stunde wagte ich mich wieder in die Hauptstraße und schlich vorsichtig ins Hotel, zu Billy ins Zimmer. Zitternd vor Aufregung drehte ich das elektrische Licht an und weckte ihn.

»Was ist los?« fragte er blinzelnd. »Oh – du! Ausgeplündert, heh? Jeder Centavo fort, heh? Aber das ist doch nicht so wichtig, um mich zu wecken!«

In fliegender Eile erzählte ich, und seine Augen wurden immer größer.

»Mann! Den Jüngling hingeschmissen – ausgekniffen ...« und er lachte wie besessen, sich im Bett wälzend vor Vergnügen. Er lachte wie ein Verrückter!

»Achgottachgott,« stöhnte er, »gehen wir zu Joe hinüber!«

»Du – Joe!«

Joe fuhr empor.

»Du Joe – Ed ist in 'n Varieté gegangen, so eine freie Eintrittsaffäre, du weißt schon – vier Dollars die Flasche Bier – zahlte nicht, konnte nicht, nee wollte nicht – Kellner mitgegangen – Kellner biff-biff gegeben – davongerannnt – oh Lord, ich lach' mich ja noch tot! Das Bier – die dicke Blondine – der Kellner hat geschossen ... ich sterbe wirklich vor Lachen!!«

Joe begriff zuerst nicht. Als er aber den Zusammenhang verstand, wieherte er förmlich.

»Ist dieser Ed grasgrün,« stieß er endlich hervor »– und bindet mit den geriebensten Gaunern dieser feinen Stadt an! Ein Glück hat er!! Geschossen hat der Kellner? Das beweist wieder einmal, daß ein Revolver lange nich' so gefährlich is' wie er aussieht! Und nun empfehlen wir uns, kalkulier' ich!«

Billy nickte, noch immer lachend, und erklärte mir kurz, daß nach diesem Intermezzo Guthrie in Oklahoma ein entschieden ungesunder Aufenthaltsort für mich sei. Die beiden Herren in den roten und blauen Flanellhemden wurden wahrscheinlich eine eifrige Suche nach mir veranstalten! Noch in der Nacht verließen wir (ich genierte mich furchtbar über die Geschichte) das Hotel, eilten, die blendend hellerleuchtete Hauptstraße klüglich vermeidend, auf weitem Umweg nach dem Bahnhof und fuhren mit einem langweiligen Frachtzug nach Nordwesten. In Guthrie zweigte die Santa Fé scharf ab, hinüber zu ihrer riesigen Hauptlinie, die, Tausende von Meilen lang, durch das nordöstlichste Stück Texas, das sich in das Territorium von Oklahoma hineinzwängt, durch Neumexiko, Arizona und Kalifornien nach San Franzisko führt.

Vorwärts – immer vorwärts ...

Von Kiowa (das war gerade über der Kansaslinie, und so hatten wir drei riesengroße amerikanische Staaten berührt in zwei Wochen!) ging es wieder nach Süden, in ein sonniges Land von Sand und Prairie und fernschimmernden Bergen hinein! Wir reisten sehr schnell.

Die Stationen waren meistens klein, und einen einzigen Schnellzug konnten wir oft zehn, ja zwölf Stunden lang benützen. Fast auf jeder Station trafen wir Wanderer, bald Arbeitslose, bald typische Tramps; bald nach Osten ziehend, bald nach Westen wie wir. Selten wechselten wir mehr als wenige kurze Worte mit ihnen, denn der Mann vom Schienenstrang ist wortkarg. Sie erkundigten sich gewöhnlich nach Entfernungen; noch öfter nach den genauen Fahrzeiten der Lokalfrachtzüge und der schnellen, durchgehenden Eilfrachtzüge. Der Jargon der "road", des Schienenstrangs, war kurz und knapp und voller Eigentümlichkeiten. Nie wurde man anders genannt als "Jack" von diesen wandernden Menschen, die man an den Wasserfässern der Stationen begegnete, als sei dies ein Sammelvorname für alles, was da auf der Eisenbahn kreuchte und fleuchte.

»Hello, Jack!«

»Selber Hello!«

»'rauf oder runter?« (Hinauf hieß "nach Westen"; hinunter "nach Osten"!)

»Hinauf!«

»Hm, ihr nehmt die nächste "Schnelle", nich?« (Das bedeutete den fälligen Eilfrachtzug.) »Paßt lieber auf – hundert Meilen zurück haben sie im Fahren abgestoppt und uns mitten auf der Strecke den Boden küssen lassen!« (Das hieß, daß die Tramps entdeckt und bei verlangsamter Fahrt vom Zuge geworfen worden waren.) »Habt ihr vielleicht gesehen, ob der Lokale leere *boxcars* hat? Ja? Das is' *allright. So long, Jack!*«

Das waren so Fachausdrücke. Die Tramps sprachen niemals vom Ort ihrer Bestimmung, sondern sie reisten einfach »die

Linie hinauf oder hinunter.« Die Riesen-Eisenbahnlinien des Landes bezeichneten sie als etwas Altvertrautes nur mit den Anfangsbuchstaben: S. F. (Santa Fé) U. P. (Union Pazific) S. P. (Southern Pazific) oder mit Spitznamen, wie die berühmte Käte, wie die Kansas und Texas Eisenbahn genannt wurde. Ihr Reisen hießen sie *jumping*, springen; Stationen bezeichneten sie nicht mit Namen, sondern sagten: Nächster *stop*, zweiter, fünfter *stop* die Linie hinauf oder hinunter. In einem Frachtwagen zu fahren, hieß – eine Leere springen; auf dem Postwagen: den Blinden springen ... Verballhornt wie die Eisenbahnausdrücke war auch ihre ganze Sprache, ein heruntergekommenes Englisch. Als müßten sie ihr Sprechen ihren Verhältnissen anpassen, denn abgerissen, zerlumpt, heruntergekommen sahen fast alle aus. »Arme Teufel,« pflegte Billy zu sagen. »Arme Teufel sind's und dumme Teufel! Und geht es einem auch noch so schlecht ... das letzte Geld darf niemals in den Magen wandern, sondern muß auf den äußeren Menschen verwandt werden! Der saubere Rock ist stets die Brücke zu den Dingen des Lebens. Er gibt äußere Gleichberechtigung mit jedem Menschen. Wer sich den sauberen Rock nicht bewahrt, ist ein Narr!«

Städtchen auf Städtchen huschte vorbei. Jeder Tag brachte neue Aufregung, neues Vorwärtshasten. Und jeder Tag führte uns Hunderte von Meilen weiter. Aus den flachen Wellentälern wurden gewaltige Einschnitte, riesenbreit, in felsiges Bergland, das sich weithin am Horizont auftürmte; ein Land des Sandes und der Steine, ein Land glasklarer trockener Sonnenluft, die den Blick auf ungeheure Entfernungen vorwärtsdringen ließ – Neumexiko. In wenigen Tagen durchquerten wir den Staat. Dann kamen wir auf das Gebiet Arizonas.

Im Erinnern an die Zeiten meines Dahinjagens auf den Schienensträngen der Vereinigten Staaten ist es mir, als sei jede Einzelheit unauslöschlich in mein Hirn eingegraben wie buntes Mosaik, aus farbensprühenden Steinchen geformt. Keines der Steinchen verlor in den fünfzehn Jahren, die seitdem nun verflossen sind, seinen Glanz. Schärfer treten die Dinge hervor in der Erinnerung, als sie es im leichtherzigen Erleben gewesen sein mochten; klarer, deutlicher in ihrem starken Einfluß auf das Werden und Wachsen des Menschen. In Gut und Böse. Den Trotz hab' ich im Wanderleben gelernt; das trotzige Wollen, ein gewisses Ziel zu erreichen nur, weil ich es wollte, sei es klein oder groß. Gleichgültigkeit gegen Geld, das ja dem Manne nur wenig bedeuten konnte, der in hetzendem, gefahrvollem Vorwärtshasten etwas so unbeschreiblich Schönes sah, daß Hunger und Entbehrungen lachend in den Kauf genommen wurden. Verderblichen Lebensleichtsinn, sonderbar gepaart mit Kraft. Träumen hab' ich gelernt, wie mans nur lernen kann in Einsamkeit, wenn dahinfließende Stunden ein gleichgültiges Nichts bedeuten. Sehen hab' ich gelernt! So viele Menschen und so viele rasch wechselnde Bilder zogen an dem Wanderer vorbei, daß er Menschen und Dinge sehen lernte – in mehr als bloßem Verstehen von Land und Leuten. Und den Humor hab' ich mir geholt in jenem Wanderjahr; das lustige Lachen über eigene Torheit und eigene Schwächen, weil es klüger war, zu lächeln als zu weinen, wenn die Dinge einem gar zu sehr weh taten. So ist mir das eine Jahr etwas nie zu Vergessendes geworden.

Ein Wanderjahr unter den Romantikern des Schienenstrangs ...

––––––––––

So riesenschnell waren das Wachstum und die Entwicklung

der ungeheuren nordamerikanischen Union, daß auf die Periode des pfadsuchenden Reiters und des rohgezimmerten, von Pferden und Maultieren gezogenen Wanderkarrens ohne Übergang die Zeit der Eisenbahnen folgte. Vorwärtspeitschende Notwendigkeit rascher Entwicklung schaltete das Verkehrsstadium wohlgepflegter Landstraßen einfach aus. So wurden die Schwachen, die Faulen und die Arbeitslosen auf den Schienenstrang gedrängt; denn Landstraßen für den landstreichenden Wanderer gab es nur im Osten, während im Westen die wenigen Wege nicht nur schlecht, sondern völlig planlos angelegt waren; von Farm zu Farm führend, nach einem Städtchen vielleicht, so, wie es das augenblickliche Bedürfnis der nächsten Anwohner erforderte. Den schnurgeraden, den nächsten Verbindungsweg von Ort zu Ort und den einzigen Weg, der sicher nach größeren Städten führte, bedeutete damals und bedeutet noch heute die Eisenbahn – der Schienenweg. Von Schwelle zu Schwelle, also auf dem Bahngeleise, schritt der Wanderer auf seinem Vagabundenweg und marschierte so von Städtchen zu Städtchen, bis er Arbeit fand oder das Versiegen milder Gaben ihn weitertrieb. Einer von diesen Vagabunden nun kam einmal, als ein Frachtwagen an ihm vorbeirasselte, auf den naheliegenden Gedanken, daß es doch viel schöner sein würde, zu fahren als zu laufen!

Er sah die Türe eines leeren Frachtwagens offenstehen, packte krampfhaft zu, klammerte sich an, zog sich empor und saß gemütlich im Frachtwagen. Er lief nicht mehr. Er fuhr!

Dieser kluge Mann war der Urvater eisenbahnfahrenden amerikanischen Vagabundentums.

Er war der Ahne des amerikanischen Tramps, so, wie er seit fünf Jahrzehnten ist und noch ein, höchstens zwei Jahrzehnte sein wird. Statt langweilig und mühsam von

Eisenbahnschwelle zu Eisenbahnschwelle vorwärts zu "trampeln", bediente Mister Tramp sich nunmehr in Wirklichkeit des Schienenstrangs. Bahnwärterhäuschen und sorgfältige Streckenüberwachung gab es ja nicht und gibt es nicht auf den ungeheuren amerikanischen Schienenwegen: erforderten sie doch ein Beamtenmaterial, das jeden Betrieb unrentabel machen würde. Auf den kleinen Bahnhöfen gab es nur ein oder zwei Stationsbeamte, die keine Zeit hatten, sich darum zu kümmern, wer sich auf den Schienen herumtrieb, und selbst in den großen Städten war es leicht, sich in den Wagenwirrwarr eines Frachtbahnhofs einzuschleichen. Mister Tramp hatte also gar keine so schwere Aufgabe. Er trieb sich in aller Gemächlichkeit auf den Bahnhöfen herum, mit den Beamten Verstecken spielend, suchte sich einen leeren Frachtwagen aus und kletterte hinein, wenn der Zug sich in Bewegung setzte. Wurde er entdeckt und auf der nächsten Station vom Zuge gejagt, so wartete er in philosophischem Gleichmut auf den nächsten Zug.

Nach und nach wurde er waghalsiger und bekam immer mehr Appetit auf diese wunderschöne billige Eisenbahn, die ihn mit solcher Schnelligkeit von Staat zu Staat führte. Man sperrte die leeren Frachtwagen zu – da kletterte er aufs Dach der Wagen oder ritt auf den Puffern, sich an den Stangen der Wagenwände festhaltend. Bald warf er ein neidisches Auge auf Schnellzüge und entdeckte, daß man ja auch mit Schnellzügen fahren konnte! Man sprang auf den ersten Wagen und war sicher wenigstens bis zur nächsten Station, eine respektable Strecke gewöhnlich. Entdeckte ihn wirklich ein Kondukteur und wollte ihn verhaften lassen, so sprang Mister Tramp noch im Fahren ab und war längst verschwunden, ehe der einsame Bahnhofpolizist nur begriff, um was es sich handelte.

Die Eisenbahner wehrten sich natürlich. Als intelligente

dollarjagende Amerikaner erpreßten die Bremser der Frachtzüge kleine Geldkontributionen von den Vagabunden, die sie in ihren Wagen erwischten; prügelten sogar manchmal, nur, um häufig selbst geprügelt zu werden. Wurde ein Verbrechen begangen auf einer Bahnstrecke, so folgten Perioden rücksichtslosen Einschreitens gegen die Eisenbahnvagabunden. So mancher arme Teufel von Tramp ist von brutalen Eisenbahnern mitten in sausender Fahrt vom Zug geschleudert worden. Brach er sich den Hals, um so schlimmer für ihn. Jedenfalls krähte kein Hahn danach. Sehr bald aber merkten die großen Eisenbahngesellschaften, daß ein scharfes Vorgehen gegen die Tramps sehr unangenehme Folgen für sie habe – allerlei Bahneigentum wurde von den schlimmen Elementen unter den Wanderern, rachsüchtigen Gesellen, zerstört, ja, sogar Züge gefährdet. Schließlich sagten sich die Gesellschaften, daß es besser sei, ein Auge zuzudrücken, als sich einen Haufen wertvoller neuer Schwellen nach dem andern von gereizten Wanderern anzünden zu lassen. Ein System halber Duldung setzte ein, das noch heute regiert. Eine Duldung, die manchmal gewisser Komik nicht entbehrt. So ist es in vielen Städten des Westens zur Gewohnheit geworden, einen bettelnden Tramp, der die braven Bürger belästigt, auf keinen Fall einzusperren und mehr oder weniger lange Zeit auf Gemeindekosten durchzufüttern. Oh nein! Mister Sheriff nimmt Mister Tramp beim Wickel, führt ihn auf Umwegen nach dem Frachtbahnhof und zwingt ihn mit vorgehaltenem Revolver, sich mit dem nächsten Frachtzug aus dem Staube zu machen. So ist das Städtchen Mister Tramp los – und die anderen Städtchen mögen auf sich selber aufpassen.

Das Wanderleben in den Vereinigten Staaten ist einzig in seiner Art.

Auf den Schienensträngen des ungeheuren Landes jagt eine

Armee von Vagabunden dahin, Tausende von Männern, deren Zahl mit den wirtschaftlichen Verhältnissen des Landes steigt und fällt, um ins Ungeheure anzuschwellen in arbeitslosen Krisenzeiten. In ihrer Zusammensetzung ist diese Armee unendlich verschieden, – so verschieden, daß eine Welt von Denken und Art zwei Männer trennen mag, die im gleichen Frachtwagen hocken. In diesen Unterschieden steckt eine Romantik, die selbst in den Vereinigten Staaten nur wenige Leute auch nur ahnen. Der Volkswirtschaftler, der sich mit dem Trampunwesen befaßt, muß ja notwendigerweise verallgemeinern und seine Beobachtung ausschließlich der sozialen Seite zuwenden. Die Romantik wird ihm entgehen.

Das harmloseste und in seinen Motiven am leichtesten zu durchschauende Individuum in der amerikanischen Vagabundenarmee ist der Arbeitslose, den harte Zeiten und Arbeitsmangel aus einer Stadt wegtreiben, um anderwärts sein Glück zu versuchen. Mag er nun noch Sparpfennige in der Tasche haben oder schon mittellos und abgerissen sein – er ist niemals ein Vagabund im eigentlichen Sinne des Wortes, sondern bleibt stets der Arbeiter, dem das Wandern, die Eisenbahn also, nur Mittel zu dem Zweck ist, ihn rasch neuen Arbeitsgelegenheiten zuzuführen.

Mit dem Tramp, dem eigentlichen amerikanischen Vagabunden, hat er nichts gemein. Denn der wirkliche Tramp ist ein arbeitsscheuer Geselle. Der Amerikaner, der ein scharfes Auge besonders für diejenigen menschlichen Schwächen hat, die seiner unruhigen, rastlosen, arbeitsfreudigen Art unsympathisch sind, hat das Wesen des Tramps richtig erkannt, wenn er ihn spottend "*Weary Willy*" und "*Tired Jack*" nennt – "den müden Willy" – "den todmüden Jack"! Unter ihnen sind Menschen, denen die grausame Härte des Arbeitsmarkts so mitgespielt hat, daß sie nicht mehr wollen, vielleicht nicht mehr können; Kranke und körperlich Schwache, deren Arbeitswert gering ist; Schwächlinge, die sich vor den Mühen des Lebens und der Härte körperlicher Arbeit so fürchten, daß sie lieber ein erbärmliches, bettelndes Jammerleben führen, als sich in die Arbeit des Tages hineinzuwagen – Schwache und Arme, Schwächlinge und Untüchtige, den Anforderungen der Zeiten nicht gewachsen. Ihr Los ist hart. Viel härter als härteste Arbeit. So gutmütig der Durchschnittsamerikaner ist, so wenig Verständnis hat er in seinem praktischen Denken für das merkwürdige Verlangen eines Menschen, essen zu wollen, ohne zu arbeiten. Eine brave Farmersfrau mag sich durch die wehleidige Geschichte eines Tramps rühren lassen und ihm eine Mahlzeit geben; wenn aber ihr Mann dazukommt, so wird er Mister Tramp zärtlich ein Beil in die Hand geben und ihn liebevoll zu dem Holzhaufen im Hof führen: So, mein Junge, arbeite erst einmal ein bißchen! Der europäische Handwerksbursche, der von Haus zu Haus Kupferstücke einheimst, würde sich baß wundern im Yankeeland, so artverwandt Mr. Tramp und er sich auch sein mögen. Nur ist Mr. Tramp eine besonders groteske Figur. Sein eigenartiges Eisenbahnleben ist höchst ruinös für Kleider. Neue Kleider kann er sich nicht kaufen. So wird er äußerlich zur grotesken Verzerrung eines Menschen. Aus den Stiefeln gucken die Zehen hervor. Die zerfetzten Hosen mit den vielen Flecken hält ein Strick um den Leib. Der Rock, schwer malträtiert von Regen und Sonnenschein und Kohlenstaub, schimmert und glänzt in allen nur möglichen dunklen Farbentönen; der zerknüllte Hut trägt unfreiwillige Komik in sich. Im Gesicht wochenalte Bartstoppeln. Und um die Schultern geschlungen an dicker Schnur trägt Mister Tramp sein eigentliches Wahrzeichen – die alte Konservenbüchse, die er notwendig braucht, um seinen Kaffee zu kochen oder die Kartoffeln zu sieden, die in höchster Not aus Farmerfeldern in seine Tasche wandern …

Doch außer den Arbeitsuchenden und bettelnden Tramps gibt es, zum geringen Bruchteil freilich, noch ein anderes Element in der amerikanischen Armee der Wanderer; Menschen, so grotesk, so grandios in der Großzügigkeit ihres Zigeunertums, so eigenartig, daß sie eine Art Rätsel modernen amerikanischen Lebens darstellen. Romantiker des Schienenstrangs möchte ich sie nennen, die Menschen unter denen und mit denen ich ein Jahr gelebt. Ihr Leben ist nackte Romantik, eine Romantik, die sich auf den Schienensträngen abspielt.

Keine Schwäche, kein Geschlagensein im Kampfe des Lebens treibt sie zum Wandern, sondern nur ihr eigener abenteuerlicher Wille, eine dumpfe Sehnsucht nach einem Leben, das außerhalb des Herkömmlichen, des Durchschnittlichen liegt. Sie tragen anständige Kleider und sie lassen sich nichts schenken. Sie betteln nicht.

So gehen die Romantiker des Schienenstrangs dahin von Osten nach Westen, von Süden nach Norden, über ungeheure Flächen. Sie halten es nicht lange aus an einem Ort. Sobald ihnen Geld in der Tasche klimpert, kommt eine unbeschreibliche Unruhe über sie, mag die Arbeit noch so lohnend, mögen ihre Lebensbedingungen noch so angenehm sein. Ein Plakat, eine Zeitungsnotiz gibt den äußeren Anstoß – die Schönheiten Kaliforniens werden beschrieben oder irgend etwas Interessantes über Arizona gemeldet. Da packt den modernen Zigeuner die tolle Laune. Er, der vielleicht in Chicago oder in Denver ist, muß sofort, augenblicklich, ohne Zeitverlust nach Kalifornien oder nach Arizona! Es peitscht ihn vorwärts mit unwiderstehlicher Gewalt. Er hat nicht das geringste in Kalifornien oder in Arizona zu suchen; in Wirklichkeit sind ihm auch beide Staaten mehr als gleichgültig. Wahrscheinlich kehrt er sofort wieder um. Dumpfe Sehnsucht ist es in Wahrheit, die ihn treibt, ein übermächtiger Wandertrieb, der zwar ein Ziel haben muß, auf daß die fixe Idee vollständig sei, dem das Ziel an und für sich jedoch ein Nichts bedeutet!

Ich will so schnell als möglich nach Kalifornien! Ich muß schleunigst nach Arizona!!

Ein Mann mit einem Ziel, dem nichts etwas gilt als dieses Ziel! Er ißt nur einmal im Tag, hungert oft, friert, schläft kaum – vorwärts, nur vorwärts. Er erträgt unerhörte Beschwerden, riskiert hundertmal sein Leben – immer vorwärts. Auf den Plattformen der Postwagen eilt er seinem Ziel zu, vorne auf dem Piloten der Lokomotive, er besteigt gelegentlich, wenn es gar nicht anders geht, einen Frachtzug (den er verachtet!), fährt mit dem Expreß, sich eng an das gewölbte Wagendach eines Pullmannwaggons andrückend, in jeder Sekunde in schwerer Gefahr, hinabgeschleudert zu werden. Nur vorwärts! Ich habe Männer gekannt, die sich, wenn jede andere Fahrtmöglichkeit versagte, ein Brettchen über die beiden dünnen Eisenstangen legten, die zwischen den Axen eines Pullmannwagens angebracht sind, sich auf dieses Brett hinkauerten und so lange Strecken u n t e r dem Waggon fuhren! Jedes Mittel ist ihm recht, aber immer vorwärts. Entdeckt ihn ein Kondukteur vorne auf der Plattform, so klettert er hinten auf ein Waggondach! Sein Hirn arbeitet fortwährend an dem Erfinden neuer Tricks zu raschem Fahren; jeder Muskel seines Körpers ist wochenlang auf das Unerhörteste angestrengt. Etwas Poetisches liegt in dieser merkwürdigen Sehnsucht, über weite Räume zu ziehen, etwas Urmenschliches, etwas unbeschreiblich Abenteuerliches. Eine Mischung von Vagabundentum und Energie, von geheimnisvollen Sehnsuchtstrieben und nüchterner Kraft.

Er ist in Kalifornien, in Arizona. Dann wieder Arbeit. Dann wieder neue Hetzjagd nach neuem Ziel!

Bodenloser Leichtsinn liegt über solch unsteten Leben, und doch wieder auch romantischer Zauber; lockend, verführend. Vor zwei Jahren ungefähr las ich im Londoner "Daily Telegraph" eine aus amerikanischen Zeitungen übernommene Meldung, Theodore Roosevelt – damals war er Präsident und auf einer Jagdfahrt im Westen – habe von Denver aus nach Westen auf einem Spezialzug eine Fahrt von über hundert Meilen auf dem Kuhfänger, dem Piloten der Lokomotive, gemacht. Er sei voller Begeisterung gewesen über die lustige Fahrt mit ihren Eindrücken freien Dahinschwebens in den Raum hinein! Wie hab' ich mich damals amüsiert (Teddy hatte doch immer etwas übrig für brausendes Leben!); denn – über genau die gleiche Strecke war auch ich gefahren. In genau der gleichen Weise, auf dem Kuhfänger! Allerdings nicht auf einem Spezialzug, sondern in höchst notwendiger Verborgenheit.

In das lustige Erinnern aber mischte sich rückhaltslose Bewunderung für den merkwürdigen Mann des tätigen Lebens, der unter den ungeheuren Aufgaben seiner gewaltigen Stellung sich die Lebensneugierde und die Spannkraft bewahrt hatte, ein tollkühnes Vagabundenstücklein zu wagen. Tollkühn! Denn wer auf dem Piloten eines in voller Geschwindigkeit dahinbrausenden Zuges fährt, dicht über den Schienen, setzt auf jedem Meter Strecke sein Leben ein. Ein Häschen, über die Schienen rennend, erfaßt von dem weit hinabreichenden Rahmenwerk und mit ungeheurer Wucht emporgeschleudert, wird den Leichtsinnigen betäuben, ihn hinabwerfen; ein vom Piloten gepacktes Steinchen kann ihm den Schädel zerschmettern. Es steckt etwas vom Romantiker in Theodore Roosevelt, Soldat, Expräsident, Jäger, Schriftsteller, Philosoph, Politiker. Ein D'Artagnan in der Hülle des Staatsmannes!

Wer sich phantastischer Wanderlust so hingibt, wer bloßem

Sehnsuchtstrieb so viel Kraft und so viel Zähigkeit widmet –
in dem Mann stecken Möglichkeiten, wenn er auch ehrbarer
Bürgerlichkeit als Inbegriff leichtsinniger Tollheit erscheinen
mag. Als Episode muß man das Leben dieser Männer
auffassen! Ein kleiner äußerlicher Anstoß lenkt oft ihre Kraft
in geordnete Bahnen. Oder ein großes Erlebnis – das Weib,
das in dem Männertum ihrer tollen Jugend so gar keine
Rolle spielte. So lange sie aber ihr Leben führen, sind sie
Abenteurer *de pure sang*. Grundverschieden einer von dem
andern. Neben dem arbeitsfäustigen Brausekopf wandert der
Gebildete mit dem disziplinierten Hirn, neben
gedankenlosen Gesunden verbissene Neurastheniker;
Abenteurer aber sind sie alle. Sie lauschen auf alles, was
nach Abenteuermöglichkeit aussieht. Sie kennen sich
untereinander, sie sehen, sie hören, sie erwerben sich
Freunde hier und dort. Die Amerikaner, die in den
südamerikanischen Revolutionen eine so große Rolle spielen,
rekrutieren sich aus den Romantikern des Schienenstrangs.
Der große Abenteurer, der Glückssoldat, der seinen Degen
dem Dienst südamerikanischen Goldes verkauft, kennt seine
Leute. Er darf nur in New Orleans oder in Galveston einem
alten Freund vom Schienenstrang ein Wörtchen zuflüstern,
und in drei Wochen hat er seine Leute. Wie der Blitz
verbreitet sich die Neuigkeit, ohne daß eine Silbe zu den
Ohren von Menschen dringt, die plaudern würden.

Ich hab' oft in drei, vier Sätzen – denn diese Menschen sind
schweigsam – von Dingen erzählen hören, die mich
ungläubig aufhorchen ließen. Der eine kannte Kuba wie
seine Tasche und grinste über das schlechte Schießen der
Insurgenten; der andere erwähnte so nebenbei, er möchte
wieder einmal nach Haiti; der dritte hatte große Eile, nach
San Franzisko zu kommen, weil er »dort einen Mann kenne,
der vielleicht ein bißchen Geld in eine Goldsucherfahrt
stecken würde«. Unrast haust in jedem von ihnen. Aus dem

einen wird ein Führer von Arbeitern am Panamakanal, ein Amt, zu dem man harte Abenteurernaturen braucht; der andere stirbt als Glückssoldat, irgendwo in Südamerika erschossen; wieder ein anderer tritt in den Dienst des Waffenschmuggels, der von Amerika aus sich überallhin in die Welt erstreckt, wo rebellierende Minoritäten kämpfen. Ich deute hier nur an – denn die geheimnisvollen Unterströmungen modernen Abenteurertums lassen sich nicht verfolgen. Ich weiß, daß man mir den Vorwurf der Übertreibung machen wird. Ich möchte aber eine Tatsache erwähnen, die dem Zeitungsleser nicht fremd, dem Mann mit internationalen Beziehungen wohlbekannt ist:

In jedem modernen Krieg spielen Abenteurer aus den Vereinigten Staaten eine große Rolle, zum mindesten in den "exotischen" Kriegen. Die Munitionszufuhr der Buren wurde von amerikanischen Männern und von amerikanischen Maultieren besorgt. In ihren Reihen kämpften als Offiziere und Soldaten Abenteurer aus aller Herren Ländern, die – aber fast alle auch Englisch sprachen, und zwar amerikanisches Englisch. Im russisch-japanischen Krieg lag der Betrieb der Blockadebrecher, die Port Arthur mit Kriegsmaterial versorgten, zum großen Teil in amerikanischen Händen. Erst ganz kürzlich las ich im "Berliner Tageblatt" die lakonische Drahtmeldung: »In Guatemala rücken die Revolutionäre, von Amerikanern geführt, gegen die Hauptstadt vor.«

Die Unterstützung der mexikanischen Insurgenten durch amerikanische Abenteurer ist ja wohlbekannt.

Das sind Möglichkeiten dieses modernen Romantikertums, die ich erwähnen muß, weil sie eine Phase verborgenen Lebens unserer Zeit scharf beleuchten – aber sie dürfen nicht verallgemeinert, sie müssen als Andeutungen aufgefaßt werden, als Anregung vielleicht für die wenigen Wissenden, ihr Scherflein dazu beizutragen, dieses Leben zu schildern.

Und die Romantiker des Schienenstrangs müssen sterben. Zehn Jahre mag es noch dauern, zwanzig vielleicht. Dann sind die Schienenstränge des Riesenlandes unter dem Sternenbanner bewacht und abgesperrt wie im alten Europa, und der Wanderer aus Passion wird ein Ding der Vergangenheit sein. Übrig bleiben wird nur der landstraßenwandelnde, bettelnde Tramp und das Heer der Arbeitslosen. Der Abenteurer muß sterben, wenn die großen Massen vordringen, die mit sich Ordnung und System bringen. Das ist gut so. Und doch – man möchte träumend in die Zukunft schauen können. Was wird aus dem Grand Seigneur glorreichen, freien Vorwärtsstürmens? Spürt ihr kein Verwandtsein mit meinem törichten, rastlos dahinjagenden Idealisten, ihr Menschen im Zeitalter des Fliegens? Ihr, die ihr selbst hastend und hetzend lebt! Nur seid ihr, nein, sind wir – denn jene Zeiten gehören vergangener Jugend – klug und weise, denn wir schaffen Werte im Dahinjagen, und meine Freunde vom Schienenstrang schufen sich nichts als Augenblicksrausch. Sie waren Träumer, wenn sie es auch nicht wußten. Man muß sie lieb haben im Erinnern; um der Sehnsucht willen, die in ihnen lebte ...

────────────────

In Arizona war es.

Der Schnellzug hielt im Morgengrauen, wenige Sekunden lang, an einer winzig kleinen Station. Billy sprang ab und rannte auf das Wasserfaß zu. Natürlich folgten wir ihm. Und da brauste der Zug auch schon weiter.

»Was hast du denn?« fragte Joe empört. »Jetzt ist der verdammte Zug glücklich weg. Hat uns ja kein Mensch gesehen – hätten ruhig weiterfahren <u>können!</u>«

»Sei still!« lächelte Billy und kauerte sich am Wasserfaß nieder. »Kinder, vor allem müssen wir feststellen, wieviel Geld wir noch haben. Gebt einmal euer Geld her.« Er zählte. »– 42 Dollars. Nun hört einmal zu: dieser sonnige Arizonasand hat Schönheiten, von denen ihr nichts ahnt; es ist ein stilles Fleckchen Welt, in dem man wieder einmal spielen und lachen kann. Hier wollen wir ein wenig bleiben!«

»Grandioser alter Gedanke!« murmelte Joe.

Ich aber wunderte mich nur. Die Hetzfahrt durch die vier Staaten hatte mich schon gelehrt, zu staunen, ohne viel zu fragen. Bald nach Sonnenaufgang gingen wir hinüber zu dem winzig kleinen Stationshäuschen, traten in das Zimmer des Agenten, und Billy setzte mit einer absoluten Wahrhaftigkeit, die unter den Umständen fast komisch war, dem Mann auseinander, was er wollte. Der war fast sprachlos vor Erstaunen.

»Hier bleiben wollt ihr?...« stotterte er endlich. »In diesem verdammten Sandloch?«

Billy erklärte ihm noch einmal, daß wir durchaus keine Tramps, sondern nur unruhige Gesellen seien, die zwar kein Geld für so törichte Dinge wie Fahrkarten ausgäben, aber sonst alles bar bezahlten – »Weiß schon, verstehe schon!« brummte der Agent – und daß wir einige Wochen lang ein billiges Leben führen wollten.

»Sommerfrische! Verstehen Sie denn nicht?« lachte Billy.

»Die verrückteste Idee, die mir in meinem Leben vorgekommen ist,« meinte der Agent grinsend. »Aber es geht. Es geht wirklich!«

Und es ging. Mrs. Jack Parker, eine rundliche Witwe, der das größte der vierzehn hölzernen Häuser der Station gehörte, übernahm gegen eine bare Vorausbezahlung von fünfundzwanzig Dollars gerne die Verpflichtung, uns drei Männer zwanzig Tage lang zu behausen und zu beköstigen. Es war spottbillig. Nun konnte ich mich aber nicht mehr halten:

»Dies ist ein Märchen!« sagte ich zu Billy.

»Ist es auch,« jubelte er und seine Augen leuchteten. »Sollen auch zwanzig Märchentage sein – gerade so unwahrscheinlich und gerade so schön wie ein wirkliches Märchen. Hm – Unsinn. Welch' ein Kind Sie doch sind! Billige Tage billiger Beschaulichkeit sind es – weiter nichts!« Und er lachte lustig …

"Lucky Water" hieß die Station – Glückswasser. Sie und die vierzehn Häuschen hinter ihr verdankten ihr Dasein dem ungeheuer tiefen artesischen Brunnen neben dem Stationshäuschen, den einst die Santa Fé hatte bohren lassen müssen, weil die Strecke zwischen den beiden nächsten Stationen zu lang war, als daß die Lokomotiven sie ohne Wasser hätten durchmessen können. So reichlich Wasser spendete der Brunnen, daß es möglich gewesen war, eine einfache Bewässerungsanlage herzustellen und mitten im Sand Gemüse zu bauen und Vieh zu züchten. So waren die vierzehn Häuschen entstanden. Und jeden Abend nahm der Eilfrachtzug die Gemüsekörbe und die Milchkannen mit nach der nächsten großen Stadt. Es waren einfache Menschen, die Leute von Lucky Water, die uns wahrscheinlich für ein bißchen verrückt, aber doch harmlos hielten.

In meinem Leben vergess' ich Lucky Water nicht!

Von den Rändern seines grünen Gartenflecks dehnte sich

weit und breit trostloser Sand, und gegen Norden schimmerten stahlblaue Felsenmassen. Glühend brannte tagaus, tagein die Sonne nieder aus tiefblauem Himmel, an dem nie ein Wölkchen zu sehen war. Die trocken heiße Luft war von unbeschreiblicher Klarheit und Durchsichtigkeit. Weit entfernte Gegenstände schienen zum Greifen nahe. Und Sand, überall Sand; bald glänzend weiß, bald tiefbraun. In einzelnen Fleckchen wuchs zähes rostbraunes Gras, und überall wucherten, kaum aus dem Sand hervorlugend, winzigkleine Kakteen mit eisenharten Dornen. Das war unser Spielplatz. Wie Kinder gebärdeten wir drei Männer uns. Viele Stunden lang lagen wir oft im heißen Sand und rauchten und schwatzten. Der sonst so schweigsame Billy konnte ganze Nachmittage hindurch mit wahrer Wollust die absurdesten Pläne ersinnen und sie uns begeistert auseinandersetzen:

Hetzfahrt nach San Franzisko! Dann sollten wir drei ein billiges Zimmerchen mieten und arbeiten wie besessen. Irgend etwas – Und sparen wie Russel Sage! (Das war ein berüchtigt geiziger New Yorker Milliardär, der einmal erklärte, es sei eine Sünde, mehr als einen Dollar bares Geld bei sich zu tragen. In der Bank verdiene das Geld doch Zinsen!) Jeder Narr könne Geld sparen, wenn er das Sparenwollen zur fixen Idee mache, behauptete Billy. Und wenn wir Geld hätten, würden wir uns als Kohlenzieher nach Honolulu verdingen, dort arbeiten und die Sprache der Südsee lernen. Dann kaufen und verkaufen und im Kleinen importieren und reich werden ... Oder: Über Galveston nach New Orleans, nach Mobile und so weiter nach Florida. Von dort aus sich den kubanischen Insurgenten angeschlossen. Denn ein amerikanischer Revolver mit einem Amerikaner dahinter sei überall sein Gewicht in Diamanten wert – –

»Aber das ist ja blinkeblanker Unsinn!!« so schlossen immer

Billys lange Reden. »Augenblicklich ist die Welt wunderschön und das genügt. Wenn wir einmal übrige Zeit haben, können wir ja gelegentlich auch reich werden –!«

Wettrennen liefen wir über den heißen Sand hin. Kein Tag verging ohne Boxen, in dem Billy ein Meister war. In der Wüste von Lucky Water lernte ich es, mich mit harten Fäusten zu wehren, in Geschicklichkeit und Ruhe, die allemal über brutale Kraft triumphiert. Ich verspürte den Hieb von unten auf das Kinn, der auch den stärksten Mann bewußtlos hinschleudert; den Schlag auf die Herzgrube, der den Getroffenen nach Luft schnappend hinsinken läßt. Wir zerhämmerten uns gegenseitig, bis jeder Fleck am Oberkörper brannte wie Feuer – und waren glückselig dabei.

Dann die Abende des Schweigens draußen im Sand! Wenn im Westen der Feuerball in roter Glut in das Land eintauchte, blieb auf Sekunden der Himmel tiefblau. Dann kam das Farbenmärchen. Ein greller Purpurstreifen leuchtete tief unten am Horizont, funkelnd grün an den Rändern, mit goldenen Strahlen an den Seiten, bis in unmerklichem Wechsel dunkles Violett aus dem Purpur wurde und fahles Grün weithin über den Himmel kroch und mit den blauen Tönen verschwand und das Violett aufsaugte. Und dann, schnell wie ein Blitzschlag, tiefstes Dunkel. Schwarzblaue Schattenmassen, in denen es fein, ganz fein aufglitzerte. Immer deutlicher wurden die Lichtpünktchen, und ehe man sich's versah, flammte es da droben in der abgründig blauen Unendlichkeit von Millionen strahlend weißer Schönheiten – in einem Zittern, einem Tanzen, einem Flimmern, als müßte im nächsten Augenblick ein ungeheurer Sprühregen weißen Lichts herabsinken auf die Erde.

Und stundenlang hab' ich oft in den Mond gestarrt; zu meiner Frau im Mond, von der ich um alles in der Welt den beiden andern nichts gesagt hätte. Meine Frau im Mond! Ganz unten am rechten Rand der Lichtscheibe war in blendender Weiße der Büstenansatz und der schlanke Hals, aus dem in feinen Schatten das Köpfchen emporwuchs mit massigem, tiefdunklem Haar. Weit lehnte sich das Weib zurück, als starre es in die Sternenpracht hinein. Über den Lippen bildeten helle und dunkle Mondflecken in undeutlichen Umrissen einen Männerkopf, zum Küssen sich niederneigend.

Traum über Traum kam, ein Luftschloß nach dem andern stieg empor und zerfloß in sehnsüchtigem Grübeln. Mein nur waren die Luftschlösser, wie es sein muß in den Träumen der Jugend. Wie leicht war es doch, sich Macht und Reichtum und Schönheit herunterzuholen aus den Sternen und in die Heimat zurückzukehren: Da bin ich – ich! Und Gold ausstreuen, und den bunten Rock des Offiziers anziehen, der von frühester Kindheit an mir den Lebenstraum bedeutet hatte. So lebten sie glücklich immerdar – sie beide – denn in die Träume gaukelte das Bild der alten Herzogsburg, und der Glückspilz von Träumer wandelte Hand in Hand mit dem Mädel in unbeschreibliche Seligkeiten hinein …

»Sie können uns gebrauchen!« lächelte Billy so ganz nebenbei am Morgen des letzten Tages. »Mister Agent war so liebenswürdig, zu telegraphieren!«

»Wer kann uns brauchen?« sagte Joe erschrocken.

»Die Reparatursektion der Santa Fé sechzig Meilen westlich. Hast du die Frachtzüge mit den neuen Eisenbahnschwellen nicht bemerkt, die in den letzten Tagen hier durchkamen?«

»Eisenbahnarbeit?« stöhnte Joe. »Ach du meine selige Tante Jemima! Billy – das is' – – nee, Billy das is' gräßlich.«

»Arbeiten müssen wir, mein Sohn, und wenn du im

südlichen Arizona andere Arbeit findest, bist du klüger als ich. Also weine nicht!«

»Pfui Deibel!« sagte Joe aus gequältem Herzen. »Pfui – Deibel –!!«

Billy lächelte.

»*Well*,« meinte er, vergnügt blinzelnd, »das ist so etwas wie wunderschön poetische Gerechtigkeit, mein Sohn. Sonst haben wir die Eisenbahn – nun hat die Eisenbahn uns!«

Wie das Wandern endete.

Die Eisenbahn hat uns! – Sektion 423, Southern Pazific. – Als Streckenarbeiter in Arizona. – Der »*boss*«. – Von Kindern Italiens. – Wir haben wieder die Eisenbahn! – Hände in die Höhe! – Seine Ehren, der Friedensrichter. – Die braven Spitzbuben von El Dorado. – Dahinjagen und Arbeit. – Von den Schüttelfrösten der Malaria. – Krank und einsam. – Nach St. Louis. – Ein ganzer Mann.

Dicht neben dem Schienenstrang, viele Meilen weit von den beiden nächsten Stationen entfernt, stand ein schmuckloses hölzernes Haus mit vielen kleinen Fensterchen, über dessen Türe in schwarzen Buchstaben die Inschrift stand: Sektion 423, Southern Pazific. Der Zug hielt einen Augenblick lang, und wir sprangen ab. Ein vierschrötiger Mann in blauen Arbeitskleidern, mit respektablem Bäuchlein und wirren feuerroten Haaren, trat aus der Türe und sah uns prüfend an.

»Die drei von Lucky Water?« fragte er. »Versteht ihr 'was von der Arbeit?«

»Halt' den Mund!« raunte Billy mir zu. Dann gab er Antwort:

»Oh ja!«

»Ist mir verflucht angenehm,« brummte der Feuerrote. »Wie heißt ihr?«

»Billy Smith, Joe Donovan, Ed Müller.«

»Amerikaner?«

179

»Wir beide, ja. Unser Freund hier ist Deutscher.«

»So? Das macht nichts aus. Nun kommt herein zum Essen.
Die Arbeitsbedingungen kennt ihr ja. Einen Dollar siebzig
im Tag, glatt, Essen und Wohnen schon abgezogen.
Arbeitszeit mindestens 31 Tage. Wer vorher geht, bekommt
kein Geld. *Come in!*«

Beim Hineingehen sagte er: »Ein Segen, daß man mit euch
wenigstens christliches Englisch reden kann, *begorra*!« (Er
war offenbar ein Irländer.) »Die andern sin' Italiener, hol' sie
der Kuckuck, und wenn ich was sag', grinsen sie. Mit den
Nasen muß ich sie auf die Arbeit stoßen, bis sie kapieren,
was getan werden soll. Mit den Händen muß ich reden wie
ein gesegneter Indianer – hol's der Teufel! Wozu braucht
eigentlich dies Land schnatternde Söhne von
affenbesitzenden Orgeldrehern? Das möcht' ich wissen! *Well*,
kommt nur herein!«

An dem langen, wachstuchbedeckten Tisch in der Stube
saßen, eifrig kauend, sieben italienische Bahnarbeiter, die
uns alle miteinander ihr *"parla italiano?"* entgegenschrien
und enttäuscht aussahen, als wir die Köpfe schüttelten. Eine
dicke Frau mit einem lustigen Gesicht trug das Abendessen
auf, und wir griffen zu. Ich wunderte mich über die
Reichhaltigkeit der Speisen. Es gab gebratenes Fleisch und
gebackene Kartoffeln. Dazu Tomaten. Dann wurden
ausgezeichnete kleine Pfannkuchen gebracht, Platten mit
wahren Bergen davon, und endlich Apfelkuchen. Teller mit
Speck, schneeweißes Brot, Flaschen mit allerlei Saucen
standen auf dem Tisch.

»Haben Sie "*overalls*"?« fragte Billy den Feuerroten nach dem
Essen. »Wir möchten unsere Kleider schonen.«

»Jawohl,« meinte er. »Das nenn' ich christlich. Die Italiener
sin' nich' so sauber. Könnt' ihr haben. Wäsche auch.«

Er fischte aus einer Truhe die blauen Arbeitshosen hervor, sackartige Affären, in die man hineinkletterte und sie sich über den Schultern zuknöpfte; Flanellhemden und derbe Wäsche. Dann kauften wir uns noch Tabak und bezahlten zu seinem großen Staunen bar, statt uns den Betrag später abziehen zu lassen. Dann ging's ins Bett. Einer der beiden Schlafräume war von den Italienern voll besetzt, so daß wir im Nebenraum allein schliefen. Saubere eiserne Feldbetten standen da, frisch überzogen, und in der Ecke war einfaches Waschgeschirr, aber ebenso sauber.

»Die Arbeit ist schwer,« erklärte Billy, »so schwer und verhältnismäßig so schlecht bezahlt, daß sich Amerikaner nur selten und dann nur kurze Zeit dafür hergeben. In den *sections* gibt's fast nur Italiener. Aber die Lebensbedingungen sind gut.«

Im Dämmergrauen am nächsten Morgen wurde gefrühstückt, eine sehr solide Mahlzeit, und kurz nach Sonnenaufgang ging's hinaus auf den Schienenstrang zur Arbeit. Auf *handcars*. Das sind Draisinen einfachster Konstruktion, deren Räder genau auf die Geleise passen, mit Pumpgriffen versehen wie eine Feuerwehrspritze. Durch das Auf- und Niederdrücken der Handgriffe überträgt sich die Kraft auf die Axen. Wir "pumpten" uns mit Eilzugsgeschwindigkeit vorwärts bis zum Arbeitsplatz des Tages. Dort lagen riesige Haufen von weißglänzenden neuen Eichenschwellen, die gegen die alten ausgewechselt werden mußten. Die Arbeit war bitterhart, denn es mußte im Eiltempo gearbeitet werden. Der Amerikaner duldet kein Zeitvertrödeln. Mit Stahlhammer und Stemmeisen wurden die schweren Klammern herausgeschlagen und dann die alten verfaulten Schwellen unter den Schienen hervorgezerrt. Die neuen Schwellen mußten eingeschoben, niedergeklammert (ich lernte es schnell, den riesigen Hammer zu führen) und in den Kies des Schienenbetts eingestampft werden. "Tamponieren" hieß der Fachausdruck dafür. Mit langen eisernen Stangen, deren Ende schräg abgestumpft war, wurde unter die Schwellen hineingestoßen, bis Schwellen und Untergrund eine feste Masse waren. Auf dem *"boss"*, dem Herrn, dem Vorarbeiter, ruhte gewaltige Verantwortlichkeit, denn es mußte nach der Wasserwage gearbeitet werden, damit die Schienen völlig horizontal blieben, und an Kurven mit der erhöhten Außenschiene war sogar eine recht schwierige Kalkulation erforderlich. In Deutschland hätte ein Ingenieur solche Arbeit geleistet. Hier tat's ein alter Irländer, der kaum lesen und schreiben konnte. Ein Praktiker, unter dessen Aufsicht vierzig Meilen Schienenstrang standen, für dessen Beschaffenheit er und nur er allein verantwortlich war. Er mußte dafür sorgen, daß nicht verfaulte Schwellen das Geleise unsicher machten, er wechselte Schienen aus, er grub raffinierte Abzugskanäle, wenn Grundwasser den Bahndamm bedrohte, er patrouillierte mit seiner Handvoll Leute täglich die Riesenstrecke, über die er herrschte. Die Eisenbahngesellschaft machte den simplen Praktikus zum Selbstherrscher und holte so die denkbarste Höchstleistung aus ihm heraus. Sie zwang ihn zu denken! Zu organisieren! Und so leistete er weit mehr, als wenn er in bureaukratischem Befohlenwerden und Gehorchen gleichgültig sein Tagewerk getan hätte. Dafür bezahlte ihn die Bahn gut und ließ ihn an der Beköstigung seiner Arbeiter Geld verdienen.

Von Sonnenaufgang bis nach Sonnenuntergang wurde gearbeitet, mit einer kurzen Pause dazwischen, in der das mitgebrachte Lunch verzehrt wurde. Jeder Muskel am Körper schmerzte. Der Rücken wollte mir beinahe brechen vor lauter Hämmern und Stoßen und Schaufeln. Aber ich arbeitete darauf los – aus Leibeskräften. Denn ich wollte hinter keinem zurückstehen. Und ich begriff bald den Zweck der Arbeit, ihre Feinheiten. Selbst gröbste Arbeit hat ja ihre Tricks.

»Das is' christlich!« sagte O'Flanagan, der *boss*, als wir abends müde und zerschlagen auf die Draisinen stiegen. »Billy ist extraprima, Joe is gut un' der Deutsche wird noch gut. Das is mir verdammt angenehm. Weg von den Handgriffen, ihr drei! Pumpen sollen nur die Italiener; bin froh genug, daß 'mal gesegnete Christen da sin', denen man eine Wasserwage und einen Maßstab in die Pfoten geben kann!«

So wurde die abendliche Patrouille, die sich jedesmal über mindestens zwanzig Meilen erstreckte, für uns zu einer Spazierfahrt. Unsere Bevorzugung führte natürlich zu Händeln, bei denen es im italienischen Lager prachtvolle blaue Flecken um die Augengegend gab. Das mag sehr roh gewesen sein – aber es war sehr schön!

Man arbeitete, man aß, man kroch früh am Abend todmüde ins Bett. Ein Tag war wie der andere. Nur an den Sonntagen schlief man bis in den hellen Tag hinein und las am Nachmittag die Zeitungen der Woche. Es dauerte nicht lange, so wurden meine Hände schwielig und meine Muskeln eisenhart. Aber ich versäumte an keinem Abend die Handeinreibung mit Glyzerin und die sorgfältige Nagelpflege, die Billy mir mit wahrem Fanatismus vormachte. Man müsse Hände und Finger gut behandeln, wenn sie nicht ewig die Schaufel führen sollten, pflegte er zu sagen. Ein diszipliniertes Hirn sorge unter allen Umständen für ein diszipliniertes Äußere! Billy war weise.

Vierzig Tage waren vergangen, als der Extrazug mit dem Zahlmeister kam, der die Sektionen des Bahnsystems ablohnte, und wir bekamen unser Geld. O'Flanagan richtete es so ein, daß die Patrouillenfahrt an jenem Abend uns bis zur nächsten westlichen Station brachte.

»Adieu, Jungens,« sagte er, »seid christlich gewesen! Wär'
mir lieber, ihr würdet noch bleiben. Kann's euch aber nicht
übelnehmen, *be jabers*. Könnt was Gescheiteres tun, als
Eisenbahnarbeiten. *So long!*«

»Das merk' dir, Billy!« grinste Joe.

»Man muß die Arbeit nehmen, wie sie kommt,« antwortete
Billy achselzuckend.

»Jetzt aber wird der Spieß umgedreht, *my dear Billy*! Hat die
Eisenbahn uns gehabt – so haben wir jetzt, bei meiner
seligen Tante Jemima, wieder die Eisenbahn!!«

Und der nächste Schnellzug führte drei nichtzahlende
Passagiere nach Westen.

Tag und Nacht ging es dahin, als müsse versäumte Zeit
eingeholt werden. In kaum zehn Tagen legten wir eine
ungeheure Strecke zurück, zuerst auf einer Nebenlinie nach
Westen, dann zurück im Bogen nach Osten, die Arizonalinie
überschreitend, über Albuquerque nach dem Norden, durch
Neumexiko nach Colorado hinein – gepackt vom Fieber des
Vorwärtshastens. Auf dieser Fahrt kam ich zum ersten und
einzigen Mal in den Vereinigten Staaten mit der Macht des
Gesetzes in Konflikt.

Es war in einem kleinen Städtchen nicht weit von La Junta
in Colorado. Der Frachtzug rumpelte in dem prachtvollen
Sommermorgen dahin, hielt, rumpelte wieder hin und her.
Und dann war Ruhe.

»*Confound it,*« sagte Billy nach einer Weile, »ich glaub', wir
sind auf einem Nebengeleise.« Er öffnete vorsichtig die
Schiebetüre einen Spalt weit und guckte hinaus.
»Wahrhaftig! Infames Pech. Winzig kleine Station auch
noch!«

Verärgert kletterten wir hinaus, um uns umzusehen und so schnell als möglich mit einem anderen Zug weiterzufahren. Zuerst sprang Billy zu Boden, dann Joe und endlich ich. Kein Mensch war zu sehen. Wir wollten über das Geleise hinweg zur Straße hinübergehen, als urplötzlich aus der Böschung eine Gestalt auftauchte und eine drohende Stimme rief:

»Hände in die Höhe!«

Billy und Joe hielten prompt die Arme empor, während ich fassungslos den Mann im Schlapphut und die riesigen Revolver in seinen Fäusten anstarrte.

»Hände in die Höhe!!« donnerte es wieder. »*Hands up* – oder, bei Gott, 's gibt ein Begräbnis!!«

Da schossen auch meine Arme senkrecht empor, und eine unbeschreibliche Angst kam über mich. Billy aber lächelte.

»Umdrehen!« befahl der Mann im Schlapphut, und ich merkte, wie seine tastende Hand meine Taschen befühlte.

»So! Nun marschiert ihr vor mir her; links, wenn ich links sage, rechts, wenn ich rechts sage, und wer einen Versuch macht, zu entfliehen, bekommt eine Kugel. Vorwärts, im Namen des Gesetzes!«

»Was ist denn nur – was kann es denn sein ...« rief ich, erschrocken. Billy aber fragte, ohne den Kopf zu wenden:

»Lieber Herr, haben Sie vielleicht den Sonnenstich?«

»Keine Witze!« befahl der Mann hinter uns. Aber ich hörte, wie er leise lachte.

»Ist man in dieser Gegend immer so unhöflich?« fuhr Billy fort. »Und ich möchte mich wirklich erkundigen, was im Namen aller Unvernunft Sie eigentlich von uns wollen?«

»Das werdet Ihr beim Friedensrichter hören!«

»So? Nun, der Friedensrichter wird auch von mir Verschiedenes zu hören bekommen.«

»Ach, das wird keinen Unterschied machen,« lachte der Mann hinter uns.

Das Städtchen bestand aus höchstens zwei Dutzend Häusern. Wir wurden in ein Haus hineinmarschiert, in dem eine Eisenhandlung war, und fanden uns in einer Stube, die nichts enthielt als eine Bank, einen Tisch und einen Stuhl. Wir mußten uns auf die Bank setzen, und der Mann mit den Revolvern pflanzte sich neben uns auf. Nach einer Weile trat ein weißbärtiger Herr in Hemdsärmeln ein, nahm einen Rock vom Nagel an der Türe, zog ihn an und sagte:

»Die Gerichtssitzung ist eröffnet! Was haben Sie dem Gericht zu melden, *Mr. Sheriff*?«

»Drei Tramps, Euer Ehren!«

»Schön. Heben Sie die rechte Hand empor und schwören Sie – im Namen m–m–m die Wahrheit um–m – um ... nichts als die Wahrheit ... m–m –«

Der Sheriff murmelte auch etwas.

»Tatbestand?« fragte der Friedensrichter.

»Illegales Fahren auf der Eisenbahn, Euer Ehren, und gemeingefährliches Herumtreiben ohne Subsistenzmittel. Ich persönlich habe die drei Angeklagten beobachtet, wie sie aus einem Frachtwaggon kletterten.«

Der würdige Richter rieb sich die Hände.

»Vier Tage Zwangsarbeit im Straßenbau!« verkündete er. »Das Gericht ist geschlossen!«

Ich fiel beinahe um.

»Einen Moment,« sagte Billy, »darf ich in die Tasche greifen?«

»Jawohl.«

Billy holte eine Handvoll Dollarnoten hervor, die der würdige Richter überrascht betrachtete und sich darauf schleunigst wieder hinsetzte.

»Die Gerichtssitzung ist wieder eröffnet!« sagte er.

»Wir müssen uns illegalen Fahrens schuldig bekennen,« begann Billy; »ich bitte jedoch, in Erwägung dessen, daß wir nicht ohne Geldmittel und nicht gemeingefährlich, sondern nur auf Arbeitssuche sind, auf eine Geldstrafe zu erkennen.«

»Zugestanden!« erklärte der Friedensrichter sofort. »Sagen wir einmal 6 Dollars für den Mann!«

»Ein bißchen viel, Euer Ehren – für Arbeitslose.«

»Hm – sagen wir 10 Dollars für alle drei?«

Der Sheriff trat zum Richtertisch und flüsterte etwas. Ich hörte deutlich die Worte: bar Geld – Tramps gibt's genug ...

»Fünf Dollars Gesamtgeldstrafe, in Anbetracht der Umstände!« entschied der Richter, und Billy bezahlte.

»So!« sagte Seine Ehren, das Geld einstreichend: »Die Gerichtssitzung ist geschlossen!«

Der Sheriff führte uns wieder auf die Straße und meinte, es sei Zeit zum Mittagessen. In seinem Hause könnten wir für einen halben Dollar alle zusammen ausgezeichnet essen! Als wir am Tisch saßen, meinte Billy:

»Kluge, gerissene Gegend hier, nicht, Mr. Sheriff?«

»Sehr!«

»Macht Ihr es immer so?«

»Hm,« sagte der Sheriff gemütlich, »das ist doch furchtbar einfach. Wir bauen hier eine neue Straße un' haben verflucht wenig Geld dazu. *Well*, un' wenn wir Tramps erwischen, müssen sie gratis arbeiten. Feine Idee! Wenn die Zeiten gut sind, haben wir schon dreißig Mann in der Woche gekriegt. Aber ich will verdammt sein, wenn Ihr nicht die ersten seid, aus denen wir bares Geld herausbekommen haben!«

»Großartig!« sagte Billy. »Der Scherz ist beinahe fünf Dollars wert. Übrigens – wie heißt denn dieses hoffnungsvolle, aufblühende Gemeinwesen?«

»El Dorado,« sagte der Sheriff.

Da lachten wir alle drei schallend auf.

»Wenn ich mich einmal zur Ruhe setze,« prustete Billy, »dann komm' ich hierher. Eine Stadt, in der man andere die Arbeit tun läßt, die man selbst tun sollte, ist wirklich ein Dorado. Ihr könntet euch doch zum Beispiel auch euer Holz von gelegentlichen Vagabunden spalten lassen?«

»Das ist keine schlechte Idee,« sagte der Sheriff. »Aber wenn's einmal bekannt wird, kommen sie nicht mehr hierher!« setzte er betrübt hinzu.

Sommer und Herbst waren dahingeschwunden in einem rastlosen Wirrwarr von hastendem Dahinjagen und Arbeit. Durch große Strecken von Colorado, durch das südliche Kansas, wieder nach Texas und nach Arkansas hinüber und zurück nach Kansas, hatte unser planloser Weg uns geführt.

In einem Steinbruch arbeiteten wir einmal; wir halfen Farmern dann und wann, wir plagten uns einen Monat lang auf einer Sektion der Kansaseisenbahn, wir schleppten Kohlensäcke, wir arbeiteten in einem Elektrizitätswerk. Ein unendlich armes Leben wäre es gewesen, wenn nicht die Eisenbahn eine so wunderbare, immer neue Anziehungskraft ausgeübt hätte. Und wenn nicht Billy mit seinem Humor, seiner Klugheit, dem unbeschreiblichen Einfluß, der von ihm ausging, uns zusammengehalten hätte. Aber über ihn wie über mich kam es in all den Träumen und all dem Hasten oft wie ein Sehnen nach anderem Leben, und wir sprachen so manche Arbeitspläne durch.

»Zuerst Geld in den Händen haben und dann mit dem Kopf arbeiten!«

Das war der Grundzug seiner Ideen. Schließlich beschlossen wir, nach San Franzisko zu gehen, das Billy gut kannte, und dort uns das Glück zu erjagen; die Mittel zu ganz großen Wanderzügen, zu Aufregung und Erleben im großen Stil. In Kansas war es, auf einer winzig kleinen Station der Union Pazific, wo wir diesen Entschluß faßten. Wir wollten ihn sofort zur Ausführung bringen. Joe, der simple, Billy getreu wie ein Diener dem Herrn, ging überallhin mit, ohne zu fragen und ohne sich im geringsten um Dinge der Zukunft zu kümmern. Nach Westen also ging unser Weg.

»In zwölf Tagen spätestens sin' wir in Frisco,« sagte Billy, »und dort arbeiten zuerst nur Joe und ich, bis du uns wieder gesund geworden bist. Langweilige Geschichte, krank zu sein. Tu's nicht wieder!«

Denn ich war krank.

In fortwährendem Fieber. Mein Gesicht war zitronengelb fast geworden, wie das eines Chinesen, und von Tag zu Tag wurde ich schwächer. Ich litt an Malaria. Die Keime der Krankheit hatte ich mir wahrscheinlich schon in Texas oder vielleicht auch in den Sumpfgegenden des Staates Arkansas geholt. Billy erkannte sofort, was mir fehlte. Täglich schluckte ich so und soviele Pillen des einzigen Gegenmittels, das es gab, Chinin. Der Tag fing mit Chinin an und hörte mit Chinin auf. Zuerst machte sich die Krankheit auch kaum anders bemerkbar, als in der sonderbaren Gesichtsfarbe, in Fieber und in Müdigkeit. Aber ich war so abgehärtet, daß ich mir aus dem bißchen Fieber wenig machte. Das dauerte wochenlang. Dann kam es über mich wie Schlafsucht, und oft mußte ich mich auf gefährlicher Fahrt gewaltsam wachhalten. Und dann packte mich der Schüttelfrost der Malaria.

Ein unangenehmer Geselle. Ich saß zusammen mit Billy und Joe in einem Frachtwagen, als es mich auf einmal glühend heiß überlief. Kaum eine Sekunde später schauderte ich in eisiger Kälte, und die Zähne fingen mir an zu klappern. Und dann schüttelte und rüttelte es mich, als sei ich eine Ratte in den Zähnen eines Foxterriers. Mein Körper flog hin und her; der Mund klappte auf und zu, ohne daß ich ein Wort sprechen konnte; Arme und Beine zuckten wie in Krämpfen. Da half kein Wollen, keine Selbstbeherrschung. Der Begriff Schüttelfrost ist viel zu blaß und schwach, um die Urgewalt solch' eines Malariafrostes wiederzugeben. Wehrlos war man wie ein Kind. Die Beine trommelten auf dem Boden des Wagens, der Körper wurde umhergeworfen. Und merkwürdigerweise verspürte ich dabei weder Schmerz noch ein besonderes Kältegefühl – nur ein willenloses Nachgeben jedes Muskels unter geheimnisvoll rüttelnder Macht – ein Wundern, was das sein mochte, wie lange es dauern mochte.

Zehn Minuten währte der Anfall, auf den Erschöpfung und Müdigkeit folgte.

Nun begann das Elend. Pünktlich jeden zweiten Tag, um die gleiche Stunde, zur selben Minute fast wiederholte sich regelmäßig der Anfall von Schüttelfrost. Und in immer zunehmender Stärke. Wenn es halb zwei Uhr wurde je am zweiten Tag, so wußte ich genau: Jetzt kommt mein treuer Feind, der Schüttelfrost! Da half weder Chinin, selbst in den ungeheuerlichsten Dosen, noch Whisky in großen Gaben. Geschüttelt mußte werden. Geschüttelt, daß ich oft meinte, die Glieder müßten mir aus den Gelenken gerissen werden; gerüttelt, daß Hören und Sehen mir verging. So waren Wochen vergangen, Wochen von Frost und Fieber. Und immer schwächer und elender wurde ich. Immer magerer. Immer gelber im Gesicht.

Aber ich ließ es mir nicht merken, wie erbärmlich mir zumute war, und freute mich wie ein Kind auf das sonnige Kalifornien. Täglich verschluckte ich mehr Chinin und täglich mußte ich mehr und mehr alle Kräfte zusammennehmen.

Da kam ein Tag im Spätoktober, der dem Träumen und dem Wandern ein Ende machte. In der Nähe von Roßville war es, auf einer kleinen Wasserstation. Ich war sehr krank.

Der Expreß war herangebraust. Billy und Joe sprangen auf die blinde Plattform. Ich sprang neben ihnen her. Und in dem Augenblick, als ich mich hinaufschwingen wollte, tanzte es vor meinen Augen wie tausend Sterne, und in meinem Kopf schienen die Dinge zu wirbeln. Trotzdem packte ich blindlings zu. Dann verspürte ich einen Stoß, einen Ruck und kollerte die Böschung hinab. Ich hatte den Messinggriff verfehlt und war gegen die Wand des Postwagens angesprungen ...

Zitternd an allen Gliedern richtete ich mich auf.

Nachdenken! Billy und Joe hatten natürlich nicht mehr abspringen können und fuhren ohne mich weiter. Ich sah im Fahrplan nach. Der Expreß fuhr 69 Meilen weit ohne Aufenthalt. Selbstverständlich würden Billy und Joe auf jener Station auf mich warten. Also weiter mit dem nächsten Zug! Der kam, ein Eilfrachtzug, in einer Stunde. Ich trank Wasser, rauchte eine Zigarette. Aber mit einemmal, durch den Shock des Herabgeschleudertwerdens wahrscheinlich, kam all' die mühsam verhaltene Krankheitsschwäche zum Ausbruch. Die Dinge schwammen mir vor den Augen. Ich konnte kaum stehen, nur mit großer Mühe gehen. Als der Eilzug kam, wollte ich mitfahren, fiel aber beim zweiten Sprung vorwärts schon hin. Da wußte ich, daß ich sehr krank war und in meinem Zustand niemals nach Kalifornien kommen würde, und setzte mich hin und heulte zum Steinerbarmen um meinen Billy. War ich doch nur ein kaum zwanzigjähriger Junge!

Und ich dachte nach und dachte nach. Wenn ich Billy auch mit einem Personenzug nachfuhr, so war es doch nur neuer Jammer. Ich war krank und würde ihm nur eine Last sein. Denken – denken … Ich starrte auf die Karte, und in mein fieberndes Hirn schlich sich ein Gedanke ein:

Nach St. Louis! In eine ganz große Stadt; in die Stadt, die im Vorfrühling mein Ziel gewesen war. Mit dem Wandern war es ja aus; denn wer kaum stehen konnte, der mußte weg vom Schienenstrang, der Kraft und Mut erforderte.

Billy! Billy!!

Keinen einzigen Augenblick lang beschäftigte mich der Gedanke, was ich in St. Louis anfangen würde. Solche Dinge waren dem Mann im Fieber unendlich gleichgültig! Ich wußte nur, daß es aus war – aus. Keine Schnellzüge mehr; kein Springen. Und daß ich nach St. Louis wollte!

Mit vieler Mühe schlich ich nach der Station hinüber und fragte, was eine Fahrkarte nach St. Louis kosten würde. Die Entfernung war verhältnismäßig gering, kaum 400 Meilen.

»Siebzehn Dollars,« sagte der Agent.

»Bitte! Wann geht der nächste Zug?«

»4 Uhr 32 Minuten.«

Das war in kaum einer Stunde. Ich bezahlte, und wenige Dollars blieben mir übrig. Dann verschluckte ich eine Chininpille nach der andern und versuchte zu rauchen. Und dann saß ich auf einmal auf weichem Polster und träumte todmüde im Halbschlaf in mich hinein, in einer einzigen Vorstellung, in einem einzigen Gedanken.

Billy!

Immer wieder sah ich den Mann mit den leuchtenden Augen vor mir; ihn, den ich vergötterte wie nur Jugend vergöttern kann. Kein häßliches Wort – keinen häßlichen Gedanken hatte ich je von ihm gehört. Denn dieser Mann, hart an der Linie wandernd, die den nützlichen Menschen und den Vagabunden scheidet, war ein ganzer Mann [A]. Stolz und vornehm und frei. Und der fiebernde junge Mensch da im Schnellzug schluchzte in sich hinein –

Die Welt war ärmer geworden für ihn.

Die Armen und Elenden von St. Louis.

Bei den guten Samaritern. – Allein in der Riesenstadt. –
Am Ufer des Mississippi. – Vom Grauen und von der
Scham. – Eine Orgie in der Häßlichkeit. – Der
Menschenpferch. – Auf Arbeitssuche. – Im Reich der
kupfernen Töpfe. – Die Miniaturhölle des Palasthotels. –
Das Glöckchen der Neugierigen.

Der Schnellzug brauste in die weite Bahnhofshalle von St.
Louis. Sehr langsam, sehr vorsichtig, denn die Glieder
waren mir schwer und träge wie Blei, stieg ich aus und
wurde von der nach den Ausgängen flutenden
Menschenmenge erfaßt und weitergeschoben; den
Bahnhofssteig entlang, durch eine Vorhalle in eine breite
Straße. Menschen hasteten vorbei, Wagenwirrwarr zog
dahin. Mechanisch ging ich vorwärts, guckte in
Ladenfenster, betrachtete das Straßenbild und bog in einen
weiten, ruhigen Platz ein. Mein Kopf fieberte. Das Gehen
wurde mir schwer. Ich versuchte, zu überlegen, was ich nun
zunächst tun müßte, war aber so gleichgültig und müde,
daß der Gedankengang immer wieder in ein Nichts zerfloß.
Langsam schlenderte ich dahin. Da überrieselte mich ein
Schauer, eiskalt, dann ein siedendheißes Wallen, und nun
packte mich der Malariafrost, daß mein Körper zuckte und
hin und her geschleudert wurde, während ich mich
krampfhaft an einem Laternenpfahl festhielt –

»Was ist denn los?« fragte eine Stimme, die mir von weither
zu kommen schien, und ein riesengroßes blaues Etwas
tauchte neben mir auf.

»Sind Sie krank?«

Das blaue Etwas war ein Polizist, einen Kopf größer als ich, der erstaunt auf mich niederguckte. Ich wollte antworten, konnte es aber nicht vor Geschütteltwerden und Zähneklappern.

»Krank is' er!« sagte der Polizist. »Werden wir gleich haben. Umarmen Sie nur die alte Laterne, mein Junge – halten Sie sich fest. In einer Minute bin ich wieder da. Geh' nur zur Telephonbox.«

»Sie hat's ordentlich,« meinte er, als er zurückkam.

Ich wollte lächeln, nicken, aber es ging nicht. Glockengerassel ertönte, Hufschläge galoppierender Pferde donnerten, hilfreiche Hände erfaßten mich und schoben mich zwischen weiche Kissen. Und dann fand ich mich auf einmal in einem kleinen Zimmerchen, auf weichem Lehnstuhl. Eine Gestalt im weißen Linnenmantel des Arztes beugte sich über mich, mir mit einem Elfenbeinstäbchen die Haut am Oberarm ritzend.

»Da wären wir ja!« sagte der junge Arzt. »Sie stellen den schönsten Fall von Schüttelfrost dar, junger Mann, der mir seit einiger Zeit vorgekommen ist. Aber wer wird denn gleich in Ohnmacht fallen! Schon mehrere Male Schüttelfrost gehabt?«

»Seit sechs Wochen – jeden zweiten Tag. Wo bin ich eigentlich?«

»Oho!« rief der Arzt und pfiff durch die Zähne. »O – ho!! Sie sind im öffentlichen Hospital von St. Louis, junger Mann, und augenblicklich werden Sie geimpft.« Er strich die Lymphe ein. »Wir werden Sie gründlich ausleeren, mein Junge, und Ihnen diese Malariadummheiten schon austreiben!«

Die nächsten Tage waren ein einziges langes Schlafen, mit

Bildern dazwischen von Krankenschwestern, die mir Medikamente einflößten und Milch gaben. Nur schlafen, schlafen. Dann kamen die Tage der Genesung.

»Sie sind nun kerngesund,« lächelte der junge Arzt, als ich nach drei Wochen zur Entlassung in das Bureau des Krankenhauses geführt wurde. »Stark und kräftig! Viel Glück! Wenn Sie einmal reich geworden sind, mein Junge, schicken Sie uns netten Leuten vom öffentlichen Hospital einen fetten Scheck. So! Nun schlagen Sie sich mit der Welt da draußen herum, Sie leichtsinniger Teutone, und lassen Sie es sich möglichst gut gehen. *In rebus adversariis* – oder wie heißt es? Halt – als einem Geistesbruder in Latein und Griechisch will ich Ihnen noch etwas zeigen.«

Er holte aus einem Schrank mit vielen Fächern eine nummerierte Glasplatte hervor, schob sie unter das Mikroskop auf seinem Arbeitstisch und ließ mich durchgucken. »Was sehen Sie?« fragte er.

»Einen runden Kreis,« antwortete ich; »weiß, rosa an den Rändern, und in der Mitte rostbraune kleine Pünktchen und Striche.«

»Ganz richtig. Was ist das wohl?«

»Ein mikroskopisches Präparat.«

»Natürlich. Der runde Kreis ist ein Blutstropfen, und zwar ein Tröpfchen Ihres Blutes, mein Junge, und die Punkte und Striche, die Sie ganz richtig rostbraun nennen, sind die Malariaparasiten, die in Ihnen rumorten! Denen haben wir den Garaus gemacht!«

… Es war ein sonniger Nachmittag in den ersten Novembertagen, klar und kalt, als ich aus der Pforte des Hospitals wieder in die Welt hinaustrat. Trübselig schaute ich an mir hinunter. Die barmherzigen Samariter in dem

197

ziegelroten Gebäude dort hatten in einem Punkt ein ganz klein wenig gesündigt; in einer Kleinigkeit, aber in einer wichtigen Kleinigkeit. Meine Kleider waren, wie es nach der Vorschrift geschehen mußte, in Dampf desinfiziert worden und sahen nun betrüblich aus; so zerknittert und ungebügelt, daß ich mir zerzaust vorkam wie Freund Struwwelpeter aus dem Bilderbuch. Dazu waren meine Taschen leer, bis auf Kleingeld – weniger als ein Dollar, und so hieß es sofort Arbeit finden in der großen Stadt.

»Ein gesunder Mensch, der keine Arbeit findet, ist entweder bodenlos dumm, oder auf eine bestimmte Art von Arbeit versessen, die es im Augenblick eben nicht gibt!« hatte Billy immer gesagt.

Gesund war ich wieder und für bodenlos dumm hielt ich mich nicht. Es mußte gehen! Freilich, der junge Mensch, der viele Monate lang da draußen im weiten offenen Land gelebt und nur für simple Menschen gearbeitet hatte, fühlte sich fremd zwischen den ungeheuren Wolkenkratzern, den eleganten Läden, den hastenden Leuten. Es war nicht gar so einfach, da den Hebel anzusetzen. Die Stunden zerrannen.

Ich war eine sich senkende abschüssige Straße hinabgegangen, eine menschenwimmelnde, schmutzige Straße, mit Hunderten von kleinen Läden, und stand nun an ihrem Ende, vor einer Hölle von Lärm und Arbeit. "Levee" hieß es auf dem breiten Straßenschild an der Ecke.

Ein schmutzig gelber Strom, riesenbreit, wälzte träge seine Wassermassen dahin, in einem Getümmel von Dampfbooten mit vielen Stockwerken, die eines hinter dem andern den Kai säumten. In der Ferne ragte das Stahlwerk von Brücken empor. Tausende, Abertausende, Millionen von Säcken und Fässern und Kisten waren längs der Dampfer aufgestapelt, und dazwischen huschten mit polternden Karren Tausende von Menschen hin und her. Ein lärmender Wagenverkehr erfüllte die Levee, die sich unübersehbar weit den Fluß entlang hinzog mit ihrer Häuserreihe und der rauchqualmenden Linie von Dampfern den Häusern gegenüber. Ehrfurchtsvoll fast starrte ich auf die Fluten dieses Stromes der Ströme – als Bub schon war mir sein tönender Name etwas Geheimnisvolles gewesen: Mississippi. Ich schaute und staunte und trieb mich in dem Lärm umher. Meine Not vergaß ich ganz, bis Schneeflocken zu fallen anfingen und in beginnender Dunkelheit die Häuserreihe drüben in grellem elektrischem Licht aufflammte. Es wurde immer kälter. In einem Restaurant, das mit großen roten Buchstaben im Schaufenster versprach, für 10 Cents eine Mahlzeit zu liefern, aß ich ein "Lammhaché" und trank eine Tasse Kaffee –

Du mußt Geld haben! Du mußt Arbeit finden! Was hätte ich nicht darum gegeben, wäre nun Billy neben mir gesessen – er, der Schwierigkeiten weglächelte und immer genau wußte, was zu tun war, und wie man die Dinge anpacken mußte. Verstohlen zählte ich mein Geld. Es waren 70 Cents. Einen Augenblick lang wollte es mich überkommen wie lähmender Schrecken, dann gab ich mir einen Ruck: Der morgige Tag mußte Arbeit bringen. Bei Tagesanbruch mußte ich auf den Beinen sein und so lange suchen und so lange fragen, bis ich etwas fand.

Als ich aus dem warmen Raum wieder hinaustrat in den wirbelnden Schnee, fror ich erbärmlich. Es war bitterkalt da drunten am Mississippiufer. Schon wollte ich einen Polizisten aufsuchen, um mich nach billiger Unterkunft zu erkundigen, als mir ein grelles Transparent auffiel, über einem Hauseingang angebracht, aus dem es hervorleuchtete: *Lodging! 10 cents, 15 cents, 25 cents!* Einen Augenblick lang zögerte ich. Wußte ich doch von Billy, daß in derartigen Logierhäusern, in denen man für wenige Cents schlafen konnte, der Abschaum der Großstadtmenschheit sich herumtrieb. Aber es war ja nur für eine Nacht. Ich trat ein. Im Hausflur hing ein zweites Transparent, eine Hand mit ausgestrecktem Finger, die zu einer Türe an der Seite hinwies.

Rauchiger Qualm schlug mir entgegen, als ich die Türe öffnete, stickig, atemraubend, verpestet; ein Höllenbrodem von Menschenausdünstung, furchtbar überheizter Luft und schalem Tabaksrauch. Auf einem Stuhl neben dem Eingang saß ein Mann in Hemdsärmeln, der krachend die Türe hinter mir zuwarf, als ich eingetreten war; unter ärgerlichem Gebrumm über die verdammte kalte Luft da draußen.

»Zahlen!« sagte er und streckte mir die Hand hin. »Zehn Cents!«

Für meine beiden Nickel bekam ich ein schmutziges Pappstück, die Quittung, die mich berechtigte, über Nacht hier zu hausen.

»Kannst hier sitzen oder gleich nach hinten gehen un' dich hinschmeißen,« murmelte er. »Wie dir's verdammt angenehm ist!«

Eine Petroleumlampe mit rußgeschwärztem Schutzglas hing an der Decke, und ihr trübes Licht schimmerte in sonderbarem, bald gelblichem, bald rötlichem Schein durch die grauen Massen von Rauch und Dunst hindurch. Zwei lange Tische standen in dem mächtig großen Raum, und auf den Bänken vor ihnen saßen viele Menschen. An einer Bar im Hintergrund hantierte ein altes Weib, emsig beschäftigt, in riesengroße Gläser Bier einzuschenken. Alles schrie und lachte und fluchte durcheinander. Erstaunt, entsetzt war ich am Eingang stehengeblieben und sah gedankenlos einem schmierigen Menschen zu, der neben mir am Boden hockte, sich den Rock ausgezogen hatte und fluchend die Riemen losband, mit denen sein linker Arm fest an die Körperseite geschnallt war.

»Was beim Teufel gibt's hier zu schauen?« fuhr er mich endlich an. »Heh? Hast noch nie 'ne angebundene Pfote gesehen?«

Da begriff ich. Der Mann war ein Scheinkrüppel; ein Bettler, der ein Gebrechen heuchelte.

Mein erster Impuls war, wieder umzukehren. In den Boden hinein hätte ich mich schämen mögen. Dann dachte ich an die Kälte draußen und an die wenigen Pfennige in meiner Tasche. Es mußte ertragen werden – doch eine Nacht nur, das schwor ich mir. Um nicht allzusehr aufzufallen durch Stehenbleiben, setzte ich mich auf die Ecke der nächsten Bank, wo noch ein Plätzchen frei war, und zündete mir mechanisch eine meiner letzten Zigaretten an. Wenn man nicht rauchte, war es nicht zum aushalten in dieser Luft.

So war ich nun mitten unter den Armen und Elenden der Riesenstadt am Mississippi, anstreifend an einen Menschen mit aufgedunsenem Gesicht, dessen Rock in Fetzen an ihm herabhing und der sich die Hände wohl lange nicht mehr gewaschen hatte, so schmutzig waren sie. Ich wußte wenig damals von Armut und Elend, von ihren Ursachen und Wirkungen; ich mag unduldsam gewesen sein, wie es die empfindliche Nase und die empfindlichen Ohren reinlicher Jugend sind – aber mir schien es, als hätte ich in meinem jungen Leben noch nie etwas so Furchtbares gesehen, etwas so Erbärmliches wie diese Männer in diesem Raum. Von Schmutz starrten alle. Die zerschlissenen Kleider, die eingebeulten Hüte kamen mir grotesk vor, unnatürlich und häßlich nicht zum sagen. Ein Grauen packte mich – man muß älter sein, als ich es damals war, um die Ärmsten der Armen mit verstehenden Augen betrachten zu können. Die Sprache, die ich hörte, war widerlich wie ein verfaulendes Ding.

»Eh – du! – Sohn einer Hündin – hast 'n verfluchtes Zündholz?« fragte da einer den andern.

Die Antwort ist nicht wiederzugeben. Das Wort vom Sohn einer Hündin wurde von jedermann gebraucht; es ging von Mund zu Mund, als sei es ein Kosename der Brüderschaft der Elenden. Ich kannte den Ausdruck wohl; in Texas und im Westen, wo Fluchen und Derbheit zu Hause sind und es keinem Menschen einfällt, selbst den stärksten Ausdruck übelzunehmen, galt dieses Wort als das Unsagbare, als d i e Beleidigung. Wer "son of a bitch" sagte, wollte bis aufs Blut weh tun und – griff gleichzeitig nach dem Revolver. Das Wort hat schon manchen Todschlag verschuldet. Und hier wurde es grinsend gesprochen und mit Lachen angehört. Die Flüche jagten sich. Es war eine Orgie in Häßlichkeit für Auge und Ohr …

»Nix gemacht heute, heh?« fragte mich der Zerlumpte neben mir. »Soll ich dir ein Glas Bier bezahlen? Ja – 's ist hart genug im Winter in dieser verdammten Stadt!«

Ich murmelte irgend etwas über einen kranken Magen, der kein Bier vertragen könne, und gab ihm eine Zigarette, staunend über seine Gutmütigkeit. Scham gab es hier nicht. Da und dort sah ich ein bleiches stilles Gesicht unter den lachenden und schreienden Menschen; die meisten aber der Gäste des Zehn-Cent-Hotels machten sich entschieden keine Kopfschmerzen über ihre jämmerliche Lage. Sie nahmen auch kein Blatt vor den Mund. Der Mann mir gegenüber erzählte grinsend von jüdischen Bäckern in einer Straße des Judenviertels; sei der Mann da, so bekomme man frisches Brot, sei die Frau da, so gebe es ein Nickelstück obendrein. Ein anderer meinte, man müsse in die vornehmen Läden gehen; da bekäme man schon etwas, nur, damit sie einen los würden. Daß es ein Kinderspiel sei, sich »'s Futter zu besorgen,« darin stimmten alle überein, nur bares Geld für

Schlafen und einen Schluck sei rar.... Ihr Elend und ihr Betteln waren diesen Armen selbstverständliche und notwendige Dinge. In mir stritten sich alle möglichen Empfindungen, und mehr als einmal wollte ich hinauslaufen in die Kälte und wieder allein sein; doch der Trieb nach Wärme und Schlaf war stärker als der Widerwille.

Nach und nach wurden die Tische leer. Eine unbeschreibliche Müdigkeit kam über mich, und zögernd ging ich nach hinten, dorthin, wo alle hingingen – dorthin, wo der Schlafplatz sein mußte.

Und blieb entsetzt stehen.

Mitten in einem großen Raum leuchtete der rotglühende Bauch eines gewaltigen eisernen Ofens. In einer Ecke hing eine schmutzige Laterne. Der Boden war wie übersät mit Menschen, die da in langen Reihen lagen, dort in dichten Klumpen zusammengepackt schienen; in der Mitte des Zimmers, den Wänden entlang, überall. Nur um den glühenden Ofen war ein schmaler Kreis freigeblieben, und die Männer, die dichtgedrängt am Rande dieses Kreises lagen, hatten sich halbnackt ausgezogen. Bündel von Kleidern und Stiefeln dienten ihnen als Kopfkissen. Seite an Seite schliefen sie, Kopf an Kopf und Köpfe gegen Füße; in einem Wirrwarr von Leibern, der grauenhaft dicht war in der Nähe des heißen Ofens und sich ein wenig lichtete gegen die Wände zu. Die Plätze nahe dem glutstrahlenden Ungetüm waren wohl am begehrtesten um ihrer Wärme willen. Überall auf dem Boden lagen Zeitungen herum, die Matrazen dieses Schlafraumes, und Zeitungen waren es, mit denen die Schlafenden sich zugedeckt hatten. Die Männer stöhnten im Schlaf; sie schnarchten, sie wälzten sich hin und her. Da fluchte einer über irgend etwas, hier kroch ein neuer Ankömmling auf Händen und Füßen über die Leiber hinweg, sich ein Plätzchen in der Menschenreihe suchend. Über die Armen und Elenden hin sandte der glühende Ofen heiße Luftwellen, und in seine unerträgliche Hitze mengten sich die Dünste von Menschen und Kleidern und der Geruch von Bier und Rauch des äußeren Raumes. Ein Stall war dieses Zimmer; ein Menschenpferch, dessen Luft beizend in Augen und Lungen drang.

Ich stand und starrte, und immer neue Menschen drängten sich an mir vorbei und plumpsten wie Säcke nieder, wo noch ein bißchen Raum war zwischen den Leibern. So müde war ich – so müde. Und dann vergaß ich Nacht und Müdigkeit über dem entsetzlichen Raum und flüchtete endlich wie einer, der vor ansteckendem Pesthauch flieht.

»*Hell!* Wohin willst du?« fragte der Mann an der Türe. »Der Teufel soll das 'rein und 'rauslaufen holen!«

»Hinaus!«

»Ist kein Platz mehr drinnen?«

»Doch!« sagte ich, wider Willen lachend. »Aber nicht für mich. Ich will lieber die ganze Nacht herumlaufen, als da drinnen schlafen. Und jetzt geben Sie die Türe frei, sonst –«

»Langsam, immer langsam!« grinste der Mann. »Für 25 Cents mehr kriegst du 'n Bett, und für 50 Cents will ich dir's frisch überziehen.«

»Zuerst muß ich es sehen.«

»Warum denn nicht; Geschäft ist Geschäft.«

Er führte mich eine Treppe empor, in einen kleinen Verschlag mit eisernem Feldbett, und brachte frische Leintücher und einen neuen Kissenbezug. Ich zahlte das Geld; meine letzten Pfennige. Als er gegangen war, zog ich die Oberkleider aus, wickelte mich in die Leintücher und schlief auf dem Boden.

Dem Bett traute ich nicht. Es war eisig kalt, aber durch die zerbrochene Fensterscheibe drang doch frische Luft. Und man war allein.

»Nie wieder eine solche Nacht in einem solchen Haus!« war mein letzter Gedanke. »Lieber in den Fluß springen da drüben!«

Auf einmal fiel mir ein, daß in meiner Tasche ja noch meine Uhr steckte. Da kam ich mir förmlich reich vor – –

Stockfinster war's noch, als ich frierend aufwachte am nächsten Morgen und beim Schein eines Zündhölzchens auf die Uhr sah. Sechs Uhr. Auf der wassergefüllten Waschschüssel in der Ecke hatte sich eine dicke Eiskruste gebildet, und das Stückchen Seife in der Schale war so fest angefroren, daß ich es mit dem Messer loslösen mußte, aber das eiskalte Wasser erfrischte den Körper unbeschreiblich. Unten in dem Zimmer mit den langen Tischen und den vielen Bänken waren die Fenster geöffnet und frische kalte Luft strömte herein. Hinter der Bar stand das alte Weib von gestern abend.

»Guten Morgen!« sagte sie. »Der Vogel, der früh aufsteht, erwischt den Wurm, heh? Von denen da drinnen rührt sich keiner vor acht Uhr; dann müssen sie aber 'raus, weil Joe die Fenster aufmacht und mit der Gießkanne kommt, hih, hih!«

»Guten Morgen!« antwortete ich und wollte gehen, aber sie stellt eine große Schale dampfend heißen Kaffees vor mich hin und brummte:

»Bettgäste kriegen 'n Kaffee gratis – besonders, wenn's solche Narren sind, die Joe fünfzig Cents für ein Bett zahlen, das bloß fünfundzwanzig kostet!«

Und diese fünfzig Cents waren mein allerletztes Geld gewesen! Ich lachte laut auf und dankte leise den guten

Göttern für die angenehme Überraschung des warmen Kaffeetranks.

Arbeit suchen!

Es war hell und klar und sonnig und bitterkalt draußen auf der Straße. Eine breite Mauer von Schnee, fünf, sechs Fuß hoch, türmte sich weißglitzernd neben dem Fußgängerweg auf, soweit man sehen konnte, und Scharen von Männern mit Schneeschaufeln und Besen waren eifrig dabei, diese winterliche Mauer immer höher zu bauen. Es bedurfte wahrlich keiner besonderen Intelligenz, um hier die Arbeitsmöglichkeit zu erkennen.

»Verzeihen Sie –« sagte ich zu dem baumlangen Aufseher, der, die Pfeife zwischen den Zähnen und die Hände in den Taschen, durch Kopfnicken die Schar leitete, »entschuldigen Sie – aber kann man hier noch ankommen? Ich suche Arbeit.«

»Dann suchen Sie am falschen Platz,« antwortete er. »Schneeschaufler werden punkt sechs Uhr morgens im kleinen Hof des Rathauses angenommen.«

»Ich brauche aber sofort Arbeit.«

»*Well* – das is' Ihre verdammte Affäre. Wenn's heute weiterschneit, kann ich Sie morgen früh anstellen. Jetzt nicht.«

So begann die lange Arbeitssuche, das Laufen und Suchen den ganzen Tag hindurch. Zweimal lief ich die ungeheure Mississippifront auf und nieder, fragte gewissenhaft jeden Arbeitsplatz ab, sprach mit Hunderten von Menschen und log erschrecklich über meine Arbeitsfähigkeiten. Zwanzig, dreißigmal wiederholte sich das gleiche Frage- und Antwortspiel:

»Können Sie mit schweren Kisten umgehen?«

»Jawohl – ausgezeichnet!«

»Erfahrung gehabt darin?«

»Massenhaft!« (Das war eine eklatante Unwahrheit …)

»Schön – dann melden Sie sich am Montag früh um sieben Uhr!«

Immer wieder erhielt ich diese Antwort. Arbeitsgelegenheit schien in Mengen da zu sein; nur war diese boshafte Arbeitsgelegenheit stets so eigentümlich, sich immer erst in einigen Tagen materialisieren zu wollen. Zwar gab dies Trost und Hoffnung, war aber entschieden unpraktisch für ein Menschenkind, das seinen letzten Pfennig verschlafen hatte. Ich fragte und fragte. An Vorarbeiter wandte ich mich bald nicht mehr, denn die erkundigten sich sofort, ob ich dem "Verbande", der Gewerkschaft, angehöre und wurden grob, wenn ich verneinen mußte. In den Bureaus wurde ich entweder abgewiesen oder auf den Montag (den ich nachgerade zu hassen anfing) bestellt. So gab ich, es war schon fast Mittag, der Mississippilevee meinen Segen und schlich hungernd und frierend hinauf nach dem Stadtzentrum. Im Vorbeigehen bat ich einen dicken Polizisten, der sehr gutmütig aussah, um Rat.

»Heiliger Sankt Patrik,« sagte der, »andere Leute haben auch kein Geld und andere Leute möchten auch Arbeit haben. Da soll der Kuckuck raten. Reden Sie und fragen Sie Gott und die Welt, und dann fangen Sie wieder von vorne an!«

Und ich redete!

In dem Stadtviertel, das die Levee mit dem Geschäftszentrum verband, lag Fabrik an Fabrik, und Fabrik auf Fabrik suchte ich ab mit dem stereotypen: »Ich suche Arbeit!« Hier waren die Leute grob und schüttelten die Köpfe, ohne sich die Mühe eines gesprochenen Nein zu geben; dort fragte man mich zehn Minuten lang neugierig aus, um dann achselzuckend zu bedauern. Dort sollte man in einer Woche wiederkommen. Es war ein Straßenwandern und Fragen zum Herzzerbrechen. Die Müdigkeit kam und der Hunger machte sich immer bemerkbarer. So hungrig wurde ich, daß ich geradezu Schmerz empfand, wenn ich im Vorbeigehen in die Schaufenster von Bäckereien und Delikatessengeschäften guckte; so hungrig, daß ich immer wieder und wieder krampfhaft nach der Uhr in meiner Tasche fühlte und mit dem Gedanken liebäugelte, daß das kleine tickende Ding die schönsten Mahlzeiten in sich barg. Aber ich empfand, daß ihr Wert das letzte war, das vom Nichts trennte, und biß die Zähne zusammen. Weiter suchen! Mir war, als sei ich mutterseelenallein zwischen den ungeheuren Gebäuden, den himmelragenden Wolkenkratzern, die da die Lehre von der Kunst des Dollarjagens hinausschrien in die Welt; allein in dem Gewühl von Menschen, die hastig vorwärtsstrebten, als wisse jeder von ihnen ganz genau, was er tun müsse. Nur ich, ich allein unter den Tausenden, wußte das nicht. Hart sahen die Männer und die Frauen aus, gleichgültig. Selbstbewußt aber vor allem; so selbstbewußt, daß mir jedes scharfgeschnittene Gesicht und jedes klare Auge ein Vorwurf zu sein schien: Weshalb bist du denn so hilflos – warum kannst du nicht was wir können! Erbärmlich klein kam ich mir vor. Und erbärmlich hungrig.

Ich wanderte wieder der Levee zu. In den Wolkenkratzern, in den eleganten Läden, im Stadtviertel der Banken – da hatte ich nichts zu suchen, denn ich kannte den Wert von Geld und äußerer Erscheinung; mein zerknitterter Anzug, meine Geldlosigkeit bedingten, das wußte ich recht gut, primitive Arbeit mit den Fäusten. Der Abend war hereingebrochen, und fast instinktiv spähte ich in dem

Lichtermeer der Straßen nach den drei vergoldeten Kugeln, die in Amerika ein Pfandgeschäft bedeuten. Essen – schlafen – und dann aufs Rathaus morgen in aller Frühe zum Schneeschaufeln. Da trat dicht vor mir, aus einer Seitentüre eines riesengroßen Gebäudes aus mächtigen Sandsteinquadern ein Jüngelchen in dunkelgrünem Pagenanzug mit goldigen Borten und goldigen Knöpfen, eine Zigarette in seinem Kindermund, und nagelte mit großer Bedächtigkeit ein Plakat an die Mauer: *Man wanted in kitchen.*

Gesucht ein Mann für die Küche …

»Was ist das?« fragte ich das Kind.

»Dies ist der Seiteneingang zum Palacehotel,« antwortete der Pagenjüngling. »In der Küche brauchen sie einen Mann zum Geschirrwaschen. Können Sie nich' lesen?«

»Der Mann bin ich!« sagte ich. »Nimm das Ding nur wieder herunter von der Wand! Und nun zeig' mir den Weg, mein Sohn!« Die Tätigkeit des Geschirrwaschens erschien mir zwar einigermaßen komisch. Aber es war Arbeit, und Arbeit brauchte ich.

»Kommen Se mit,« sagte das Kind mit einem herablassenden Kopfnicken, denn in seiner Weltvorstellung stand ein Hotelpage natürlich turmhoch über einem angehenden Geschirrwäscher.

Und in fünf Minuten war ich von einem pompösen Küchenchef, der englisch, deutsch und französisch wirr durcheinander sprach und ein quecksilbernes Bündel von empfindlichen Nerven schien, in aller Form als Töpfeputzer Nummer 2 des Palasthotels angestellt. Arbeitszeit von 6 Uhr abends bis 6 Uhr morgens, Essen und Wohnen frei, dreißig Dollars im Monat, Abgang von der Stelle nur am 17. eines jeden Monats ...

Die Küche der Riesenkarawanserei, die sich Palasthotel nannte, wäre jeder Durchschnittsfrau als der siebente Himmel von silberfunkelnder und kupferglänzender Küchenschönheit erschienen; jede Frau hätte den ungeheuren Herd, die Köche in schneeweißen Anzügen, die blitzende Sauberkeit überall staunend bewundert. Jeder Durchschnittsmann aber wäre vor dem Getriebe nervöser Hast in dieser Küche entsetzt geflüchtet! Ich wenigstens hab' mir aus dem Arbeitsmonat in jenem Küchenreich einen unbezwinglichen Widerwillen gegen alles, was Koch heißt, mit hinübergenommen ins Leben. Diese Köche waren eitel wie die Pfauen, nervös wie hysterische Weiber und unverschämt wie reiche Parvenus. Sie zankten sich untereinander in einem endlosen Geschnatter von Französisch und Englisch und Deutsch und Italienisch, und verfluchten sich gegenseitig in alle Tiefen der Hölle, bis der großmächtige Küchenchef aus seinem Privatbureau trat. Dann schwenzelten sie devot um die Majestät der Küche herum.

Mir bedeutete das kleine Gemach an der Küchenseite, in dem ich arbeiten mußte, mit seinen ewig nassen Steinfliesen und seinen marmornen Putzbecken von allem Anfang an eine Miniaturhölle, die in alle Ewigkeit dazu verflucht war, in heißen Dampf gehüllt zu sein und ein immer sich erneuerndes Chaos von rußigen Kupferkesseln und Kasserolen und Töpfen in allen Größen und Formen zu beherbergen. Man kam sich vor wie Sisyphus – gegen Unmöglichkeiten anarbeitend. Ohn' Unterlaß rannten, wie aus Kanonen geschossen, zappelige Köche in die Türe und warfen mit vielen *Sapristis* und *Nom de Dieus* und *Hells* mir ganze Kupferberge vor die Füße, während ich im Schweiße meines Angesichts mit harten Bürsten und scharfer Salz- und Essiglösung putzte und wusch. Es ist lustig, sich an lächerliche Kleinigkeiten zu erinnern; ich verspüre heute noch das verzweifelte Entsetzen, das mich immer überschlich, wenn ich glücklich den letzten von Hunderten von Töpfen blitzsauber hatte, und dann auf einmal eine Höllenschar von Köchen Dutzende und Aberdutzende schmutziger Kasserolen in meine Miniaturhölle feuerte!

So leicht die Arbeit an und für sich sein mochte – kein Faden blieb einem trocken am Leib! Ich war Nummer zwei. Nummer eins, ein Südfranzose, arbeitete von 6 Uhr morgens bis 6 Uhr abends. Um ein Uhr nachts gingen die Köche nach Hause, und es wurde still in der Riesenküche. Meine Arbeit aber begann eigentlich erst, denn von den späten Theatersoupers war immer noch ein Regiment von Töpfen da. Dann aber hieß es, jedes Stückchen Metallglanz in der Küche putzen. Den Herd entlang, der die ganze eine Längswand einnahm, lief ein Anrichtetisch aus solidem Kupfer, an die fünfzehn Meter lang. Der mußte blitzblank sein. Der Herd mußte geschwärzt, seine Metallteile geputzt werden; die Pfannen an dem Gerüst über dem Anrichtetisch sollten blinken und leuchten und genau nach Größe geordnet sein. Da waren noch die Messingbänder der Geschirrwaschmaschinen, ungeheurer Bottiche, in denen Plattformen durch elektrische Kraft rotierten und die aufgestapelten Teller und Platten mechanisch reinigten. Da waren die Küchenfliesen zu waschen. Jede Minute der zwölf Arbeitsstunden mußte ausgenützt werden, wenn ich fertig werden wollte. Um 6 Uhr morgens dann schlich ich mich in das winzige Zimmerchen im sechsten Stockwerk, in dem der Südfranzose, Nummer eins, und ich zusammen hausten, ohne uns jemals zu sehen als eine Minute lang am Morgen und am Abend, wenn wir uns ablösten.

Heute noch kann ich kein Kupfergeschirr sehen, ohne mit Grauen an die elegante Küche des Palasthotels und ihre Höllenarbeit zu denken! Diese Küche war eine der

Sehenswürdigkeiten des Hotellebens von St. Louis, mit Stolz gezeigt – aber unter Vorsichtsmaßregeln. Wurden Besucher ins Küchenreich geführt, so ertönte schrill eine elektrische Glocke. Das Glöckchen der neugierigen Affen wurde sie genannt. Ihr Schrillen war das Signal zu vornehmem Dekorum. Die Köche ließen, wie durch Zauberspruch gebannt, ab vom Schimpfen und Schnattern; die Mädels bei den Geschirrmaschinen banden sich rasch frische Schürzen um und gaben sich Mühe, recht niedlich auszusehen; ich mußte die Türe zu meinem Putzreich schleunigst zumachen. Und die neugierigen Affen sagten dem Chef Schmeicheleien über den lautlosen Betrieb ... Ich aber fluchte innerlich und zählte mir an den Fingern die Tage bis zum 17. Dezember ab und wunderte mich, ob es denn Männer geben könne auf dieser Welt, die Töpfeputzen im Palasthotel länger als einen Monat aushielten. Prompt um 9 Uhr morgens bat ich Seine Majestät den Küchenchef um eine Anweisung auf die Hotelkasse.

»Es ist merkwürdig,« meinte der Chef, »daß wir mit dem Personal des Putzraumes so häufig wechseln müssen. Die Arbeit ist doch leicht. Nun, wenn Sie das Geld durchgebracht haben, können Sie wieder vorfragen.«

»*Thank you!*« sagte ich.

Als ich aber für die Arbeit von fünf Wochen ein Bündel von dreiundvierzig Dollarscheinen zärtlich in die Tasche steckte, mischte sich in meine komische Wut auf jene Hölle kupferner Greuel leise Dankbarkeit, und froh wie ein aus Qual Erlöster zog ich meinen besten Anzug an. Starkenbach hatte mir auf meine Bitte meinen Koffer ins Hotel geschickt. Ein Zettel lag obenauf:

»Viel Glück, lieber Freund! Wie gefällt Ihnen mein gutes altes St. Louis? Lassen Sie es sich möglichst gut gehen und nehmen Sie dieses putzige Leben nicht allzu ernst!«

Da hatte ich laut aufgelacht. Wenn man Kupferkessel putzte, hatte das Leben so gar nichts Putziges – und was ich vom guten alten St. Louis kannte, waren – – eine Miniaturhölle im krassesten Elendsviertel der Stadt und eine andere Miniaturhölle in einer der vornehmsten Karawansereien der hotelzivilisierten Welt.

Im Zeichen der Zeitung.

Witwe Dougherty. – Das Reich der Bücher. – Kipling-Begeisterung. – Ein Wegweiser des Kismet. – Mein erstes literarisches Verbrechen. – Der Beinbruch als Glückszufall. – Ich werde Depeschenübersetzer bei einer großen deutschen Zeitung. – Enthusiasmus und Neugierde. – Aller Anfang ist leicht! – Ein journalistisches Mädchen für alles. – Amerikanisches Deutschtum. – Der Schwur gegen die Potentaten. – Vom Sehen und vom Lernen. – Wieder draußen in der kalten Welt. – Reisefieber!

Die Frau mit den scharfen Linien im Gesicht und dem aus böser Erfahrung geborenen Mißtrauen der zimmervermietenden Sippe in ihrem Wesen sah mich prüfend von oben bis unten an und brummte:

»Das Zimmer kostet zwei Dollars die Woche, junger Mann, und wer nicht pünktlich vorausbezahlt, der fliegt!«

»Wie meinen Sie?«

»Fliegt, hopla, adieu – die Witwe Dougherty vermietet ihre Zimmer nicht zu ihrem Vergnügen. Will aber nichts gesagt haben, Herr – nur mein Geld muß ich haben. Kohlen kosten zehn Cents der Eimer, und wenn Sie kochen wollen, leih' ich Ihnen das Geschirr. Wer bar bezahlt, ist der Gentleman! Nehmen Sie das Zimmer?«

Bruder Leichtfuß, sonnenfroh mit seinem Reichtum von dreiundvierzig grünen Scheinen des Dollarlandes, bezahlte klüglich gleich für einen ganzen Monat und richtete sich in einem von Witwe Doughertys winzigen Zimmerchen häuslich ein, den ersten Abend zwischen den eigenen vier

Wänden in unzähligen Zigaretten selig verträumend. Elegant war er wieder, der Lausbub, und Geld hatte er in der Tasche! Da war's kein Wunder, wenn er sich blutwenig um Zukunftspläne und Zukunftsnöte scherte. Das Ringen um die Zukunft war im Grunde gigantisch einfach! Furchtbar simpel!! Man – jawohl, man – nun, man ging eben nach dem Rezept von Freund Starkenbach in einen Wolkenkratzer und ließ sich in den verschiedenen Kontors melden – nun, und redete – Das würde sich alles schon finden. Das hatte ja gar keine Eile! Die Welt war wunderschön ...

Von einer Straßenbahn in die andere kletterte ich am nächsten Morgen und trank mit dem Selbstbewußtsein, das in den guten Kleidern und in den Dollarscheinen steckte, das Getriebe der Mississippistadt ein; das hastende Straßenbild, die himmelstrebenden Wolkenkratzer, den Wirrwarr der Riesenstadt, bis der Zufall mich in das Gebäude der öffentlichen Bibliothek von St. Louis führte, in die Welt der Bücher.

Hunderttausende von Büchern füllten auf breiten Regalen die riesigen Säle. Raffiniert eingerichtete Kartenkataloge im Vorzimmer gaben einen ausgezeichneten Überblick. Liebenswürdige junge Damen schafften in wenigen Sekunden die Bücher herbei, deren Titel und Nummern man auf einem Zettelchen aufgeschrieben hatte, und dann lockten die weichen Lehnstühle in den eleganten Sälen zum Lesen und zum Träumen.

Um 11 Uhr morgens war ich in die Bibliothek gekommen – bis zum späten Abend blieb ich, ohne an Essen und Trinken auch nur zu denken; glückselig in der Bücherpracht. Und pünktlich in aller Frühe am nächsten Tag war der Lausbub wieder da! Wie ein Hungriger verschlang ich Buch auf Buch, als müßte ich mich für die langen Monate primitiven

Lebens mit einemmal entschädigen; wie Hans im Glück kam ich mir vor, wie ein ausgeträumter böser Traum lag das Hantieren mit rußigen Kupferkesseln in weiter Ferne. Es war so still und wohlig in den vornehmen Räumen! Und die Bücher!! Wahllos las ich durcheinander, bald deutsch, bald englisch, bald französisch; ja sogar die Schreckgespenster der Schulzeiten, die Odyssee, der Cicero, waren Offenbarungen von Schönheit für den Exkesselputzer, dem das Rumoren in den klassischen Sprachen, das Bewußtsein der Bildung, wieder ein selbstbewußtes Rückgrat gab. Praktisch gedacht, war's bodenlose Zeitverschwendung – auf die Straßen hinaus hätte der leichtsinnige Strick gehört, auf die Arbeitssuche hätte er gehen müssen! Statt dessen fraß er ein Dutzend Romane im Tag, von der Marlitt bis zum Sudermann, von den Indianern des guten Fennimore Cooper bis zu den afrikanischen Geheimnissen Rider Haggards, mit einem Stück Ilias und einem Kapitel Kant oder Schopenhauer dazwischen ... Eines der Bücher, die am stärksten auf mich wirkten, waren sonderbarerweise die Erlebnisse eines Opiumessers von Thomas de Quincey; nicht um der Opiumträume willen, die mir manchmal sogar langweilig schienen, sondern ob der unbeschreiblich schönen englischen Wortperlen. Ein gelehrter Ästhet hatte da aus allen Sprachen der Welt Schönheiten geborgt und sie kunstvoll hineingemengt in die Simplizität der einfachen englischen Sprache; ohne gründliche Kenntnisse des Lateinischen und Griechischen wäre es unmöglich gewesen, das Buch zu verstehen. Und da war Kipling, der Meister moderner englischer Schilderung, der in Worten malte und zum Greifen deutlich darstellte; der Bilder von englischen Soldaten und krasse Szenen indischen Lebens so in den Leser hineinzauberte, daß man sich im Märchenland Indien heimisch fühlte, als hätte man von Kindesbeinen an dort gelebt. Der englische Zauberer, der blaß und matt wirkt, wenn man seine Wortkunst in andere Sprachen überträgt, ist mir, bald bewußt, bald unbewußt, auf Jahre hinaus das Vorbild geblieben; seine farbensprühenden Soldaten waren es, die mir die Sehnsucht einimpften, so wie er Menschen hinzustellen, die lebendig dastanden vor dem Leser und eine ganze Klasse, eine Berufsart, einen Typ mit allen Eigentümlichkeiten verkörperten; so wie er Gegenden zu schildern, daß man im lesen mit staunenden Augen Land und Leute vor sich sah, wie vor einem Gemälde stehend.

Leichtsinn war's; unbeschreiblicher Leichtsinn, aber mir ist, als seien die Tage in der Bibliothek von St. Louis Merksteine gewesen; Wegweiser des Kismet, die Bruder Leichtfuß auf neue Wege führten.

Wie ein pfennigfuchsender Geizhals sparte ich, um die Freuden der Bücher ja recht lange ausdehnen zu können; kochte mir selbst Kaffee des Morgens, trank mittags ein Glas Milch, aß ein Brötchen irgendwo in der Nähe der Bibliothek und kaufte abends ein wie ein guter Hausvater, um dann auf dem winzigen eisernen Ofen zu kochen und zu braten. Gar oft plagten mich freilich Gewissensbisse und ich nahm mir vor, am nächsten Morgen aber ganz bestimmt die Wanderung in den Wolkenkratzern zu beginnen. Kam jedoch dann der Morgen, so fand er mich sicher wieder vor der Bibliothek, ums Portal schleichend wie die Katze um den heißen Brei! Nur noch einen einzigen Tag! Nur ein paar Bücher noch lesen! Nur ein wenig noch!! Mochte der Kuckuck die Sorgen holen – denn da oben war's ja so schön, so schön ...

»Aber wir schließen um drei Uhr – jetzt gleich,« sagte lächelnd die junge Dame am Büchertisch; »wissen Sie denn nicht, daß es heute Weihnachtsabend ist, Sie unersättlicher Bücherwurm?«

Da schlich ich mich betrübt nach Hause, und weil mir die Bücher gar so fehlten, gab mir ein Teufelchen den Gedanken ein, selbst etwas zu schreiben. Ein gräßliches Machwerk wurde es; eine weinerliche Geschichte von einem deutschen Leutnant, der, in bitterer Armut zum Hotel der Armen und Elenden am Mississippiufer gesunken, nach einem fürchterlich langen Monolog über den Jammer der Welt und die Scheusäligkeit der Dinge sich im Schein des glühenden Ofens eine Kugel durch den gemarterten Kopf schoß ... Und da dieses Verbrechen einer Skizze mich natürlich in die schönste Jammerstimmung hineinbrachte, so bedauerte ich mich aus tiefster Seele ob dieses einsamen Weihnachtsabends und schrieb zum erstenmal seit langer Zeit einen langen Brief an meine Mutter. Einen weinerlichen Brief – den ich am Christmorgen schamrot in hundert Fetzen zerriß mit dem Vorsatz, dann erst zu schreiben, wenn es mir gut gehen würde. Meinen deutschen Leutnant aber kopierte ich fein säuberlich und sandte ihn an die Redaktion der Westlichen Post, der großen deutschen Tageszeitung von St. Louis.

———

Zitternd vor Aufregung saß ich auf dem wackeligen Stuhl neben dem papierübersäten Redaktionstisch und starrte dem Lokalredakteur in das runde Gesicht mit den boshaft funkelnden Äuglein.

»Ganz richtig!« sagte der Lokalredakteur. »Ich schrieb Ihnen, Sie möchten vorsprechen. Also,« (er kramte unter den Papieren auf dem Tisch und zog mein Manuskript hervor) »ich muß Sie vor allem darauf aufmerksam machen, daß nach den Regeln des praktischen Lebens ein armer Teufel, dem die Zehen aus den Stiefeln gucken und dem der Hunger im Magen beißt, ein so wertvolles Besitztum wie einen Revolver nicht zum Totschießen benützt. Er verkauft ihn, Verehrtester! Lassen Sie also Ihren deutschen Leutnant zum mindesten zuerst sein Schießeisen aufessen und hängen

218

Sie ihn dann an einem Strick auf. Oder werfen Sie ihn in den Mississippi; das ist auch ein schöner Tod! Waren Sie Offizier?«

»Nein.«

»Na, weshalb kaprizieren Sie sich dann auf Ihren Jammerlappen von Leutnant? Weg mit ihm! Wissen Sie was – wir wollen den selbstgemordeten Unglücklichen noch einmal morden!« (Ritsch, ging der Rotstift über meine schönen drei Seiten Einleitung.) »Und was quatscht der Mensch alles zusammen!« (Ritsche, ratsche war mein langer Monolog beim Kuckuck.) »So! Nun haben wir den Stall gefegt, Verehrtester, und was übrig bleibt, ist die gute Schilderung eines Schlafhauses niederster Klasse, die ich gerne bringen werde.«

Beinahe wäre ich umgefallen vor freudiger Überraschung –

»Nun wär' es mir aus besonderen Gründen lieb,« fuhr er fort, »wenn Sie mir erzählen würden, was Sie in Malheurika eigentlich treiben!«

»... Hm,« grinste er endlich, »dieses Herumkugeln ist typisch. Es geht den meisten so! Nun hören Sie: Unser zweiter Depeschenübersetzer hat sich in der Sylvesternacht aus Glatteisgründen, ja, und sonstigen Gründen, ein Bein gebrochen und wir brauchen jemand zur Aushilfe, bis der arme Doktor Morgenstern wieder gesund ist. Wollen Sie es versuchen? Ja? Das Honorar – Honorar heißt Ehrensold – beträgt zwölf Dollars wöchentlich. Dann gehen Sie also mit Gott zu meinem lieben Freund und Widersacher, dem Depeschenredakteur, grüßen Sie ihn von mir, und sagen Sie ihm Bescheid. Da draußen – rechts – auf dem Gang! Guten Morgen, Herr Kollege!«

Herr Kollege! He–err Ko–ll–ege! Fabelhaft! Zum Weinen schön! Überglücklich stürmte der nagelneue Kollege hinaus auf den Gang und sah in einer Art schmalen Verschlags von Glaswänden ein grauhaariges kleines Männchen auf hohem Drehstuhl sitzen. Das Männchen putzte sich eben umständlich eine große feuerrote Nase mit einem noch röteren Taschentuch und stak im übrigen bis an die Ohren in einem wahren Berg von seidendünnen Papierblättchen.

»Mein Name ist Carlé – ich bin zur Aushilfe angestellt und soll mich bei Ihnen melden!« sprudelte ich hervor.

»Sähr angenähm. Ich heeße Schulze, Doktor Schulze, Härr Kollege, und bin ä gemiedlicher Sachse. Sind Sie Fachmann, Härr Kollege?«

»Nein, Herr Doktor!«

»Ach herrjemmerschnee, das is' aber ungemiedlich – ich ersticke, erstücke ja in düssem Berg von *Associated Press copy*. Fangen Sie nur gleich an, Härr Kollege, es wird schon schiefgehen!«

Damit drückte er mir ein Bündel der seidendünnen Papierchen in die Hand und führte mich ins Nebenzimmer an den verwaisten Tisch des Mannes mit dem Beinbruch. Ein Herr, der an einem zweiten Tisch saß – es war der Polizeireporter – stand auf, klappte die Hacken zusammen und stellte sich vor: Pressenthin!

»Ein Härr Carlé, lieber Härr Referendar,« erläuterte das graue Männchen, »der mür helfen würd, das vertrackte Zeug der Associated Preß Luderchen in anständiges Deutsch zu bringen. Übersetzen Sü nach Gutdünken, Härr Kollege – lassen Sü den Mist weg und spinnen Sü die besseren Sachen ein wänig aus. Fabrizieren Sü gute Überschriften und heben Sü mir, bitte, die Originale auf. Nun, wür werden ja sehen!«

Mit brennendem Eifer machte ich mich an die Arbeit und fand, daß das Übersetzen der mit der Schreibmaschine auf dünnes Seidenpapier vervielfältigten Zeitungstelegramme kindereinfach war. Das erste Telegramm schon war niedlich. Ein pathologisch anormaler Arzt in Chicago hatte sich das merkwürdige Vergnügen geleistet, auf offener Madison Street in Chicago am hellichten Tag alle Damen zu küssen, denen er begegnete, und war natürlich eingesperrt worden. Während ich diese echt amerikanische Sensationsnachricht übersetzte, fiel mir auch schon eine Überschrift ein – ein Heinezitat, das famos paßte: »Herr Doktor, sind Sie des Teufels?« Ich fand die Spitzmarke so nett, daß ich vergnügt vor mich hin kicherte. Nach einer halben Stunde kam der Depeschenredakteur wieder:

»Lassen Sü einmal sehen, Härr Kollege. Ist das schon alles fertig? Menschenskind, das gefällt mür. Häh! Hoh! Herr Doktor, sind Sie des Teufels? Ausgezeichnet, *mi fili*; häh, gute Idee – wir beide werden schon miteinander auskommen!«

So war ich nun ein Rädchen in der großen Maschine der Tagespresse; ein winzig kleines Rädchen freilich, ein krasser Rekrut in der Armee der Männer von der Feder. Die Neuigkeitsdepeschen der Associated Preß, des Wolff-Bureaus der Vereinigten Staaten, kamen natürlich in englischer Sprache und mußten nicht nur in Deutsch übersetzt, sondern auch bearbeitet werden. Denn im Original waren sie trocken wie Stroh und sachlich wie ein Gothaischer Hofkalender. Die Associated Preß versorgte Ihre Majestät die Presse mit nackten Tatsachen und nichts als Tatsachen. In den ersten Tagen übersetzte ich glatt. Aber das graue Männchen mit der komischen Nase war ein journalistisches Genie, ein Enthusiast, der es meisterhaft verstand, in wenigen gelispelten Worten unschätzbare Winke zu geben.

»Düs üst ein knochiges Skölett,« pflegte er zu lächeln. »Zaubern wür dem Skölett ein bißchen Fleisch auf die

Knochen! Presto! Eins, zwei, drei – die Geschüchte ist furchtbar einfach ...«

Und dann wattierte er eine magere Depesche mit einigen Sätzen fein stilisierter Einleitung; machte mit einem geschickten Wort hier, mit einem Schlaglicht dort die trockene Meldung interessant, ohne sich jemals an der Wirklichkeit der Tatsachen zu vergreifen. Denn ein Schuster müsse mit seiner Ahle umgehen können, und ein Journalist mit den Raffiniertheiten der geschriebenen Sprache.

»Das üst grobes Handwerk, *mi fili*! Dü feinen Instromente des Zeitungshandwerks aber stecken oben im Schädel, und um sie zu schleifen muß man lesen – zehntausendmal so vül lösen als man schreibt. Lesen Sie, Mann, lesen Sü, wenn Sie nur können, und Sie werden dem alten Depeschenmenschen noch einmal dankbar sein.«

Begeistert war ich von der Arbeit der Zeitung. Das kleine Zimmerchen bei der Witwe Dougherty sah mich nur zur Schlafenszeit, denn die engen, ungemütlichen, lärmerfüllten Redaktionsräume der Westlichen Post waren mir ein Paradies, das unwiderstehlich lockte. Ich war der erste, der morgens kam, und der letzte, der spät nachts ging. Wenn ich in der Frühe das Redakteursexemplar durchstudierte und in richtiger Jungeneitelkeit die Depeschen, die ich bearbeitet hatte, mit dem Rotstift anstrich, war ich stolz wie ein König und fand bescheiden, daß doch ein gewaltig großer Teil der Zeitung aus meiner Feder hervorgegangen war ... Und wenn der gute alte sächsische Doktor brummte: »Sü machen sich – Sü machen sich, *mi fili*!« dann hätt' ich mit keinem Dollarkönig in keinem Dollarwolkenkratzer getauscht. Ich glaube, ich war eitel wie ein Pfau, wie es Bruder Leichtfuß ja sein mußte nach dem Riesensprung vom Kesselputzer zum Redaktionstintenfaß – und oft dachte ich mit jenem Respekt, mit dem man an eingetroffene

222

Prophezeiungen denkt, an die Worte, die mir der alte Rektor des Gymnasiums von Burghausen einst ins Dimissionszeugnis geschrieben hatte: »Die Leistungen dieses Schülers hätten weit bessere sein können; hervorzuheben wäre nur eine gewisse Gewandtheit im deutschen Aufsatz und sein Interesse für die englische Sprache.« Hoh! Diese Gewandtheit und dieses Interesse brachte mir jetzt zwölf Dollars in der Woche und Träume, die unter Brüdern Hunderttausende wert waren. Und glückselige Briefe schrieb ich nach Hause, so stolz, als sei meine Ernennung zum Chefredakteur nur eine Frage höchst kurzer Zeit – –

War der Lausbub lächerlich eitel, so war er mindestens ebenso neugierig und dreimal so enthusiastisch. In dem Enthusiasmus rosenroter Jugend, der über die schwierigsten Schwierigkeiten mit einem Hopla-hop hinwegsetzt, weil er sie gar nicht erkennt! Jahre später hörte ich einmal bei einem Klubdiner von Zeitungsmenschen in New York einen Toast von Jakob Pulitzer, dem großen Zeitungsmann, der die Zirkulation seiner Zeitung "World" in kaum einem Jahr auf eine halbe Million hinaufgetrieben hatte und sich vor einigen Jahren erschoß, weil er unter der Last seiner ungeheuren Pläne zu einem armen Nervenbündel geworden war.

»Meine Herren – es lebe die Jugend!« toastete Jakob Pulitzer. »Die Jugend lebe; die tolle unverschämte Zeitungsjugend, meine Herren, die voller Arbeitskraft ist und voller Begeisterung; die noch enthusiastisch genug ist, um in einem Reporterstückchen ein welterschütterndes Ereignis zu sehen! Geben Sie mir Jugend, meine Herren, die nichts Besseres verlangt, als zwölf Stunden im Tag arbeiten zu dürfen, die nichts weiß von Geld und Frauen und Lebenskunst, die darauf losstürmt und naiv schildert, was sie sieht – und ich zeige Ihnen den Weg zum großen Zeitungserfolg. Männer von weiser Erfahrung als kommandierende Generäle an der Spitze der Ressorts und tolle Jugend in Reih und Glied! Wir lenken nur. Wir sichten. Die rohen Werte aber schafft die Jugend. Es lebe die Zeitungsjugend, meine Herren!«

Mein Enthusiasmus kannte keine Grenzen. Es schien mir, als sei das alte Sprichwort herumgedreht – als müsse es heißen: Aller Anfang ist leicht! Dem Jungen, der keine Verantwortung kannte und auf sie gepfiffen haben würde, hätte er sie gekannt, der kaum die Anfangsgründe des Journalismus kennen gelernt hatte, schien das Getriebe der Zeitung ein Spiel. Die rasche Arbeit des Depeschenübersetzens ließ viel freie Zeit übrig, die es mir erlaubte, dutzende und aberdutzende von englischen Zeitungen im Tag zu lesen und nach Herzenslust umherzuschnüffeln. Überall pfuschte ich hinein. Herr Pressenthin, mit dem Spitznamen Herr Referendar, den er aus seiner deutschen Juristenzeit mit hinübergenommen hatte ins neue Land, versah das wichtige Ressort der Polizeireportage und trieb sich tagsüber auf der Polizei und in den Gerichten herum. Wenn er dann abends kam, war der Hüne mit dem urgemütlichen sanftgeröteten Gesicht und den biervergnügten Äuglein todunglücklich. Und wenn er endlich seine sieben Bleistifte gespitzt und seine Notizen zurechtgelegt hatte, ließ er sich vorerst eine Flasche Bier holen. Dann fing er an zu jammern:

»Ogottogottogottogott, das Leben ist schwer und zeitraubend – ogottogott, was soll ich nun wieder schreiben über den Mist!!«

Fünf Minuten darauf hatte er sich sicher in irgend einer schauerlichen Partizipialkonstruktion so festgerannt, daß er beinahe weinte! Mir war's ja eine persönliche Ehrung, wenn ich nur arbeiten durfte, und so manche gräßliche Polizeigeschichte hab' ich zusammengedichtet, während der

224

gute Referendar mit seiner Bierflasche auf und abging und mir die Tatsachen diktierte. Dafür hatte er dann immer das gleiche Lob: »Menschenskind, Sie sind gewandt wie ein Affe ...«

Und da war im Nebenraum ein schwindsüchtiger armer Teufel, ein stiller junger Mensch, stets tief über den Zeichentisch gebeugt.

»Darf ich zusehen?« pflegte ich Herrn Westermann, den Zeichner, zu fragen. »Aber es ist mir ja eine Ehre, Herr Kollege!«

Dann konnte ich stundenlang zusehen, wie die Stahlnadel Linien und Schraffierungen in die Kreidefläche grub. Es war ein eigentümliches Illustrationssystem, jetzt schon längst veraltet, glaube ich. Herr Westermann zeichnete die Illustrationen der Tagesereignisse mit feinem Stahlstift in mit harter Kreide dick ausgelegte Zinkplatten. Mit fabelhafter Geschicklichkeit. Sobald der Stift die Zinkplatte erreichte, (durch die Kreidelage durchkratzend) bedeutete das Auftauchen des grauen Zinkuntergrundes den wirklichen Zeichenstrich, dick oder dünn, je nachdem der Untergrund bloßgelegt wurde. Diese Kreideplatten, mit Blei ausgegossen vom Stereotypeur, ergaben ein Negativ, das dann stereotypiert und so im Druck zum Positiv ward.

Oder auf einmal schlug schrill der Feuertelegraph an, der die Redaktion mit der Hauptfeuerwache verband – eins, zwei, drei Schläge, Großfeuer – Pause, ein, zwei, sieben Schläge – im 7. Distrikt. Ein Blick auf die Feuerdistriktkarte, die an der Wand hing, und holtergepolter sauste ich mit dem Feuerreporter und dem Zeichner die Treppe hinunter. Während der Feuerreporter die wichtigen *facta* zusammentrug, Brandursache, Versicherungshöhe und dergleichen, stand ich nur und schaute, und schrieb dann in fliegender Eile ein Bild des Geschauten nieder, um in

225

Seligkeiten zu schwelgen, wenn der Lokalredakteur meine Federphotographie in Borgis durchschossen zum Setzen gab.

Das Glück erreichte seinen Höhepunkt, als ich nach den ersten Wochen auf einmal fünfzehn Dollars Wochengehalt bekam und zu allerlei selbständigen Reporteraufgaben in die großen deutschen Vereine und auf ihre Bälle geschickt wurde, denn es war ja Faschingszeit. Man wurde feierlich empfangen auf solchen Bällen! Die Ehrenkarte der Westlichen Post war ein Talisman, der ganz mechanisch die schönsten Verbeugungen der Herren Vereinsvorstände produzierte, Vorstellungen nach links und rechts, Liebenswürdigkeiten von jungen Damen, und – vor allem eine sauber ausgeschriebene Liste der "prominenten" Teilnehmer, damit der Herr Doktor (ich!) von der Westlichen Post auch ja niemand vergaß. Und der Herr Doktor wurde stets zu Sekt eingeladen –

Klar und scharf traten auf den Bällen und Festlichkeiten von Turnvereinen und Liedertafeln die Eigentümlichkeiten des Deutschamerikanertums hervor. Der sonderbare Kampf zwischen alter Anhänglichkeit an die Heimat und dem Anpassenmüssen an das neue Land. Zum allergrößten Teil waren die St. Louis'er Deutschen der wohlhabenden Kreise schon längst amerikanische Bürger geworden und behalfen sich, so gut es eben ging, mit dem alten Deutschamerikanermotto:

»Unser Deutschland ist uns die Mutter, zu lieben und zu ehren; das Land des Sternenbanners ist uns die Frau, mit der man durch dick und dünn geht ...«

Sie pflegten deutschen Sang und deutsche Gemütlichkeit, tranken deutsches Bier und importierten deutsche Kartoffeln aus den Vierlanden, weil sie doch anders schmeckten als die wässerigen amerikanischen Gewächse. Sie wetterten gegen

226

das verdammte Muckertum und die Weiberwirtschaft in der amerikanischen Gesellschaft, und arbeiteten mit Geld und Einfluß gegen die frömmelnde Sonntagsheiligung, die Theater und Restaurants am Sonntag hermetisch verschloß. Aber sie zersplitterten sich auch in Kleinigkeiten der Vereinsmeierei und persönlichen Eifersüchteleien; zersplitterten sich so, daß die ungeheure politische Macht, die das Deutschtum von St. Louis bedeutete, niemals geschlossen in die Wagschale geworfen werden konnte. Deutsch fühlten sie sich auf ihren Festen. Im Alltagsleben aber hatte das Muß der Dollarjagd, die Formlosigkeit, die Hast, das Vorwärtspeitschen des "amerikanischen" Geschäftsmannes sie in den Krallen. So naiv ich war, so lachte ich doch, als mir ein merkwürdiger deutscher Herr, der mir als sehr reich und "prominent" geschildert worden war, auf solch einem Ball einmal sagte:

»Es ist 'was Schönes um die deutsche Gemütlichkeit, aber beim Dollar hört die Gemütlichkeit auf. Mei' Sohn lacht, wenn ich will, daß er deutsch sprechen soll, und sagt er könn' kei' *money* machen mit dem Deutschreden!«

Selbst auf den deutschen Bällen sprach ja das junge Volk nur Englisch und redete höchstens mit den Eltern ein barbarisches Gemisch von Deutsch und Englisch:

»*Poppa* (Papa) gib mir ein wenig *small change* (Kleingeld); ich mecht mir ein *ticket* (Karte, in diesem Fall: Los) für die *lottery* kaufe! Es gibt schene *prizes* von *valuable* (wertvolle) Gegenstände –«

Und ebenso barbarisch mahnte die brave Mama, während der Papa das Kleingeld aus der Hosentasche zog: »Geh nur, mein Kind; aber tanz' mer net zu *much*« (viel), »damit du mir keine Kohld ketsche tust!« (*to catch cold* – sich eine Erkältung zuziehen.) Und eine bildhübsche junge Dame sagte mir einmal als höchstes Kompliment: »Sie sehen wirklich gar nimmer deutsch aus!«

Ausnahmen waren da; starke, selbstbewußte deutsche Männer. Die Mehrzahl aber lebten in einem sonderbaren Zwiespalt völkischer Gefühle – bald deutsch empfindend, bald von der sonderbaren Angst gepackt, vom Vollblutamerikanertum als nicht ganz gleichwertig angesehen zu werden. Sie kreuzten die deutsche Flagge und das amerikanische Banner in ihren Vereinssälen und wußten nicht, sollten sie nun links schielen oder rechts, sollten sie nun Deutschland, Deutschland über Alles singen oder Heil dir, Amerika! Sie waren manchmal ein ganz klein wenig komisch und wirkten sonderbar in ihrer Zwiespältigkeit in kleinen Dingen. Und dennoch hatte dieses amerikanische Deutschtum einen gewaltig großen Zug, der hoch über allen Eigentümlichkeiten stand: Den ehrlichen Instinkt des deutschen Mannes, der sich die Finger sauber hielt von den Geldschwindeleien und der schmutzigen Wühlarbeit der Stadtpolitik, der seine Frau ehrte, ohne sie zum Luxusspielzeug zu machen wie sein amerikanischer Nachbar – der nur einen greulichen Fluch übrig hatte für die Salbung und den Sonntagsschwindel amerikanischer Pfaffen. Und immer stärker wird das Rückgrat der deutschen Männer in Amerika, je stärker das Reich wird; immer größer die Zahl der Deutschen, die in den Vereinigten Staaten tüchtige Arbeit leisten und doch stolz Deutsche bleiben. Die es nicht so wie früher für richtig halten, nach sechs Monaten in Dollarika vors Gericht zu laufen und die berühmte Formel der Bürgererklärung zu schwören:

»Ich erkläre es unter Eid als meine Absicht, Bürger der Vereinigten Staaten von Nordamerika werden zu wollen, und sage allen europäischen Königen und Prinzen und Potentaten die Treue ab, insonderheit dem deutschen Kaiser …«

Bruder Leichtfuß lernte sehr viel in jenen Tagen, ohne es auch nur im geringsten zu wissen. Gedankenlos, so wie ein Kind an der Milchflasche saugt, sog er allerlei wertvolles Wissen in sich ein. Er schnüffelte bei den Setzmaschinen herum und lernte es, das Negativ gesetzter Lettern zu lesen; er gewöhnte sich an die Schriftarten und ihre Namen; er trieb sich in der Stereotypie umher. Der alte Chefredakteur Pretorius der Westlichen Post, der einst Gouverneur von Missouri gewesen war, und auf dessen Stimme heute noch das offizielle Amerika horchte, gab in seinen kurzen Leitartikeln ein wunderbares Beispiel von Knappheit und Klarheit – der Depeschenredakteur lehrte mich flüssigen Stil und brachte mich dahin, zwischen Wesentlichem und Nebensächlichem unterscheiden zu können – der Lokalredakteur predigte immer wieder:

»Lernen Sie sehen! Wo Sie auch noch hinkugeln mögen in Ihrem jungen Leben und was Sie auch noch anfangen mögen mit sich, lernen Sie sehen! Es wird Ihnen unbeschreiblich nützen. Aus dem Sehen von Einzelheiten erst erwirbt man sich den Blick für den großen Zug des Ganzen. Aus der Gabe, scharf zu sehen, erwächst das Können – für den Zeitungsmann und überall im Leben. An diesem Schreibtisch hier saß einst ein Mann, der einer der größten war in dieser Kunst: Karl Schurz. Jawohl, Karl Schurz war einst Chefredakteur der Westlichen Post und ist heute noch Aktionär. Er, der Deutsche, der es in Amerika zum Minister brachte, konnte sehen, und deshalb konnte er mit unbeschreiblicher Schönheit schildern – weil er in Bildern schrieb und sprach, riß er die Masse mit sich und schritt von Sieg zu Sieg in der Politik. Sehen lernen! Aus den feinen Strichen vieler Einzelheiten entsteht das große Federbild!«

Vor allem aber kristallisierte sich mir aus dem täglichen Lesen unzähliger amerikanischer Zeitungen und

Zeitschriften in ganz mechanischem und instinktivem Erfassen ein scharfes Bild amerikanischer Dinge heraus. Die Kämpfe, die Ziele der beiden großen politischen Parteien des Landes. Das Getriebe des Tages. Tausend beleuchtende Einzelheiten über Frauen, über Gesellschaft, über Sitten. Dann technische Dinge: Die Raffiniertheit der Überschriften, die Federschilderungen in Sensationsprozessen, die ein prachtvolles Beispiel dafür waren, wie aus einer Unzahl von kleinen Bilderchen der große Eindruck geschaffen werden konnte. Ein unbewußtes Lernen war es. Ein Gezwungenwerden zum Denken, zum Mitbeobachten des sausenden Rades der Zeitereignisse. Und dann war da das naive Bewußtsein des jungen Menschen, daß hinter ihm die Macht der großen Zeitung stand. Das gab merkwürdiges Selbstvertrauen! Die Visitenkarte mit der Bemerkung links unten in der Ecke »*on the editorial staff of the Westliche Post*« öffnete alle offiziellen Türen, und bei Erkundigungen im Rathaus oder bei der Polizei wurde man mit unbeschreiblicher Liebenswürdigkeit behandelt. Der Amerikaner weiß die Macht der Presse zu schätzen.

Mir ist die Geschicklichkeit unvergeßlich, mit der der Polizeichef von St. Louis mich einmal in seinen Dienst einspannte. Vom Polizeihauptquartier war telephoniert worden, man möchte einen Redakteur senden, und da Pressenthin auf irgend einer Gerichtsverhandlung war, mußte ich hingehen.

»Sie sprechen ja englisch, als seien Sie im Lande geboren,« sagte der Mann mit dem kurzgeschorenen Schnurrbart und den scharfen grauen Augen, als ich mich mit einigen Worten vorgestellt hatte. »Ich freue mich stets, wenn ich immer wieder sehe, mit welchem Talent gebildete junge Deutsche sich in unsere Sprache und unsere Art einarbeiten. Rauchen Sie?« (Der Polizeichef bot mir eine Zigarre an.) »Es ist mein Prinzip, den Herren von der Presse gegenüber stets ohne Rückhalt zu sprechen, damit der jeweilige Fall klar daliegt. Ich werde Ihnen also alles über den Fall mitteilen, was ich selbst weiß, unter der Voraussetzung, daß Sie solche Einzelheiten unterdrücken, bei denen ich dies besonders bemerke. Sind Sie damit einverstanden?«

»Ja, gerne.«

»Es handelt sich um einen Mord, und zwar um einen besonders für Ihr Blatt interessanten Fall. Heute früh um fünf Uhr wurde im Hause Nummer 763 der Sunbury Avenue (das ist eine unserer elegantesten Villenstraßen, wie Sie ja wissen werden) um Hilfe gerufen. Der Polizist auf Patrouille eilte herbei und fand ein händeringendes Dienstmädchen, die ihn in den ersten Stock führte. Das Haus ist eine kleine Villa. Dort lag in einem Schlafzimmer eine alte Dame erschossen auf blutüberströmtem Fußboden. Ich wurde aus dem Bett geholt und war um 5½ Uhr mit meinen Detektiven an Ort und Stelle. Folgendes sind die ermittelten Tatsachen: Das Haus gehört einem Herrn Nolden, einem Deutschamerikaner, Kassier der Schlitzschen Brauerei. Mister Nolden befindet sich augenblicklich auf einer Geschäftsreise im Süden. Die Erschossene war seine Frau. Eine Waffe wurde nicht gefunden, und alle Anzeichen deuten auf Mord, dem ein Kampf vorhergegangen sein muß, da die Möbel in Unordnung und die Teppiche verschoben waren. Auf dem Fußboden fanden wir einen ausgerissenen Knopf mit einem Stückchen Zeug noch daranhängend; einen Knopf von einem hellbraunen Mantel. Fußabdrücke eines Männerfußes wurden ebenfalls gefunden, jedoch nur auf der Treppe und auf einer Stelle des Vorplatzes. Die Schußwunde rührt wahrscheinlich von einem 32kalibrigen Revolver her. Nun liegt, da außer dem Dienstmädchen und Frau Nolden niemand im Hause war und Spuren gewaltsamen Eindringens sich weder an den Fenstern noch an den Türen finden ließen, die Annahme nahe, daß das

Dienstmädchen einen Liebhaber ins Haus gelassen hat, und daß dieser den Mord mit oder ohne ihr Wissen verübte. Wir haben das Dienstmädchen nicht verhaftet, sie wird jedoch bewacht, um den Mörder abzufassen, wenn er sich ihr nähern sollte. Bitte bringen Sie über das Dienstmädchen gar nichts. Oder nein, deuten Sie so ein bißchen geheimnisvoll an, daß der Chef der Polizei selbst sie zwei Stunden verhörte und daß das Mädchen nicht verhaftet worden sei. Sie ist Irländerin, hübsch, sehr hübsch. So aufgeregt über das furchtbare Unglück, daß sie kaum vernehmbar war. Wahrscheinlich finden wir durch sie den Schlüssel zum Verbrechen. – Nun danke ich Ihnen bestens. Ich habe bereits Detailangaben für Sie zusammenstellen lassen, – hier bitte,« (er reichte mir ein paar Bogen mit Maschinenschrift bedeckt). »Alles Wissenswerte. Genaue Örtlichkeitsbeschreibung und so weiter. Vielen Dank!«

Ich eilte auf die Redaktion und schrieb und schrieb, während der Lokalredakteur selbst in die Sunbury Avenue fuhr, ohne etwas Neues herauszubekommen. Schon war alles gesetzt, als spät abends ein Polizist eine eilige Mitteilung vom Hauptquartier brachte:

»Der Mörder von Frau Nolden ist heute nachmittag vom Polizeichef und dem Detektivsergeanten O'Hara verhaftet worden. Das Dienstmädchen Lizzie Roberts, die Geliebte des Mörders, ist Mitschuldige. Der Mörder heißt Patrick Rafferty und ist Kellner. Die Verhaftung wurde in seiner Wohnung Doverstreet 73 vorgenommen. Sie dürfen verwenden, was ich heute früh über das Dienstmädchen sagte.«

Telephonisch bekam ich noch nähere Einzelheiten über die Verhaftung und beutete dann das Interview mit dem Chef der Polizei weidlich aus ...

»*By Jove,*« sagte der Lokalredakteur, als ich begeistert die Liebenswürdigkeit des Polizeimannes pries, »Sie sind ein unschuldiges Schaf!«

»Aber wieso denn –«

»Weil Sie nichts merken. Weil dieser geriebene Kapitän Green niemals liebenswürdig ist, wenn er nicht die besten Gründe hat. Sehen Sie, in vier Wochen sind die Wahlen. Er selbst steht und fällt mit seiner Partei, der im Rathaus herrschenden Partei, die sich in den Wahlausrufen besonders ihrer guten Polizeiorganisation rühmt. Der Polizeichef braucht Reklame gerade jetzt!! Verstehen Sie? E r hat alles geleitet, alles gemacht, alles verhaftet!!! Und ich wette meinen Kopf, Sie Unschuldslamm, daß er, als er mit Ihnen sprach, schon längst von Patrick Rafferty wußte und nur die Spannung vergrößern wollte. Kapieren Sie? Aber die Geschichte macht sich gut – und so mag es ihm hingehen. Hierzulande wie anderwärts ist man der Presse gegenüber nur dann liebenswürdig, wenn man etwas von ihr haben will, mein junger Freund!«

Ich war gerade in eifriger Arbeit an einer langen Depesche. Da trat der Lokalredakteur ein – und mit ihm ein dicker Herr, der ein wenig hinkte. Eine fürchterliche Ahnung stieg in mir auf ...

»Guten Morgen, Doktor Morgenstern!« rief Pressenthin. »Gratuliere zur Wiederherstellung! Nun erzählen Sie uns einmal aufrichtig: War es der Punsch oder war's wirklich das Glatteis?«

»Beides – beides, Sie neugieriger Polizeimensch,« lachte der dicke Herr.

Während ich eine Verbeugung machte und vorgestellt wurde, wünschte ich dem Dicken aus tiefster Seele Pest, Cholera und einen zweiten Beinbruch an den Hals, diesem fetten Engel, der mich armen Teufel aus dem Paradies vertrieb. Ein Gesicht muß ich gemacht haben wie der sprichwörtliche Lohgerber, dem die Felle fortgeschwommen sind!

Das war das Ende; ein klägliches Ende, so schien es mir, der zwei Monate des Glücks. Ein trockenes geschäftliches Ende. Eine Gratifikation von fünfundzwanzig Dollars bekam ich als besondere Anerkennung. Und bei der nächsten Gelegenheit würde ich im Redaktionsstab angestellt werden – und ich solle mich recht oft sehen lassen ...

Als ich aus der Redaktion auf die Straße trat, kam ich mir vor wie ein Ausgestoßener. Wie einer, dem Sankt Petrus die Tür zum Himmelreich vor der Nase zugeschlagen hat. Schleunigst lief ich in meine geliebte Bibliothek. Aber die Bücher kamen mir schal vor und die Stille in den Sälen bedrückend, und ich glaube, am liebsten hätte ich geheult damals. Welch' ein Esel Bruder Leichtfuß doch war – welch' ein unbeschreiblich törichter dickköpfiger Junge! Empfindlich wie ein Goldschlägerhäutchen und unpraktisch wie ein Pensionsbackfisch trotz aller Lebensschneid und aller harten Erfahrungen.

So klar lag der Weg da. So einfach wäre alles gewesen! Die guten Menschen auf der Westlichen Post hätten mich, war doch einer liebenswürdiger als der andere, dahin und dorthin protegiert und mir ohne Zweifel im St. Louis'er Deutschtum Stellung verschafft, und im Laufe der Zeiten wäre ich wohlbestallter Redakteur einer großen Zeitung geworden. Ein sonnenklarer Weg!

Es mag Kismet gewesen sein, daß ich mich furchtbar genierte bei den wenigen Besuchen, die ich noch auf der Redaktion machte; daß eine merkwürdige Unruhe und Unzufriedenheit über mich kam. Für einen Narren hätte mich jeder vernünftige Mensch gehalten – denn eines Abends stieg ich im Bahnhof von St. Louis in den Durchgangsexpreß nach San Franzisko, ohne im geringsten zu wissen, was ich in San Franzisko eigentlich wollte!

Reisefieber war es. Tolles Vorwärtsrollen. Unbewußtes Denken an Billy und an unsere Pläne von damals. Der Entschluß zu der Reise von Tausenden Kilometern war in fünf Minuten gefaßt worden; etwas mehr Zeit kostete die Entscheidung: sollte ich heimlich auf Plattformen fahren oder brav bürgerlich bezahlen? Nein, bezahlen! Das Vagabundenreisen von damals hatte seinen romantischen Reiz verloren, denn tausendmal reizvoller war ja die Romantik der Arbeit.

Das Inselchen der Fische in San Franzisko-Bai.

Wohin Zukunftssorgen gehören. – Ein logisches Selbstgespräch. – Das Land der Sonne. – Blühende Obstwälder. – Ankunft in San Franzisko. – Mr. Frank Reddington, schwarzes Schaf und verlorener Sohn. – Die Geschichte vom strengen Gouverneur. – Der tragikomische Hundeschwanz. – Wie der Millionärssohn energisch wurde. – Der Gott der Arbeit pfeift. – Bei den Kabeljaus. – Eine Stockfischfabrik. – Wer zuletzt lacht, lacht am besten!

Wieder bewährte sich glänzend mein schönes Talent, die Sorgen der Zukunft dorthin zu verweisen, wohin sie von Rechts wegen gehörten – in die Zukunft! Flüchtig drängte sich mir zwar der Gedanke auf, daß es weit schöner und angenehmer gewesen wäre, hätte ich mehr Geld gehabt. Fünfzehn Dollars etwa besaß ich noch, als ich den Fahrschein bezahlt hatte.

»Kannst du es ändern?« fragte ich mich.

»Nein!«

»Nach San Franzisko willst du aber?«

»Ja!«

»Na, also.«

»Und was willst du in San Franzisko anfangen?« fragte ein inneres Stimmchen.

»Wie kann ich das jetzt schon wissen!« gab ein anderes inneres Stimmchen anscheinend logisch zur Antwort.

Somit war die Angelegenheit zur schönsten Selbstzufriedenheit erledigt. Friedlich schlief ich in den weichen Polstern die ganze Nacht hindurch und blinzelte am nächsten Morgen vergnügt in die weiten Kansasebenen hinaus. In Colorado nickte ich bekannten Stationen vergnügt zu. Billy und Joe und ich waren da auf der Fahrt nach Osten durchgesaust. Das Felsengebirge fand ich prachtvoll (vom Speisewagen aus) – über die Mormonen unterhielt ich mich während der Fahrt durch Utah ausgezeichnet mit einer jungen Dame, die sich sehr entrüstet über die umfassende Heiraterei des Mormonentums aussprach und dabei energisch flirtete – Nevada verschlief ich zum größten Teil. Dann fuhren wir stundenlang in Tunnels, den riesigen Schneehütten der Sierra Nevada, die viele Meilen lang den Schienenstrang überdecken, um ihn vor Schneewehen und Lawinen zu schützen. Und dann tauchte wie durch Zauberschlag ein sonnenglänzendes Frühlingsland aus dem Dunkel auf. Saftiges Grün überall. Wälder von Obstbäumen unter tiefblauem Himmel, übersät in unbeschreiblicher Pracht mit feinzarten Blüten, schimmernd von schneeigem Weiß zu silberigen und hellrosa Tönen, strahlend in warmem Sonnenschein. Kalifornien, das Märchenland des Goldes. Das Land der Sonne und der Schönheit.

Stunden von Märchenfahrt im Sonnenland. Dörfer, Städte. Und endlich das Brausen und der Lärm der Königin des Westens, ein Auftauchen von tiefblauen Meeresfluten, ein Dahinschwimmen auf riesigem Fährboot, das im Städtchen Oakland, dem kleinen Bruder der glänzenden Schwesterstadt drüben über der Bai, den ganzen Eisenbahnzug aufnimmt und über die Wasser hinüberträgt nach San Franzisko; eine gewaltige Bahnhofshalle – ein Gewühl von Menschen ...

Da lachte ich vergnügt vor mich hin, wie einer lacht, der seinen Willen durchgesetzt hat, und schritt in den Wirrwarr hinein. Noch interessierte mich das Leben und Treiben um mich her wenig. Denn Bruder Leichtfuß war praktisch geworden und gedachte sich, so wie er's in St. Louis getan hatte, vor allem die vier eigenen Wände zu sichern. Es fiel ihm gar nicht ein, nach Weg und Richtung zu fragen. Da wo der Lärm am größten war, wo die Geschäfte sich häuften, wo die Menschen sich am meisten drängten, da durfte man nur rechts oder links abbiegen und fand sicherlich in Nebengäßchen die Pappschilder mit der lakonischen Legende vom zu vermietenden Zimmer. Im geschäftigsten Teil der Stadt hausen ja immer die Junggesellen. So war es in St. Louis, so ist es überall auf der Welt, so war es auch hier. In einem Sträßchen, eingekeilt zwischen der Hafengegend und der glanzvollen Hauptstraße, der Market Street, fand ich bald ein Zimmer, klein, schäbig, aber mit prachtvollem Blick auf die Bai. Die sieben Dollars, die es im Monat kosten sollte, zahlte ich sofort im voraus und hörte geduldig zu, wie Madame Legrange, die Dame des Hauses, mir erzählte, San Franzisko sei eine Perle (so schön freilich nicht wie Paris), und sie sei eine Französin (»ah, la belle France, monsieur!«) und Mieter, die monatlich im voraus bezahlten, könnten auf ihre besonderen *égards* zählen, und sie sei auch einmal jung und schön gewesen. Das mußte aber schon lange her sein!

Und jetzt hinaus zur Königin des Westens! Vier Stufen auf einmal nehmend in Eile und Neugierde (es war Abend geworden über dem Auspacken und dem Baden) rannte ich die steile Treppe hinab und – –

»Hopla – *confound it!*« sagte ich.

»Hopla – *oh, the devil!*« sagte er.

Gleichzeitig betrachteten wir verblüfft eine Blechkanne, die polternd die Treppe hinabrollte, in dem offenbaren Bestreben, auch die wenigen Tropfen Bier, die noch in ihr waren, im Rollen loszuwerden. Er saß unten auf einer Treppenstufe, ich oben. Zwischen uns breitete sich ein Miniatursee von Bier und Schaum. "Er" war ein eleganter junger Mensch mit einem prachtvoll energischen Gesicht.

»*The devil!*« sagte ich.

»*Confound it!*« sagte er.

»Entschuldigen Sie meine Ungeschicklichkeit,« bat ich.

»Aber es ist ja nicht der Rede wert,« versicherte er.

Endlich einigten wir uns dahin, zusammen frisches Bier zu holen an der Ecke und es zusammen auszutrinken – eine wahrhaft salomonische Lösung. "Er" gefiel mir vom ersten Augenblick an mit seiner frischen flotten Art und seinem kinderlustigen Lachen. Während wir oben auf seinem Zimmerchen saßen, ich auf dem einzigen wackeligen Stuhl, er auf einem wunderschönen schweren Lederkoffer, wurden wir, im Handumdrehen fast, vergnügt und offenherzig wie alte Freunde.

»Der Koffer ist famos, heh?« lachte er, als er meine bewundernden Blicke sah. »Er tut mir leid!«

»Weshalb denn?«

»Weil ich ihn über kurz oder lang einmal aufessen werde!«

Da war unter schallendem Gelächter das Eis gebrochen. Mitten im Erzählen waren wir in einer Viertelstunde. Mein neuer Freund hieß Frank Reddington. Reddington Junior eigentlich …

Wie er so dasaß, schlank, sehnig, Rasse in jeder Linie, die

Hände um die Knie verschränkt, ein Lachen um die Mundwinkel, Lachen in den Augen, hätte sich jedes Mädel in ihn verliebt.

»Zug um Zug!« lächelte er. »Zuerst ich. Also die Sache ist so: Zuerst fing der Gouverneur (*governor* oder auch *pater* nannte er seinen Vater) melodisch an zu brummen. Nach dem Empfang gewisser Rechnungen – sie waren allerdings sündhaft, wie ich zu des Gouverneurs Entschuldigung bemerken muß – stimmte er einen gellenden indianischen Kriegsgesang an und telegraphierte mir so unerhört grobe Telegramme, daß ich mich vor den Telegraphenboten genierte. Sie rochen direkt nach Schwefel. Endlich, als das Professorenkollegium der Universität Harvard mich aus dem Tempel hinausjagte (diese gelehrten Herren haben so wenig Humor), wurde der Gouverneur tobsüchtig. *Well*, ich wurde also 'rausgeschmissen und fuhr prompt ins liebe Vaterhaus nach New York. Die *mater* war todunglücklich –

»Du sollst sofort nach der Bank kommen. Ach, *Franky dear*, was bist du für ein schlimmer Junge!«

Das fing gut an. Mir war elend zumute, das kann ich Ihnen sagen. In der Bank (der Gouverneur ist Präsident der *First National Bank* von *New York*) machte der Kassier ein Gesicht, als sei ich eine verabscheuungswürdige Kreuzspinne, und führte mich ins Privatkontor.

»Nimm Platz,« sagte der Gouverneur. »Nach meinen Informationen aus Harvard hast du dich betragen wie ein Hanswurst! *Well, sir*, was hast du zu deinen Gunsten anzuführen?«

Ich hm – hmte. Was soll man auch in solchen Fällen sagen!

»Nichts – nichts – gar nichts gearbeitet. Fußball gespielt. (Für den Betrag deiner Rechnungen der Sportfirma ernährt ein Arbeiter seine Familie!) Schulden gemacht links und rechts! Dumme Jungenstreiche! Was war das eigentlich mit dieser letzten Geschichte?«

Ja, diese letzte Geschichte!

Der Schlußkladderadatsch basierte auf einem Hundeschwanz, an den ein gewisser *Franky dear* eine geschickte Auswahl von Feuerwerkskörpern angebunden hatte. Nun frage ich Sie: Was konnte ich dafür, daß der dazugehörige Hund dem Professor der Physik gehörte und die wahnsinnige Idee hatte, zu seinem Herrn in die Physikklasse zu rennen – mitsamt Schwanz, Knallfröschen und Donnerschlägen! Dabei war das Hündchen nervös, begreiflicherweise, und rannte in dreieinhalb Sekunden für mehrere hundert Dollars physikalische Instrumente über den Haufen. Lange soll es nicht gedauert haben. Aber so lange es dauerte, war das Tempo dieser Vorstellung ungewöhnlich flott! Und dabei hatte ich doch rein erzieherische Absichten verfolgt, denn wenn Moppelinus sich heimtückisch in ein Studentenzimmer schleicht und einen nagelneuen Flanellanzug schändet, so muß Moppelinus bestraft werden! *Well,* der Gouverneur lachte nicht einmal. Ich sei der Schandfleck einer sonst ehrbaren Familie. Aus den einzelnen Posten von Faulheit, Leichtsinn und Frechheit ergebe sich als Gesamtbilanz ein hoffnungsloser Taugenichts. Ich solle mich gefälligst zum Teufel scheren, und zwar sofort, augenblicklich, ohne Zeitverlust. (Wahrscheinlich war irgend eine Lieblingsaktie des *pater* auf der Börse bös gezwickt geworden, denn er schien in einer Schandlaune.)

»Ich finde es entschieden langweilig, Vater eines Sohnes zu sein!« sagte er dann ganz gemütlich. »Dieses – dieses Zeug,« dabei deutete er auf einen Stapel Rechnungen, »werde ich regulieren. Im übrigen handelt es sich nicht um Geld, sondern um ein Prinzip. Du wirst arbeiten, *sir*. Mein Privatsekretär wird dir deine Instruktionen erteilen. Vorläufig wünsche ich dich nicht mehr zu sehen.«

Der Privatsekretär im Vorzimmer grinste und überreichte mir maschinengeschriebene Befehle. Sehr präzise. Sofort nach Chicago fahren und sich bei dem Präsidenten der Illinois Central Eisenbahn melden (in deren Aufsichtsrat der *pater* saß). Dort angestellt werden im Hauptbureau – mit acht Dollars Wochengehalt.

Da fuhr mir der Ärger in die Glieder: »Wissen Sie, was?« sagte ich. »Melden Sie dem Gouverneur, daß ich seinen Standpunkt für durchaus richtig hielte und zu arbeiten gedächte. Aber ohne seine verdammte Protektion! Mitteilungen über meinen Aufenthaltsort werde ich Ihnen von Zeit zu Zeit zugehen lassen, und Sie werden dem Gouverneur darüber berichten. *Good morning, sir!*«

Der Privatsekretär fiel beinahe in Ohnmacht.

Du dreifacher Narr! sagte ich mir, als ich auf der Straße stand. Aber nun hast du einmal A gesagt und mußt auch B sagen. Um eine lange Geschichte kurz zu machen – in sechs Tagen war ich in Frisco (die goldene Uhr und die Schmucksachen und die überflüssige Garderobe hatten ein nettes Sümmchen gebracht) und bezog die Universität von Kalifornien. Um jeden Preis fertig studieren, gerade weil der Gouverneur es anders wollte! Für das laufende Semester reichte das Geld. *Well*, und in den Ferien wurde ich Kellner – ein scheußliches Geschäft – und dann wohnte ich billig und schrieb Kolleghefte ab für Söhnchen, die überflüssiges Geld hatten, und gab Privatstunden im Boxen. Gearbeitet hab' ich wie ein Pferd, und Spaß hat es mir gemacht. Im nächsten Semester kommt das Schlußexamen, das ich zweifellos bestehen werde, und dann telegraphiere ich dem

Gouverneur, er könne jetzt das Kalb schlachten lassen für den verlorenen Sohn. Jawohl – nach den ersten sechs Monaten hat mir Higgins, das ist der Privatsekretär, gedrahtet, ich sei ein Narr, und der Kassier sei angewiesen, meine Schecks zu honorieren. Ich hab' aber gedankt. Zuerst muß der Gouverneur den nötigen Respekt vor mir bekommen, damit wir eine gemütliche Verkehrsbasis haben!«

Da kam mir mein eigenes Erleben blaß und ärmlich vor –

Aber auch ich fing an zu erzählen, und Frank Reddington wollte sich ausschütten vor nimmerendendem Gelächter über die Familienähnlichkeit zwischen den Professoren seiner Harvard Universität und den Schulmeistern meiner Gymnasien. Sie ermangelten ja so gänzlich des Humors! Hüben wie drüben!! Als ich von Billy und den Tollheiten des Schienenstrangs berichtete, murmelte er ein über das andere Mal: »*By Jove*; das probier' ich auch noch!« – und über die Westliche Post riß er die Augen weit auf …

»*The devil!* Das haben Sie aber dumm angestellt, *my dear boy*! Dort bleiben hätten Sie sollen! Hinhängen hätten Sie sich müssen an die gesegnete Zeitung wie ein hungriger Floh an ein fettes Hündlein!!«

Bis spät in die Nacht hinein saßen wir zusammen. Und als wir uns nach einer letzten Zigarette trennten, sagte Frank:

»Sie und ich – ich und Sie … wir passen zusammen wie Zwillinge. Was für ein närrischer Geselle der Zufall doch ist! Schwarze Schafe und verlorene Söhne alle beide – aber noch immer sehr lebendig. Hei – oh! Sie kein Geld und ich kein Geld! Und gestern haben die Ferien angefangen! *That's a good thing!* Wissen Sie was? – Fahren wir Tandem! Spannen wir uns zusammen ins Joch! Jagen wir gemeinschaftlich den verrückten runden Dingerchen nach, die man in diesem gesegneten Land Dollars nennt – wollen Sie?«

Ob ich wollte!!!

Frühmorgens riß jemand meine Zimmertür auf und eine Stimme schrie. »Auf in den Kampf, Torero! 'raus mit Ihnen, Bruder – der Gott der Arbeit pfeift den verlorenen Söhnen!«

Schläfrig rieb ich mir die Augen.

»Man kleide sich prestissimo an!« befahl Frank. »Im Examiner von heute morgen steht ein lakonisches Inserat: »*Men wanted* – Männer werden gesucht. Broad Street 21.« Männer sind wir, nicht wahr? *Well*, dann, *hurry up* – fix schnell …«

Broad Street 21. erwies sich als elegantes Kontor (Johnson & Komp., Konserven, stand auf dem Firmenschild), vor dessen Türe in langen Reihen schäbige Gestalten standen. Frank grinste. »Gibt noch mehr Männer in San Franzisko, heh? Scheinen nicht die einzigen zu sein! Welch' ein Segen, daß wir elegant genug aussehen, um frech sein zu dürfen!« Wir schoben uns an den Wartenden vorbei und ließen uns beim Geschäftsführer melden.

»Und womit kann ich Ihnen dienen, *gentlemen*?« fragte der Manager.

»Was ist das für ein Inserat?« fragte Frank zurück.

»Oh – wir brauchen Leute für unsere Fabrik von Fischkonserven in der Bai.«

»Zu welchen Bedingungen?«

»Zwei Dollars im Tag und freie Verpflegung. Aber verzeihen Sie, ich begreife nicht recht –«

»Bodenlos einfach!« grinste Frank. »Wir brauchen Geld – Arbeit – und – wollen Sie uns nehmen?«

»Eh?« sagte der Manager und machte ein verblüfftes Gesicht.

»Annehmen – engagieren!«

»Die Arbeit ist aber schwer ...«

»*Well*, das macht nichts!«

Und unter lustigem Lachen und zweifelhaften Witzen wurden wir prompt angenommen.

»Ich tu' Ihnen gelegentlich auch einmal einen Gefallen! *Thank you!*« bedankte sich Frank.

Der Geschäftsführer lachte und lachte, und wir liefen schleunigst nach Hause, um alles einzurichten. Aus dem Weg kauften wir uns billige Arbeitskleider. In einer Stunde sollten wir uns wieder im Kontor einfinden, um auf einem Kutter nach der Arbeitsstätte zu fahren.

Eine wundervolle Fahrt war es über die tiefblauen Wasser der Bai hin, zwischen den blühenden Städten, die wie ein Kranz von Blumen die Gestade umsäumten; an Kais mit gigantischen Ozeandampfern entlang zuerst, an Inselchen vorbei, zwischen Fischerflottillen hindurch. Und als die Königin des Westens in spinngewebigen, feinen Umrissen weit zurück im Westen lag, landeten wir mit den zwei Dutzend Menschen, die außer uns der Kutter trug, an der Landungsbrücke einer winzigen Felseninsel mit simplen Holzgebäuden. Das war das Inselchen der Fische. Und in einer halben Stunde standen Frank und ich nebeneinander hinter einem breiten Holztisch, lange, scharfe Messer in den Händen; zogen sonngedörrtem Kabeljau die Haut ab und schnitten das kernige, gelbweiße Fleisch in lange Streifen ...

Auf der Insel regierte als Alleinherrscher Seine Majestät *Cod*, der Kabeljau. In Dutzenden von ungeheuren Bottichen auf einer Balkenplattform zwischen Fabrikgebäude und Wohnhaus waren in grobem Salz Millionen von Fischen eingespeichert, die allmorgendlich von uns Männern in langschäftigen Stiefeln aus der Tiefe der Bottiche herausbefördert und zum Dörren in die Sonne gebreitet wurden. Reif, *sun-cured*, sonnengetrocknet, waren sie in zwei, drei Tagen. Dann wanderten sie zu uns in die Fabrik, wurden abgehäutet, entgrätet, zerschnitten und in hübsche kleine Holzschachteln gepackt; das Rückenfleisch als *extra prime quality*, das Seitenfleisch als Ware zweiter Güte: Stockfisch! So standen wir und zerlegten und schnitten von sechs Uhr morgens bis sechs Uhr abends.

»Hab' ich es mir doch gleich gedacht, daß die Geschichte irgend einen Haken haben mußte,« sagte Frank ironisch lächelnd schon am ersten Tag. »Zwei Dollars im Tag werden nicht umsonst gezahlt. Und nun haben wir die Bescherung!«

Der Haken war da – die Bescherung ganz besonders unangenehm! Die Haut der *cods* und ihr Fleisch waren von scharfer Salzlauge so durchtränkt, daß bei dem Häuten und Zerlegen schon in den ersten Stunden uns Arbeitern die Hände wund wurden. Dann schnitt man sich natürlich in der Hetzarbeit, und auch die scharfen Gräten rissen Wunden. Selbst die peinlichste Vorsicht konnte das nicht vermeiden. In diese wunden Stellen drang ätzend und beißend die Salzlauge! Es war eine Art Martyrium; eine recht harmlose und ungefährliche Märtyrerschaft zwar, aber gerade schmerzhaft genug für meinen bescheidenen Geschmack.

»*The dickens!*« sagte Frank erstaunt am ersten Abend und rieb sich zärtlich die geschundenen Hände.

»Scheußlich!!« brummte ich und tat desgleichen.

Meine Hände waren schön rot wie ein gesottener Krebs und bluteten an zwanzig Stellen, besonders unter den Nägeln. Doch wir trösteten uns mit Vaseline und Philosophie und schwatzten stundenlang mit dem chinesischen Koch der Insel, der uns in seinem schauderhaften Pidgin-Englisch von der Chinesenstadt Frisco's vorschwärmte. Von den Spielhöllen, in denen die Kinder des himmlischen Reichs Tag und Nacht Fan-Fan spielten und sich gelegentlich dabei gegenseitig totstachen; von den "Sechs Gesellschaften", den geheimen Vereinen, die unumschränkt in der Chinesenschaft herrschten und die Einfuhr und Rückbeförderung von Chinesen als Monopol betrieben. So mächtig waren sie, daß keine Dampfergesellschaft einen Kuli als Zwischendeckspassagier zur Rückreise annahm, wenn er nicht einen Erlaubnisschein der "Sechs Gesellschaften" vorweisen konnte, als Zeichen, daß er seinen Verpflichtungen dem Geheimbund gegenüber nachgekommen war. Wie Diktatoren herrschten die sechs Gesellschaften; schossen Geld vor, belobten, bestraften, errichteten Schulen für die chinesische Jugend, Tempel für die Erwachsenen. Sam Ling machte immer ein ängstliches Gesicht, wenn er von diesem Geheimbund sprach ...

Er war ein quecksilberiger kleiner Kerl, der famos kochte und die unglaublichsten Leistungen in seiner Bretterbude von Küche an der Felsenwand vollbrachte. Es ist mir heute noch ein Rätsel, wie er es fertig brachte, um sechs Uhr morgens für vierzig Mann (soviele waren wir) Pfannkuchen zum Frühstück zu liefern. Delikate, winzig kleine Pfannkuchen, kaum so groß wie eine Untertasse, die man bebutterte und bezuckerte, immer einen auf den andern klappend. Ein Dutzend mindestens aß ein jeder. Ein Dutzend mal vierzig – das waren fünfhundert Pfannkuchen, die der arme Sam Ling herzauberte – vor sechs Uhr morgens. Wie er es auch machte – sie waren da; frisch, heiß, knusprig. Die Verpflegung war vorzüglich und die Schlafräume hell und sauber. Wenn nur das Salz nicht gewesen wäre – das verdammte Salz!

Frank und ich waren fast immer zusammen und kümmerten uns wenig um die anderen Männer. Abends verbanden wir uns immer gegenseitig die wunden Hände. Dabei gewöhnten wir uns das sonderbare Vergnügen an, recht kräftig zuzupacken und einer dem andern ins Gesicht zu starren, ob sich nicht vielleicht doch ein Schmerzenszug entdecken ließ.

»Good God,« sagte Frank regelmäßig jeden Abend, wenn er seine Hände betrachtete. »Stockfisch! Cod! Unschuldiger Stockfisch! Man sollte es doch nicht glauben, daß solch' ein unschuldiger Stockfisch einen so schinden kann! Wenn der Gouverneur mich jetzt sehen würde, wäre er vielleicht zufrieden! Heh?«

Dann gingen wir zur Felsenspitze und starrten wortlos ins Meer hinaus, in das saphirblitzende Gewoge mit den braunen und braunroten Fischersegeln und den unförmigen Dampfern dazwischen. Wenn dann weit im Westen der Sonnenball niederging und es sich wie Rubinengefunkel in das Blau mischte, lachten wir uns nickend zu. Da drüben lag San Franzisko. Der schwache rote Schimmer am Horizont dort war ein Widerschein seiner nächtlichen Lichterpracht. Wie wollten wir herumstöbern in dem Lichtschein dort, wenn einmal die Zeit erfüllet war und – wie wollten wir unsere Hände pflegen!

Tag um Tag verging, und endlich war ein Monat vorbei. Eines Morgens fragte der Vorarbeiter im Arbeitssaal laut:

»Wer will aufhören und nach San Franzisko zurück? Morgen kommt der Kutter.«

Merkwürdigerweise (mir wenigstens kam es merkwürdig vor) meldete sich niemand. Frank und ich sahen uns an – sahen uns wieder an – genierten uns gegenseitig, bis ich endlich den Anfang machte und rief:

»Ich!«

»Ich auch!« schrie Frank dazwischen und lächelte: »Und warum denn nicht! Wir sind ja hier (sämtlichen Göttern Homers sei dafür gedankt!) nicht angewachsen, noch mit den dreimal vermaledeiten *cods* verheiratet. Mann, ich bin froh! Hände – freut euch!«

Ein Sommermorgen war es, an dem wir das Felseninselchen zum letztenmal sahen und einander feierlich versprachen, wir würden, wie es auch kommen und wie es uns noch ergehen möge in diesem lustigen Leben, eines niemals, aber auch niemals tun: Stockfisch essen!

Während der Fahrt rechneten wir uns aus, daß wir beide zusammen wohl siebentausend Stockfische, zehn Pfund schwer das Stück ungefähr, abgehäutet, entgrätet und präpariert hatten. Mit unseren armen Händen! Zehn Stück in der Stunde etwa, und zehn Arbeitsstunden waren es im Tag, und zweiunddreißig Tage lang hatten wir gearbeitet. Siebentausend Stück!

»Weinen könnte man!« sagte Frank Reddington. »Weinen! Man kann ja nie wieder einem Kabeljau ins Gesicht schauen! Wer je im Leben mir gegenüber das Wort "*cod*" erwähnt, den boxe ich über den Haufen. So!!«

Und als wir uns umgekleidet und (vor allem) Handschuhe angezogen hatten, präsentierten wir uns im Kontor mit unseren Zahlungsanweisungen.

»Wie hat's Ihnen gefallen,« fragte der Manager und grinste.

»Famos,« meinte Frank sauersüß.

»Das freut mich sehr. Zeigen Sie mir doch einmal Ihre Hände!« Dabei betrachtete der Geschäftsführer augenzwinkernd unsere Handschuhe.

»Mann,« sagte Frank ernst, »spotten Sie nicht meines ehrwürdigen Alters.« (Das ganze Kontor lachte.) »Sonst gebe ich Ihnen meinen Fluch und erscheine Ihnen nach meinem Tode dreimal jede Nacht als Stockfisch!!« (Das ganze Kontor brüllte.)

Wir aber strichen ein jeder vierundsechzig Dollars ein und lachten auch.

Die Stadt des Goldenen Tors.

Das Erbe der Goldgräber. – Die lustige Königin des Westens. – Von vernünftigen schwarzen Schafen. – Die Stadt der Sieben Hügel übertrumpft! – Kletternde Straßenbahnen. – Im Park des Goldenen Tors. – Der dunkle Flecken der Sonnenstadt. – Im Chinesenviertel. – Die Straße der lebenden Schaufenster. – Wie der Lausbub zum Professor wurde. – Von Deutsch lernenden Lehrerinnen. – Die amerikanische Frau. – Kluge Mädchenerziehung und törichte Weiberherrschaft. – Die Amerikanerin in Kunst und Leben. – Die Sehnsucht nach der Zeitung.

Stolz nennen sich die Männer Kaliforniens zum Unterschied von den im Land der Sonne wohnenden, aber in anderen Staaten der Union geborenen Amerikanern *the Native sons of California*, die eingeborenen Söhne von Kalifornien. Stolz sind sie auf ihre Ahnen, die Goldgräber. Diese zähen, eisenharten Goldgräber von anno dazumal, die sich mit Mensch und Natur herumschlugen, bis nur der Starke überlebte, haben die Kraft ihrer Muskeln in Generationen hinein vererbt. Groß, schlank, sehnig sind die Männer des Kalifornien von heutzutage; stolz, üppig seine Frauen. Im scharfen Gegensatz zu den überschlanken Amerikanerinnen der Oststaaten. Noch etwas anderes aber vererbten die Goldgräberahnen: Lachender Übermut steckt diesen schönen Menschen im Blut; der gleiche Lebensleichtsinn, dieselbe Genußsucht, das gleiche Eintrinkenwollen der Freude wie ihren Urgroßvätern. Den Männern des Goldes, die heute arm waren und morgen reich; heute sich ein Vermögen aus der Erde kratzten, um es morgen zu verspielen.

Die Königin des Westens war eine gar lebenslustige Dame. Reich wollten die eingeborenen Söhne von Kalifornien freilich auch werden, gerade so wie die Dollarjäger in Chicago oder St. Louis oder New York, aber keiner vergaß über der Hetzjagd des Dollars das Vergnügen. Die Marketstraße strahlte des Nachts in einem Flammenmeer von Licht. Rechts und links, Seite an Seite fast, schrien Theater, Varietés, französische Restaurants, elegante Bars: Amüsiert euch, Söhne Kaliforniens!

Eine lustige Welt. Tag für Tag und Abend für Abend durchstreiften Frank Reddington und ich die Stadt, eine Woche lang, denn wir waren es ja unseren Händen schuldig, wenigstens ein paar Tage hindurch die Nichtstuer zu spielen. Für was alles diese Hände als Ausrede herhalten mußten! Wenn wir einmal in einem französischen Restaurant speisen wollten, oder wenn eine Bar lockte oder ein Roulettetisch winkte, da mahnte lachend einer den andern:

»Es ist ja eigentlich schade um das sauer verdiente Geld – aber denken Sie nur an unsere Hände!«

Die Puritaner des Ostens hätten sich hier auf den Kopf gestellt vor Entsetzen! In den lustigen Varietés, in die wir gingen, gewissenhaft keines übersehend, setzten sich kichernde Soubretten zu den Gästen an die Tische und zauberten ihnen Vierteldollars für süße *Manhattan Cocktails* und *Brandy Flips* aus den Taschen; in den eleganten Bars war stets eine Seitentüre, über der in goldenen Lettern stand: Nur für Klubmitglieder! Hinter dieser Tür wurde Poker gespielt, dort klappten Farokästchen und sausten Rouletten. Klubmitglied jedoch war ein jeder, der einen anständigen Anzug trug und so aussah, als ob er die nötigen Dollars zum Verspielen besitze! Die Aufschrift war eben weiter nichts als eine verbindliche, nette, gemütliche Formsache der

Polizei gegenüber. Wir versuchten einige Male unser Glück an der Roulette, verloren eine Kleinigkeit und gewannen dann an einem Abend zusammen über siebzig Dollars! Merkwürdigerweise hörten wir auch zur richtigen Zeit auf! In Franks Zimmer tanzten wir einen wahren Indianertanz der Freude in jener Nacht und beschlossen feierlich, den größten Teil des Geldes in neuen Anzügen anzulegen und niemals mehr als drei Dollars auf dem Roulettetisch zu riskieren.

»Sonst verlieren wir die Geschichte wieder,« grinste Frank. »Ich finde übrigens, mein lieber Junge, daß wir für schwarze Schafe und verlorene Söhne verdammt vernünftig sind! Heh?«

Und des Tages streiften wir stundenlang in der Stadt umher. Rom hat den klassischen Namen der Stadt der sieben Hügel. Nun, ein Römer würde sich, wanderte er durch San Franzisko, nur in einem Gefühl der Beschämung und des hoffnungslosen Übertrumpftseins der sieben Hügel seiner Vaterstadt erinnern! Lumpige sieben Hügel! In San Franzisko wimmelt es von Hügeln. Acht, neun – zwölf – oder gar noch mehr. Flach ist die eine Seite der ungeheuren Marketstraße, die die Stadt entzweischneidet, flach dem Hafen zu. Auf der anderen Seite aber streben Hügel empor bis weit hinaus zum Stillen Meer, zur *Golden Gate*; Hügel mit eleganten Wohnhäusern an holzgepflasterten Straßen, die auf und nieder gehen in scharfen Winkeln, bald steigend, bald fallend.

Und diese ewigen Hügel hinauf und hinab kletterte fortwährend ein Gewirr von Straßenbahnen. Es war ein sonderbares Gefühl, unten zu stehen und von hoch oben einen Straßenbahnzug rasselnd auf sich zukommen zu sehen. *Cable Cars* wurden sie genannt, Kabelwagen. In der Mitte zwischen ihren beiden Schienen lief eine dritte, gespaltene Schiene, unter der in einem hohlen Raum unmittelbar unter dem Straßenpflaster ein endloses Drahtseil dahinsurrte. Eine Art Riesenzange packte auf einen Handgriff des Führers hin durch den Spalt hindurch das Seil, das dann den Wagen mit sich weiterriß, während bei Haltestellen die Zange ausgelöst und eine starke Luftbremse in Tätigkeit gesetzt wurde. Wie in einer Wellenschaukel kam man sich an besonders schlimmen Stellen vor – vorwärtsgeworfen – rückwärts gestoßen – geschüttelt, gerüttelt ...

Weit hinaus gegen das Meer zu streckten sich die stillen Straßen des elegantesten San Franzisko, und weit draußen standen die Paläste der Eisenbahnkönige der Southern Pazific und Union Pazific Eisenbahnen, des Zuckerkönigs Spreckels, des deutschen Ingenieurs Sutro. Dann kam eine wüste einsame Sandstrecke, die nach Nordwesten zum Goldenen Tor, nach Südwesten zum Presidio führte. Eine komische kleine Eisenbahn rumpelte über den Sand dahin, zu einer der schönsten Parkschöpfungen der Welt. Ein Deutscher, der Ingenieur Sutro, hat das Wunderwerk geschaffen. Mitten aus der eintönigen Sandfläche heraus sprießen prachtvolle Baumgruppen und grünende Grasflächen, Blumenbeete und Palmen. Dann Felsengruppen, wieder Palmenhaine, und plötzlich, auftauchend wie eine Zauberwelt, die gewaltige Schönheit des Ozeans. Da eingedrängt in ein Felsentor schroffer Klippen, dort zwischen Himmel und Erde verfließend in die Unendlichkeit. *Golden Gate.* Das goldene Tor, die Felsenpforte von der Welt des Westens zur Welt des Ostens.

Doch auch der dunklen Flecken gab es in der lustigen Sonnenstadt.

Düster, winkelig, schmutzig stieg unten im Osten, dicht beim Hafen, mitten aus der glänzenden Geschäftsstraße

Kearney Street ein bizarres Häusergewirr auf zwei Hügelchen empor. Mit wenigen Schritten trat man aus dem Schein strahlender Bogenlampen und reicher Schaufenster in eine Welt dunkler Schatten – in die Chinesenstadt San Franziskos. Enge Gäßchen. Winzige Häuserchen. Geheimnisvolle dunkle Gänge. Über die Gassen spannen sich leuchtendrote Plakate mit chinesischen Inschriften, Laden lag an Laden, bezopfte kleine Männer mit gelben Gesichtern huschten hin und her. Mehr als das Auge jedoch staunte die Nase, denn wie eine dichte Wolke lagerte ein unbeschreiblicher Geruch über dem Viertel der Chinesen; fremdartig über alle Maßen; jetzt lockend, nun abstoßend. Bald duftete es süß und schwer wie von blühendem Jasmin, bald bedrückend wie schwerer Nebel, bald würzig wie Spezereien – fremde Menschen hatten die Gerüche ihres Landes mit sich getragen über den Ozean. In jedem Gäßchen standen Polizisten (später hat mich mein Freund der Polizeileutnant gar oft durch die Chinesenstadt geführt); denn in den kleinen Häuserchen tief unten in den Gängen, die unterirdisch Haus mit Haus verbanden, hausten Verbrecher und wohnte das Laster. Da waren Opiumhöhlen und chinesische Spielhöllen und Diebskneipen.

»Wär' ich einer der Führer der öffentlichen Meinung von San Franzisko,« sagte Frank, als wir eines Abends wieder die Chinesenstadt durchstöberten, »so würde ich so lange agitieren, bis das Rattennest weggefegt würde vom Erdboden!«

Der Gedanke war nicht eben neu. Kaum ein Tag verging, ohne daß in den Friscoer Zeitungen die "Chinesenstadtfrage" ventiliert wurde. Doch die Chinesen besaßen Geld und wußten gewichtige Dollars da anzulegen, wo sie in Form von einflußreichem politischem Schutz gute Zinsen trugen. So behauptete eben die Polizei, das Chinesenviertel sei ja die schönste Mäusefalle, in der sie Tag für Tag Verbrecher erwische, und die Stadtbehörden erklärten, ein Zusammenleben der Chinesen erleichtere ihre Überwachung. Im übrigen war die öffentliche Meinung von San Franzisko gar nicht empfindlich gegen groteske Zustände:

Sie duldete ja die Straße der lebenden Schaufenster!

Oben auf dem Hügel der Chinesenstadt lag, halb versteckt in winkeligen Häusermassen, ein Gäßchen, aus dem des Nachts heller Lichtschein funkelte, und dem die Müßiggänger in Scharen zupilgerten. An seinem Eingang, links und rechts, standen Nacht für Nacht zwei Offiziere der Heilsarmee. Mit ernsten Gesichtern grüßten sie die Vorbeigehenden und deuteten schweigend auf ein Plakat, das sie zwischen sich ausgespannt hielten und mit Blendlaternen scharf beleuchteten. Auf dem weißen Fetzen Leinwand stand in roter Schrift geschrieben:

»Bruder, lieber Bruder! Sieh dir die Schande an! Hilf uns als Mann und als Amerikaner, mit deiner Meinung und mit deiner Stimme bei den Wahlen, die Schande zu besiegen! Hilf den Ärmsten der Frauen, lieber Bruder!«

Innen im Gäßchen drängten sich die Menschen, in steter Vorwärtsbewegung gehalten durch ein halbes Dutzend von Polizisten, deren halblauter Ruf *move on –move on* ... nicht stehen bleiben! – die einzigen Laute waren, die aus der sonderbaren Stille hervorklangen, denn alle Welt starrte und starrte in die beleuchteten Fenster in den winzigen Häuserchen der beiden Seiten des Gäßchens. Was man da sah, schien bald grausame Tragik, bald übergroteske Lächerlichkeit.

Die Fenster waren Schaufenster mit lebendigen Waren. Drei Fenster gab es in jedem Häuschen, bis auf den Boden gehend, und in einem jeden saß auf erhöhtem Podium, lichtübergossen vom Schein einer Glühbirne, ein Weib. Gepudert, geschminkt, künstlich frisiert, angetan mit seidenem Kostüm; ein stereotypes, gemachtes Lächeln wie angefroren auf den Lippen ... Wie eine Puppe. Wie eine Wachsfigur fast. So lag Schaufenster an Schaufenster. Bald hätte man am liebsten laut hinausgelacht, denn der Gedanke dieser lebendigen Ware wirkte unsäglich grotesk; bald hätte man sich schämen müssen. Frauen aller Länder und aller Rassen hockten in der langen Schaufensterlinie; Amerikanerinnen, Französinnen, Mulattinnen. Eine winzige Chinesin dort – ein Mädel im japanischen Kimono hier. Und alle lächelten das gleiche gefrorene Lächeln und sahen starr vor sich hin auf die Straße. Darin lag Methode. Dahinter steckte ein guter Grund. Denn die guten Polizeiräte der guten Stadt von San Franzisko duldeten zwar diese Gasse der Groteske, erließen aber fürsorglich besondere Vorschriften. Sie gaben sozusagen den lebendigen Schaufenstern das Siegel behördlicher Approbation. Aber die Glühlämpchen in den Fenstern durften nur eine gewisse Kerzenstärke haben, auf daß kein Fenster mehr leuchte als das andere, und die Ware im Schaufenster durfte sich nicht rühren, niemandem zulächeln, keinem Mann zunicken, auf daß niemand verführt wurde. So wahrte die Friscopolizei das Dekorum. Spielte gravitätisch eine steife Statistenrolle in der Tragikomödie.

Wir beide, Frank und ich, gaben im gleichen Impuls den sonderbaren Wächtern der Heilsarmee am Gasseneingang ein Silberstück, als wir die Gasse verließen. Selbst lustiger junger Leichtsinn wurde nachdenklich gestimmt in der Gasse der lebenden Schaufenster.

»*Bad taste*,« sagte Frank achselzuckend. »Geschmacklos!«

Und das war ein sehr vernünftiges Urteil.

Zusammen studierten wir den Anzeigenteil des Examiner, zwei Inserate im besonderen. Freund Frank schüttelte bedenklich sein weises Haupt. »Schlimmer als gesalzener *cod* kann der Bengel ja auch nicht sein?« murmelte er. »Ich probier' es. Schön ist es zwar nicht, aber der Sohn meines Vaters braucht Geld. Jawohl – ich probier' es!«

»Ich auch!« sagte ich, obwohl mir die Sache sehr verrückt vorkam.

So machten wir uns selbander auf den Weg; er zu dem Vater, der Privatstunden in Mathematik für seinen Sohn suchte, ich zu der Familie, die für »zwei Kinder im Alter von neun und elf Jahren gediegenen deutschen Sprachunterricht« ersehnte. Als wir uns eine Stunde später wieder trafen, konstatierten wir unter schallendem Gelächter, daß wir alle beide Respektspersonen geworden waren – Lehrer der Jugend!

Die Mama meiner Zöglinge – ihr Götter! – war eine elegante schlanke Amerikanerin, die das Engagieren eines deutschen Sprachlehrers als etwas furchtbar Nebensächliches behandelt hatte.

»Der Doktor wünscht es,« gähnte sie, »daß meine Kinder deutsch lernen. Er selbst hat keine Zeit, sie zu unterrichten. Ich finde nicht, daß deutscher Unterricht sehr wichtig ist, aber der Doktor –«

Der Doktor, der dann in den Salon kam, war ihr Mann, ein Arzt, als Kind deutscher Eltern in San Franzisko geboren. Er sprach mit mir in einem durch englische Brocken entsetzlich verballhornten Deutsch und schien sehr zufrieden mit meiner Gymnasialbildung. Das sei ja vortrefflich. Er wünsche schon um seiner Eltern willen, daß seine Kinder Deutsch lernten, und dann gedenke er auch,

259

später seinen Sohn in Deutschland erziehen zu lassen.

»Sagen wir eine Stunde *daily*, in die Tag,« so instruierte mich Doktor Sanders, »und sagen *uir* eine Honorar von eine Dollar. Den Plan vom Lernen *uollen* Sie machen *as you think best – ui* Sie halten es für die Beste – nur praktisch, damit sie bald etwas *spreken* können.«

Die Kinder, das elfjährige Mädel und der neunjährige Bub, waren sehr altklug und sehr ungeniert.

»*We don't like German!*« erklärten sie mir sofort.

»Deutsch gefällt uns gar nicht!« Das wunderte mich nicht, denn ich bekam bald heraus, daß ihr deutscher Sprachunterricht bis jetzt darin bestanden hatte, Worte nachzuschreiben, die der Papa ihnen vorschrieb. Da kam mir ein glücklicher Gedanke, auf dem Umweg über ein Glas Wasser, das auf dem Tisch stand –

»Kinder, wir wollen nur Deutsch sprechen! Also: Dies ist ein Glas Wasser …«

»Diß is' ain Glas Wass'r,« sprachen beide seelenvergnügt nach.

Damit war der Weg zu dem Interesse der Kinder gefunden. Im Englischen waren die Worte ja fast gleichlautend – *this is a glass of water* –, so gleichlautend, daß diesen amerikanischen Kindern auf einmal der Appetit zum Deutschsprechen kam. Es war ja so leicht! So klebte ich denn während der ganzen ersten Unterrichtsstunde verzweifelt an meinem Glas Wasser und variierte darauf los – in diesem Glas Wasser ist eine Rose – die Rose ist weiß – wir trinken Wasser – bis zu den letzten Möglichkeiten. Meine Kinder jubelten! Und da es wohl an die Tausend Worte gibt, die im Deutschen und Englischen fast gleich ausgesprochen werden, so war die "Methode" glücklich da. Eines Tages kam die Mama in die Stunde und hörte erstaunt zu, um gleich in der nächsten Unterrichtsstunde am andern Tag eine Freundin mitzubringen, die Oberlehrerin einer Mädchenschule.

»Ausgezeichnet, Professor!« sagte sie.

Ich lachte laut auf. »Aber ich bin doch kein Professor!«

»Das macht nichts, Professor. Wollen Sie uns Stunden geben?«

»Wem? Ihnen, Madame?«

»Hören Sie. Der große kalifornische Lehrerinnenverein will im Herbst eine Europareise machen und natürlich auch Deutschland besuchen. Mit Ihrer praktischen Art können wir schnell noch ein wenig Deutsch lernen. Ich arrangiere alles, Professor. Es darf aber nicht viel kosten!«

Und sie arrangierte!

Ich glaube, die Professoren des Gymnasiums von Burghausen wären *in corpore* aus der Haut gefahren vor entsetzt ungläubigem Staunen, hätten sie mich abends auf dem Katheder eines großen Schulzimmers der höheren Mädchenschule von San Franzisko stehen sehen können! Vor einer Hörerschar von über fünfzig reizenden jungen Lehrerinnen! Frechheit, steh' mir bei, dachte ich in verzweifeltem Galgenhumor und ließ eine pseudowissenschaftliche (ganz und gar aus den Fingern gesogene) Erklärung vom Stapel, in der ich mein Betriebskapital von gleichlautenden Worten den "gemeinsamen anglosächsischen Sprachschatz" nannte und sehr wichtig tat. Dann löste sich die Befangenheit. Aus der Unterrichtsstunde wurde ein lustiges Frage- und Antwortspiel –

»Uasser, Professor?«

»Nein, W–asser!«

Bis der Professor zu den Bänken hinabstieg und die schweren deutschen Worte seinen Schülerinnen vorsprach. Diese Schülerinnen waren ja reizend! Eine hübscher als die andere – eine lustiger als die andere. Typisch in ihrer Art als Amerikanerinnen. Freilich – der neugebackene Herr Professor sah in ihnen gar nichts Typisches, sondern nur die lustigen netten Frauen!

Aber schon in dieser Lustigkeit lag die ganze freie Art der Amerikanerin, die von Kindesbeinen an daran gewöhnt wird, mit dem andern Geschlecht in formloser Kameradschaftlichkeit zu verkehren und das Problem von den Wechselbeziehungen zwischen Mann und Frau nicht in jedes harmlose Gespräch hineinzutragen. Nicht als ob sie nicht ganz Frauen gewesen wären, diese jungen Amerikanerinnen, mit allen Größen und allen Kleinlichkeiten, allen Tugenden und Untugenden des Frauentums! Sie beherrschten das System der drahtlosen Telegraphie mit schönen Augen meisterhaft und flirteten schändlich mit dem Lausbub von Professor! Doch in dem Wesen dieser jungen Lehrerinnen, von denen die meisten keine zwanzig Jahre zählten, prägte sich etwas gewaltig Selbstbewußtes aus. Nicht das Selbstbewußtsein der selbständigen Frau, die ihr eigenes Geld verdient. Darüber lachten sie. Zuckten die Achseln und meinten, es sei *grinding work* – aufreibende Arbeit und sie wären viel lieber verheiratet. Nein, das Selbstbewußtsein des Weibes steckte in ihnen, das sich seiner Macht über den Mann wohl bewußt – stolz darauf ist – und die Ritterlichkeit des Mannes als einen selbstverständlichen Tribut gnädig in Empfang nimmt.

Die Frau Amerikas gibt, wenn es ihr gefällt, mit vergnügt zwinkernden Äuglein einen Zipfel von weiblicher

Liebenswürdigkeit her. Sie tanzt graziös auf dem Drahtseil der Liebelei, aber sie plumpst ganz gewiß nicht hinunter in ernsthafte Beschädigungen ihres Frauentums; denn sie, die man niemals sorgfältig behütet und in ängstlichem Familienschutz eingekapselt hat wie gebrechliche Ware, kennt die Welt und die Männer recht gut und weiß Gefahren aus dem Weg zu gehen, weil sie die Gefahren eben kennt. Ihre Weltkenntnis dient der Amerikanerin als Balanzierstange auf dem gefährlichen Drahtseil des Flirts, in dessen Beschreiten sie Meisterin ist. Sie schützt sich selbst. Welch' ein Unterschied zwischen dem amerikanischen jungen Mädchen und dem der alten Welt, hinter dem glucksend wie ängstliche Hennen fürsorgliche Mamas und ängstliche Tanten dreinrennen, damit das Schaf von Tochter oder Nichte dem reißenden Wolf von Mann nicht in die scharfen Zähne gerate – während das behütete Schäflein immer neugieriger wird auf diesen sagenhaften bösen Wolf.

Das amerikanische Mädel aber guckt sich das Untier an, lacht und zähmt es zu einem treugehorsamen Hündlein, das sich nicht mucksen darf und mit der Peitsche scharfen Spotts gezüchtigt wird, sollte es ungezogen werden. Den Tragödien und Komödien der Liebe ist ja auch die Amerikanerin untertan wie alle Menschenkinder. Dann aber erlebt sie mit offenen Augen, wissend, einer starken Macht gehorchend ...

So hat sich der amerikanische Frauentyp herausgebildet, der sich in starker Eigenart von den Frauen anderer Länder, den Frauen Europas vor allem, unterscheidet. Die freie Frau, die über den Wall Jahrtausende alter Überlieferung hinübergeklettert ist und tut, was ihr gefällt. Sie genießt die gleichen Rechte und die gleiche Erziehung wie der Bub. Sie nimmt sich das Recht des Vergnügens wie der junge Mann, mit dem sie Seite an Seite studiert. Sie treibt Sport wie er. Sie nimmt sich das Recht, im Vaterhaus zu kommen und zu gehen, wie es ihr beliebt, und es fällt ihr nicht im Traum ein, die Mama um Erlaubnis zu bitten, ob sie mit Herrn X oder mit Herrn Y ins Theater gehen darf. Sie geht einfach. Sie ist emanzipiert im besten Sinn – natürlich – Mensch. Als junger heranwachsender Mensch wenigstens. Das Schreckgespenst zu behütender Geschlechtlichkeit ist ihren Eltern ein lächerlicher Unsinn.

Doch sonderbar. Die gleichen Menschen, die mit so gesundem praktischem Sinn das Problem psychischer wie physischer Mädchenerziehung lösen und als wundervolles Gut ihren Töchtern ein vernünftiges Menschentum und eine prachtvolle Unbefangenheit mit ins Leben geben, sündigen wieder gegen wahre Frauenwerte durch eine groteske Frauenüberschätzung, die tief in alle gesellschaftlichen, ja in die wirtschaftlichen Verhältnisse des Landes hineinschneidet. Das gleiche Mädel, das so stolz auf ihr, man möchte fast sagen: geschlechtsloses Menschentum ist und *en bon camerade* mit ihren männlichen Freunden tollt, wird in unmerklichem Übergang zur anspruchsvollen Königin, zur herrschenden Macht, je mehr das Weib in ihr sich regt. Das Gleichgewicht zwischen den Geschlechtern, das Sitte und Erziehung herstellen wollen, verschiebt sich unbeschreiblich weit zugunsten des Weibes. Sie heiratet. Ein guter Kamerad ist die amerikanische Gattin, klug, erfahren, vorzüglich dazu geeignet, mit dem Mann seine Pläne, seine Arbeit zu besprechen; ihn zu beraten. Im scharfen Gegensatz zu dem Hausfrauentum, das die Frau in Küche und Haus, den Mann ins Erwerbsleben verweist. Die Amerikanerin würde entsetzt sein, wollte man ihr von Hausfrauenpflichten reden. Sie kocht miserabel und ist hilflos ohne Dienstboten. Sie treibt beispiellose Verschwendung im Haushalt. Sie fordert, daß der Mann ihr die Möglichkeiten schaffe, alle ihre Wünsche zu befriedigen – und langsam entwickelt sich das typische Verhältnis zwischen amerikanischen Ehegatten:

Der Mann arbeitet Tag und Nacht, um die Dollars herbeizuschaffen! Die Frau amüsiert sich in Luxus und Verschwendung!

Gebärt sie ihrem Mann Kinder, so erfüllt sie damit nicht natürliche Weibesbestimmung, sondern ist eine arme Märtyrerin der Ehe und des Mannes; sie gibt dem Mann mit den Kindern ein Gnadengeschenk, das ihm die Pflicht auferlegt, sich Genüsse zu versagen und rastlos Dollars zu jagen, um sie der Märtyrerin, der Königin, zu Füßen zu legen.

Weiberherrschaft. Weiberherrschaft, die einen eisernen Gürtel um das Land zieht und verantwortlich ist für lächerliche Übertreibungen im Kampf gegen Alkohol und Tabak, für die Schließung aller Vergnügungsstätten an den Sonntagen, für ein sonderbares Muckertum, das gar nicht hineinpaßt in den freien natürlichen Charakter der amerikanischen Menschen. Weithin dehnt sich der Kreis der Weiberherrschaft. Literatur und Kunst muß sich dem Weiberwillen beugen, denn die Frau ist es ja, die allein für Kunst und Schönheit Zeit übrig hat, während der Mann die Dollars jagt für seine Königin und zu nichts sonst Zeit hat. Die Frauen sind es, unter deren Reich die New Yorker Oper blüht und Tenören Märchenhonorare bezahlt wie keine andere Oper der Welt. Die Frauen waren es aber auch, die entsetzt die Absetzung der "unsittlichen" Salome vom Spielplan forderten und durchsetzten – und die Frauen sind es, die das amerikanische Schauspiel zu der jämmerlichen Groteske von sentimentalem Melodrama machen, die es ist. Weil große Kunst, die das Leben wahr schildert, nicht hineinpaßt in das kleine Sittlichkeitshirn der Durchschnittsamerikanerin. Durch die Weiberherrschaft regiert der sentimentale Roman, in denen engelhafte Frauen dulden und leiden und endlich die weißgewaschene, frischgestärkte Tugend *à la* Amerika unwiderruflich siegen muß – die Weiberherrschaft hat den Künstler Gibson verhunzt, seine große Kunst auf die Knie gezwungen, ihn den weltbekannten amerikanischen Frauentyp schaffen lassen: Groß, schlankgliedrig, weiche, fallende Schultern, majestätisch nicht zum sagen, Gesichtszüge wie regierende Fürstinnen während ihrer Krönung ...

In die Gesetze hinein ist sie gedrungen. Eine amerikanische Frau darf einen Mann niederschießen: in neun Fällen aus zehn werden die Geschworenen sie freisprechen. Sie darf stehlen: die Geschworenen werden nur entsetzt sein, daß in ihrem glorreichen Land es möglich ist, daß eine Frau, Ihre Majestät die Frau, zum Stehlen getrieben werden kann. Sie darf Männer betrügen um noch so hohe Summen: die Geschworenen geben dem Mann die Schuld.

So ergibt sich eines der wunderlichsten Zerrbilder der modernen Welt – ein kerngesundes Menschenkindlein von Mädchen, dessen Art und Erziehung man geruhig den Ländern der alten Welt zum Vorbild hinstellen kann und das als Weib in einer nationalen Epidemie von weiblichem Größenwahn unfehlbar verdorben wird. Ein Zerrbild ...

⸻

Der Herr Professor verdiente viel Geld mit seinen lustigen Lehrerinnen und fand das Leben wunderschön, wenn er mit jener Schülerin heute in den *Golden Gate Park* ging und mit dieser morgen unter gefährlichem Flirten in einem französischen Restaurant dinierte. Bis einmal Frank sagte:

»Die Geschichte wird nicht lange dauern, *amice*!«

»Meinst du?«

»Aber das ist doch selbstverständlich. Eines schönen Tages werden sie des Spiels überdrüssig werden (ich kenne meine Leute) und dann – adieu, Professor. Armer Professor!«

Da wurde der Lausbub von Professor nachdenklich; hatte er ja selbst schon mehr als einmal empfunden, daß sein deutscher Unterricht schließlich nur eine Art lustiger Charlatanerie war und der Teufel los sein würde, wenn einmal die Grenze erreicht war, wo die Geschichte ohne grammatikalische Gründlichkeit versagen mußte!

Und eines Abends träumte ich von der Zeitung in St. Louis, und wie unbeschreibliche Sehnsucht kam es über mich; jene Sehnsucht, die den Menschen packt und schüttelt und sich hineinfrißt in sein innerstes Denken wie eine fixe Idee. Ich träumte und träumte.

Endlich kam, in dem prachtvollen Optimismus der Jugend, dem kein Ding unmöglich scheint, ein vermessener Entschluß. Der Lausbub setzte sich hin und schrieb tagelang, eilend, ändernd …

»Famos ist's, Professor. Du kannst mehr Englisch als ich!« sagte Frank.

So gingen die beiden Manuskripte, über die Fischerinsel das eine, ein Hafenbild das andere, an den *San Francisko Examiner* ab. Gleichzeitig ein langer Brief an den lieben alten sächsischen Doktor mit der Bitte, ob nicht er oder einer der Herren der Redaktion mich an den *San Francisko Examiner* empfehlen könne. Der Professor fing an, lebensklug zu werden …

Der Lausbub findet die Lebenslinie.

Von neuem Stolz. – Der Lausbub will amerikanischer Journalist werden. – Auf der Redaktion. – Jüngster Reporter. – Hallelujah! Das erste Interview. – Die Lebenslinie.

Über Nacht fast wurde der törichte Junge zum Mann. Vor allem: Er verdiente viel Geld! Zum erstenmal in diesen kindlich einfältigen Wanderjahren verfügte er über mehr Geld, als der Tag erforderte. Das gab Rückgrat und Selbstbewußtsein. Dann waren da die jungen Amerikanerinnen, in deren Gesellschaft er sich frei bewegen lernte (das Linkischsein Frauen gegenüber verflog merkwürdig rasch!) – da war Frank Reddington, dessen frischer froher Lebensoptimismus der Art des deutschen Jungen so verwandt war und doch wieder auf ganz neue Wege hinwies. Dieser amerikanische Bruder Leichtfuß ließ sich nicht blind, gedankenlos, ohnmächtig vorwärtstreiben, sondern dachte klar und scharf. Er hatte nicht nur eine ausgezeichnete Meinung von sich selbst, sondern wußte auch in seiner flotten, knappen amerikanischen Manier so aufzutreten, daß sein Selbstrespekt sichtbar war und auf andere Menschen wirkte. Rückgrat! Männerstolz!

So lernte der Lausbub. Zog mit den eleganten amerikanischen Anzügen, die ihm ein guter Schneider nach Franks Garderobe kopierte, auch ein wenig von Franks Wesen an. Machte nicht mehr die tiefen Verbeugungen vor allen Menschen! Plapperte nicht mehr jungenhaft alles heraus, was ihm gerade im Kopfe steckte …

Als die Schülerinnen nach und nach wegblieben, weil der Reiz der Neuheit verblaßt war, da setzte ich es mir in den

Kopf, um jeden Preis Journalist zu werden. Kurz entschlossen ging ich auf die Redaktion des San Franzisko Examiners. Melden ließ ich mich bei dem *managing editor*, dem stellvertretenden Chefredakteur, der an amerikanischen Zeitungen der eigentliche Chef des Redaktionsstabs ist. (Das wußte ich von St. Louis her.)

»Und was kann ich für Sie tun?«

»Ich will Journalist werden.«

»Halloh! Langsam – immer langsam ...«

»Ich nehme Ihre Zeit nur drei Minuten in Anspruch –«

»*Go ahead!*«

»Ich will Journalist werden. Vor allem will ich wissen, ob meine Kenntnisse für die Arbeit einer amerikanischen Zeitung genügen. Ich bin Deutscher. An der Westlichen Post war ich zwei Monate lang aushilfsweise angestellt –«

»Aha! An der Westlichen Post – weiß schon. *Go ahead!*«

»Ich bitte Sie, einen Versuch mit mir zu machen und schlage vor, zwei Monate lang umsonst für die Zeitung zu arbeiten.«

»Halloh – haben Sie denn Geld zum Leben?«

»Jawohl.«

»Woher?«

»Mit deutschem Sprachunterricht verdient.«

»So? Ich erinnere mich, einen Brief von der Redaktion der Westlichen Post erhalten zu haben, in dem Sie empfohlen wurden. Sie könnten arbeiten, sagt Doktor Pretorius. Können Sie mir etwas zeigen, das Sie geschrieben haben? In Englisch natürlich.«

Als ich von den eingesandten Manuskripten sprach, bat er telephonisch den *city editor*, den Stadtredakteur, sich zu ihm zu bemühen und die Manuskripte mitzubringen.

»Mr. Mc.Grady – Mr. Carlé. Mc.Grady, haben Sie die Sachen gelesen?«

»Können wir nicht gebrauchen,« brummte der Stadtredakteur.

»Lassen Sie einmal sehen, bitte.«

Der große Mann las meine Arbeiten sorgfältig durch, und ich zitterte innerlich – trotz meines nagelneuen Selbstbewußtseins.

»Nun,« sagte er endlich, »für uns ist das allerdings nichts. Zu sehr skizzenhaft. Wir knüpfen Beschreibungen nur an interessante Ereignisse an. Aber der Stil ist nicht übel, und das bißchen Fremdartige macht sich sogar ganz gut. Hier ist übrigens ein grober grammatikalischer Fehler. Mc.Grady, dieser junge Mann ist Deutscher und will amerikanischer Journalist werden. Er hat mir gesagt, er wolle wissen, ob er fürs Metier taugt und zwei Monate umsonst arbeiten. Was meinen Sie? Ist von der Westlichen Post, deutsche Zeitung in St. Louis, empfohlen.«

»Kann ich schwer etwas sagen,« meinte Mister Mc.Grady. »Die Fischerinselsache ist ganz nett. Zum Journalisten muß man geboren sein. Können's ja mal probieren. Im übrigen bin ich kurz an Reportern, seit Jameson entlassen werden mußte.«

»*Allright.* Mr. Carlé, ich stelle Sie beim Examiner mit einem festen Wochengehalt von fünf Dollars an. Für Ihre Arbeiten erhalten Sie Zeilengeld.«

»Gratuliere,« sagte Mc.Grady und lachte. »Ich werde Sie

271

zwiebeln. Wir haben hier keine Zeit zum reden. Ich will Ihnen also nur kurz sagen, daß bei mir die Arbeit alles und der Mann gar nichts gilt. Arbeiten Sie.«

Der Chef des Redaktionsstabs nickte. »Bei uns gilt nur die Arbeit. Sie sind also jüngster Reporter. Mr. Mc.Grady wird Ihnen Ihre Aufgaben zuweisen. Noch einen Wink: Ich habe Sie deshalb engagiert, weil in Ihrem Zeugs da die Kleinigkeiten gut beobachtet sind. Sie haben zu beobachten. In Ausführung Ihrer jeweiligen Reporteraufgabe werden Sie alles tun, um alle nur erdenklichen Tatsachen zu erforschen und alles, Großes und Kleines, zu beobachten. Tatsachen brauche ich. Elegante Bemerkungen können wir uns selbst aus den Fingern saugen. Tatsachen! Beten Sie um Tatsachen! Wie Sie das machen, wird uns zeigen, ob es der Mühe wert ist, sich mit Ihnen zu plagen. *Good morning!*«

»Prompt um 5 Uhr nachmittags im Reporterzimmer!« befahl Mc.Grady. »Lassen Sie Ihren Frackanzug und Wäsche herschicken, damit Sie sich im Bedarfsfalle hier umkleiden können. *Good morning!* Geben Sie mir gute Arbeit, und ich bin Ihr guter Freund – *good morning!*«

So wurde ich jüngster Reporter der San Franziskoer Zeitung des Zeitungskönigs Hearst.

Wie besessen stürmte ich nach Hause und rannte – hopla, immer drei Stufen auf einmal – zu Franks Zimmer empor.

»Frank – Franky – –« schrie ich, noch halb in der Türe, »ich bin als Reporter beim Examiner angestellt! *Glory hallelujah* – Frank – wir müssen schnell ein Glas Bier trinken, sonst geh' ich aus dem Leim vor Vergnügen und –«

Da sah ich erst, daß auf dem einzigen wackeligen Stuhl des

Zimmers ein beleibter älterer Herr saß, der mich lächelnd musterte. Frank saß auf dem Bett und grinste. Frank sah dem älteren Herrn sehr ähnlich – –

»*Well*, ist das noch so einer, Frank?« sagte der Herr.

»*Exactly, sir*. Richtige Sorte. Alter Junge, ich gratulier' dir hunderttausendmal zum Examiner. Hoh, hau' dich dran an die alte Zeitung! Vater, darf ich dir Mr. Carlé vorstellen – vom Examiner. Exbearbeiter von verdammt salzigen *cods* und nebenbei Professor der deutschen Sprache!«

Mr. Reddington lachte schallend auf.

»Ihr Jungens seid mir fast ein wenig zu fix. Eine unverschämte Gesellschaft! Ist das bei Ihnen in Deutschland auch Sitte, daß der Vater zum Sohn kommt und nicht der Sohn zum Vater, heh? Na, ihr habt wenigstens Schneid. Nun kommt mit ins Hotel, ihr Taugenichtse, und laßt euch abfüttern!«

In einer Viertelstunde saßen wir drei im eleganten Lunchroom des Globe Hotel. Mich packte es wie unerträgliches Heimweh, als ich sah, wie stolz trotz aller oberflächlichen Kürze und anscheinender Gleichgültigkeit der alte Herr auf seinen Strick von Sohn war, und wie seine Augen blitzartig aufleuchteten, als Frank erklärte, im Dezember werde er sich bei seinem Vater in New York für Ordres melden. Bis zur Schlußprüfung aber wolle er selbst für seine Existenz sorgen. Der alte Herr murmelte zwar, das sei verdammter Blödsinn, aber man merkte ihm die Freude an, als Frank trocken erklärte, die Arbeit an der Universität von Kalifornien sei seine Privataffäre und er gedenke das durchzuhalten, was er begonnen.

»Aber ein gutes Werk könntest du tun, Gouverneur!«

»Heh? Schulden bezahlen?«

»Ach wo. Hab' keine. Nein – sieh' mal an, Carlé hier ist *allright* und heute nagelneuer Reporter geworden –«

»Ja! Wird solch' ein Junge, bumps, einfach Reporter! Welche Rätsel Ihr einem alten Mann zum Lösen aufgebt!«

»– und du könntest nett sein, *sir*, und ihm etwas erzählen, das er für die Zeitung gebrauchen kann. Du weißt ja immer etwas.«

»Na ...«

»Bitte, *pater*!«

Und wieder lachte der alte Herr. Eigentlich sei es noch vierundzwanzig Stunden zu früh, die Katze aus dem Sack zu lassen, aber ausnahmsweise und weil es der Zufall so wolle – –

Er diktierte. Knapp, scharf, wie ein General, der seine Schlachtdispositionen diktiert. Selbst meine Unerfahrenheit begriff, daß es sich hier um ganz Großes handelte. Die Illinois Central Eisenbahn (deren Aktien der Vater Franks kontrollierte) hatte eine unrentable und zum Teil noch gar nicht völlig gebaute Eisenbahnlinie in Missouri und Arkansas aufgekauft. Die Verbindungslinie zwischen Chicago, dieser Bahn, und dem tiefen Süden sollte sofort in Bau genommen werden. Dann kamen finanzielle Details. Und eine meisterhafte Darstellung, kurz, aber von vollendeter Klarheit, der Städte, die die Bahn berühren sollte, der Wirtschaftsgebiete, durch die sie führte, der Erschließungsmöglichkeiten, mit denen das Konsortium rechnete.

»Als Personalnotiz können Sie bringen, Cyrus F. Reddington sei auf einige Tage in San Franzisko, um seinen Sohn zu besuchen, der auf der Universität von Kalifornien studiert!«

Und er lächelte Frank zu.

Ich aber rannte auf die Redaktion des Examiner.

»Um fünf Uhr sagte ich doch!« brummte Mc. Grady stirnrunzelnd.

»Ich habe ein Interview mit Cyrus F. Reddington aus New York.«

»Heh? Was?«

»Reddington. Präsident der Nationalbank –«

»Jedes Kind kennt ihn. Wie kommen Sie zu ihm? Wo ist er abgestiegen?«

»Im Globe. Ich bin mit seinem Sohn befreundet.«

»Kommen Sie mit.«

Er zerrte mich zum Chefredakteur, und eilte dann selbst nach dem Globe Hotel (wahrscheinlich, um meine Angaben zu verifizieren).

Mr. Lascelles aber, der *Managing Editor*, fuhr mit dem Rot- und Blaustift zwischen den Zeilen meines Manuskripts hin und her, unterstreichend, hervorhebend.

»Famos,« sagte er. »Ganz große Sache. Halten Sie sich diese Verbindung warm. Hat der alte Reddington die Nachricht auch anderen gegeben? Anderen Zeitungen? Der Börse?«

»Nein, nur mir.«

»Was?« schrie er. »Das ist großartig!«

Noch krassere Überschriften setzte er darüber und leitete die Sensation mit den Worten ein: »Spezialmeldung des Examiner.« Und unter die zwei Riesenspalten setzte er die Anfangsbuchstaben meines Namens: E. C.

275

»Sie haben sich die Sporen verdient,« lächelte er. »Wenn's auch ein Zufall war.«

Dann wurde ich auf einen Großfeueralarm geschickt. Ein großes Gebäude im Geschäftsviertel brannte nieder. Zufällig kam ich gerade dazu, als der Leiter der Feuerwehr den Heizer der Kesselanlage des Gebäudes verhörte, der umständlich schilderte, wie aus dem Keller mit einemmal Flammen geschlagen seien, und daß er schon vor einigen Tagen vor der Selbstentzündungsgefahr der neugekauften bituminösen Kohlensorte gewarnt habe. Das war wieder etwas sehr Hübsches, und wieder ein Glückszufall!

Mc.Grady aber nickte vergnügt ...

»Wir werden noch einen guten Examinermann aus Ihnen machen!«

Das war eine schlaflose Nacht. Ich starrte aus dem Fenster meines Zimmerchens hinaus auf die glitzernden Lichter in der Bai, und Traum jagte sich auf Traum. So wie man selten träumt. Nur nach großem Erleben. Wenn man dasteht und das hämmernde Blut in den Schläfen fühlt, und ein ungeheures Glücksgefühl aufsteigt über das erreichte Ziel; wenn man seinen Jubel hinausschreien möchte in die Welt ... Herrgott, so war ich nun Zeitungsmann! Schreien hätte ich mögen, jubelnd schreien. Zeitungsmann an einer der großen Zeitungen der Welt! Der Stolz regte sich: allein hast du den Weg zur Zeitung gefunden! Wie lächerlich kleine Dinge lagen die Erlebnisse dieser ersten drei Jahre in Amerika weit hinter mir – weit, unbeschreiblich weit. Und mit einemmal kam es über mich wie ruhige Klarheit, wie ein Gefühl felsenfester Sicherheit, durch nichts zu erschüttern:

Mein Leben – das Leben, das ich leben wollte – lag klar vor

mir. Kein Suchen mehr. Kein Tasten. Kein Umherirren von Beruf zu Beruf. Die Zeitung und ich, ich und die Zeitung: das war die Lebenslinie. Wie es auch kommen mochte, festhalten an dem Einen: Du gehörst zur Feder, weil du zu ihr gehören willst, und mit der Arbeit, die jetzt beginnt, mußt du stehen oder fallen!

Der Lausbub hatte die Lebenslinie gefunden.

E n d e d e s e r s t e n T e i l s

Fußnoten:

[A]Nicht ganz zwei Jahre später traf ich Billy wieder, auf Kuba, im spanisch-amerikanischen Krieg – Mr. Billy van Straaten, Leutnant in einem Freiwilligen-Regiment. Die Episode wird in dem zweiten Teil meiner amerikanischen Erinnerungen und Eindrücke geschildert werden. E. R.